原作：H・P・ラヴクラフト

手仮りりこ

Tekeririko

超訳ラヴクラフトライト 3

Super Liberal Interpretation Lovecraft Light

創土社

目　次

Prologue

プロローグ

「お寝《やす》みのところ、すみません。切符《きっぷ》を拝見します」

目覚めて見上げると、車掌《しゃしょう》がぼくをのぞきこんでいた。

「あ、はい、すみません、ちょと待って……」

とポケットを探るが、なかなか切符が出てこない。

「あれ、どこ入れたかな？　こっちだったかな？」

くしゃくしゃに丸めたレシートや噛《か》んだガムを包んだ銀紙が、ボロボロとポケットからこぼれる。

「くすくすくす」

隣《となり》で鈴のような笑い声が聞こえた。

思わず横を見て、息が止まりそうになった。——いつの間にこんな可愛い子が隣に乗ってきたんだ？

色白な肌にクリクリした目。真っ黒なストレートの髪。そして、セーラー服を着ているところを見ると、高校生くらいだろうか？　半袖《はんそで》から見える白い二の腕が眩《まぶ》しい。

真っすぐに、ぼくの目を見つめてくる。

「ごほん」

車掌の咳《せき》ばらいで、現実に返った。切符、切符……。赤面しながらやっと見つけて差し出すと、

「福井までですね。ありがとうございました」

と言って切符を戻し、車掌は次の席へ向かった。

「福井まで行くのね？」

ふたたび鈴のような声がした。

「う、うん……」

うん、じゃない！　もっと気の利《き》いた返事をしたいのに、突然の成り行きに言葉が出てこない。

「わたし、伊豆野薫子《いずのかおる》。わたしも福井まで行くの」

「そ、そうなんだ。ぼくは太田健二《おおたけんじ》……。大学一年」

やっと少し、口が回るようになってきたぞ。

「ふーん、じゃあ、お兄さんだね。年下かと思った」

ペロリと出した彼女の舌に、ぼくはどぎまぎして、またもや返事につまってしまった。

「何しに福井に行くの？」

「何しにってわけじゃないんだけど……、来月二〇歳《はたち》になる前に、旅行でもしてみようかと思って。ちょうど夏休みだし」

「へえ……、それでどうして福井なの？」

「母方の家系が、どうも福井出身みたいなんだ。なんとなくそのルーツを探ってみようかと。ところで君、伊豆野さんって言ったかな、前にどこかで会ったことない？」

「何それ、ナンパ？　ウケるー！」

彼女はまたくすくすと笑い転げた。

「あ、いや、ごめん、本当に勘違《かん》いかもしれない。変な意味じゃないんだ」

自分でもなんでこんな質問をしたのか、不思議だった。目の前にいるめちゃくちゃ可愛い女の子に、見覚えは全くない。

でも――、不思議と会ったことがあるような気がしてしまったんだ。

そうだ、この目だ。前にもこんなふうに悪戯《いたずら》っぽい表情で、真っすぐに見つめられたことがある。うーん……誰だったか、思い出せない。

「薫子でいいよ、お兄さん。でもそういう家系とかに興味持つのって、あんまり良くないと思うけどね」

「え？　どうして？」

薫子は質問を無視して、急に立ち上がり、ぼくの腕を取った。

「ねえ、お兄さん、こっち来て。あっちの座席に移った方が、良い景色《けしき》が見えるから」

窓の外はあいにくの雨で、見通しが悪かった。列車内の乗客もまばらで数人しか乗っていない。

あれ、よく考えると、なんでこんなに空《す》いているのに、彼女は指定席でもないぼくの隣に座っているんだ？

しかも彼女が指した席は、いま座っている席と同じ側の席だ。車窓《しゃそう》からの眺《なが》めが変わるとは思えない。

でも、こんな吸いこまれそうな瞳《ひとみ》で見つめられて、とても断れるわけがない。

ぼくは立ち上がり、薫子について席を移動した。

席に着いたとたん、視界が大きく揺れた。そして、目の前が真っ暗になった。

『インスマスの楽園にようこそ』

原題：The Shadow over Innsmouth（インスマスの影）

序章

一九二八年二月。

陸上では、潜航《せんこう》中の潜水艦《せんすいかん》内はほぼ無音《むおん》と信じられているようだが、たわごとであった。

ガソリンではなく軽油を使うため、遥《はる》かに安全なディーゼル・エンジンもそれなりの音をたてるし、乗組員に訊《き》くと、自分の心臓の音がハンマーで鉄板《てっぱん》を叩くみたいに頭の中で鳴り響くそうだ。

深い海へと沈むとは、そういうことである。

S級潜水艦は、一五〇メートルまでは安全な船殻《せんかく》を誇っているが、心臓の音まではどうにもならなかった。いま、二〇余名の乗組員の心臓を取り出して、その叩音《こうおん》を聞かせたら、数キロ先にいる敵潜《てきせん》や一〇〇メートル上方の敵駆逐艦《くちくかん》が、待ってましたと攻撃してくるに違いない。

任務は簡単だった。

マサチューセッツ州のインスマスなる古い町の沖に横たわる通称〈悪魔の岩礁《がんしょう》〉――その近辺の海淵《かいえん》へ魚雷《ぎょらい》を射ち込めという、ただそれだけのものだ。

だが――その町の噂《うわさ》を出港前から何人かが知っており、出港時には船内中に広まっていた、となると、事情は天と地ほども変わってくる。

そもそも、暗い海の底へ当てもなく一撃を射ち込めという指令は、まともと言えるのか？

誰もがこう考えた。

海の底には何がいる？

問題の岩礁はインスマス沖一マイル半（二・四キロ）の地点で波に洗われ、潜水地点は、そこからさらに半マイル沖であった。

「何を壊《こわ》すんだよ？」

魚雷発射係のひとり――インスマスの噂を広めた男――は、ようやく千回も胸の中で唱《とな》えた疑問を口にした。

「おれは射ちたくなんかねえよ。今すぐじゃなくたって、後で――何カ月も何年もたってから、暗い深い海の底から、何かが出て来るんだ。そいつらは決しておれたちのしたことを忘れてねえ。

おれたちが船を下り、海軍を退役《たいえき》したって、住まいを訪《おとず》れてくる。黒い水の中から陸へ上がり、道路に水掻《か》きのついた足音を残しながらな。

都会や山ん中に逃げたって無駄《むだ》だ。都会には下水が、山には川がある。水と縁《えん》のない場所なんか、ありゃしねえんだ。

その結果、死ぬならまだいい。

おれは知ってる。奴らは、おれたちを生かしたまま海の底へ連れて行く。そうして、おれたちも奴らと同じ生きものに変えられちまうんだ。水掻きと鱗《うろこ》だらけの化け物にな」

「よせよ」

ともうひとりが止めたが、それきりだった。同僚の恐怖は、彼にどうこうできる代物《しろもの》ではなかったのだ。

「嫌だ。おれは嫌だ」

レバーを握りしめた発射係の手は病人のように痙攣《けいれん》し、汗は滝のように流れた。

「発射用意」

伝声管《でんせいかん》から艦長の声が響《ひび》いた。

「一番から四番――連続で発射――」

「やめてくれ！」

「射《う》て‼」

嫌だと叫びながら、発射係はレバーを押した。

艦首《かんしゅ》にセットされた四個の発射孔《はっしゃこう》から、五三センチ魚雷は、圧搾《あっさく》空気の絶叫《ぜっきょう》とともに、次々に暗黒の闇洋《やみわだ》に吸い込まれていった。


その日、マサチューセッツ州警察と、ボストン警察にとって、忘れられない大捕物になった。

連邦《れんぽう》政府の機関である捜査局・ＢＯＩ（Bureau of Investigation）主導のもと、ある町の出身者が入りこまないように念には念を入れて選ばれた警官たちは、都合《つごう》三〇〇人。

出勤前の訓辞《くんじ》と点呼《てんこ》でそれを知らされた警官たちは、驚きの声を上げた。

しかも、全員が拳銃《けんじゅう》の携帯《けいたい》を許可ではなく強制された。ガソリンをたっぷりつめたコーラの瓶《びん》の山と分厚《ぶあつ》い扉《とびら》を打ち破る鉄槌《ハンマー》と木槌《マレット》を見せられたときには、逮捕《たいほ》ではなく押し込みにいくのではないかと疑《うたが》う者もいた。

午後九時――二つの部隊はニューベリーポートで合流し、ごおごおと国道を進んで海岸地帯へ入った。

月光の下で、トラックの荷台にしゃがみこんだ警官たちは、不気味な予感に咽喉部《いんこうぶ》をにぎりつぶされていた。

海岸道路に押し寄せる潮騒《しおさい》も波の音も、古風な廃屋《はいおく》も五感を刺激はしなかった。

出発後一時間と少しで、坂を上《のぼ》りはじめたとき、一同はここだと悟った。

坂の頂《いただき》で、下方に広がる大西洋と沿岸の大パノラマを見ることができたのは、運転手と助手席の警官だけだった。

だが、彼らの眼は別の光景を選んだ。

坂の下に黒々と広がる海辺の町――古風な切妻《きりづま》屋根を持つ家々と尖塔《せんとう》と煙突《えんとつ》が月光の下に眠る町。

住民は寝ているのではなく、死んでいるに違いない。

マニューゼット河がどんよりと流れる河口《かこう》の隣には、船影《ふなかげ》もまばらな湾と光なき燈台《とうだい》が落ち着き、彼方に波しぶきを上げている黒い鋸《のこぎり》の歯は、〈悪魔の岩礁〉だ。

そして目的地だった。

廃滅《はいめつ》の町――インスマスが。

町へ入ると同時に、警官隊は模範《もはん》的な行動を取った。寸分の狂いもなく打ち合わせ通りに動いたのである。

最も迅速《じんそく》に検閲《けんえつ》、逮捕を命ぜられていたのは、中央広場に近い〈ダゴン秘密教団〉の本部とワシントン通りの高級住宅の中でも群を抜いて豪華な邸宅《ていたく》であった。

夜番の教団員が顔を出し、捜査《そうさ》令状を示した警官をのけぞらせた。

はっきりと両生類を思わせる顔つきと青緑色の皮膚《ひふ》——これこそが〝インスマス面《づら》〟であった。

抗弁《こうべん》する彼を逮捕者第一号として護送《ごそう》車へぶち込み、内部へ殺到《さっとう》した警官たちが見たものは、この建物の前身——フリーメーソン協会の面影《おもかげ》も留《とど》めぬ荒廃《こうはい》した内部と、会議室——今は集会場の祭壇前に飾られた、奇怪な立像《りつぞう》だった。

蛸《たこ》のような頭部に、蛇《へび》のように長い触手《しょくしゅ》が何百本も口もとを覆《おお》った顔も、退化した翼《つばさ》を有するぶよついた身体も、明らかにレプリカなのにもかかわらず、とび込んだ警官全員をその場に凍《こお》りつかせ、何人かを卒倒させる妖気《ようき》を漂わせていたのである。

閃光《フラッシュ》がひらめいた。今回の捜索《そうさく》で最重要な役回りとされる写真班の活躍《かつやく》であった。この夜撮影された数千葉の写真はワシントンに運ばれ、政府首脳陣を戦慄《せんりつ》させ、現実に三日間、政務の停止せざるをえなかった。

現場へ急行した者たちは、呼び鈴を鳴らしても誰も出て来ないため、ついに木槌を使ってドアを打ち破った。彼らはまず寝室へ突入し、そこで奇怪——というより汚怪《おかい》な存在と対面する羽目《はめ》になった。

ベッドの上で腫《は》れぼったい眼をこすりこすり彼らを迎えたのは、蛙《かえる》とも人間《ひと》ともつかぬ生き物だったのである。

何より不気味《ぶきみ》なのは、蛙そっくりの顔が明らかに人間の面影を留め、壁に掛《か》けられたこの家の主人《あるじ》の

肖像画《しょうぞうが》そっくりだと思わせたことだった。

警官たちを認めると、それはすぐベッドを抜け出し、ぺたぺたという足音で彼らの気を少しずつ狂わせながら隣室へと逃亡した。

後を追った警官隊は、そこで、壁ごと半回転した暖炉《だんろ》と、そこへとび込むいくつものガウン姿を目撃した。明らかにこの家の一族に違いなかった。

一〇人以上がとびかかって、閉まりかけた扉をストップさせ、ほかの同僚を通過させた。

壁の向こうはすぐ石の階段で、渦《うず》を巻きながら、地下へと続いていた。全員が吹き上げる潮風と異様なにおいを嗅《か》いだ。

それでも駆け下りようとする足を止めたのは、
テケリ・リ
テケリ・リ
という声ともつかぬ響きであった。

このとき、先頭近くにいた巡査部長は、自分でもわからぬ衝動《しょうどう》に駆られて、

「全員、退避《たいひ》！」

と三度繰り返した。

すでに三、四人が階段を下りていた。手すりから身を乗り出して繰り返そうとした巡査部長の耳に、狂声《きょうせい》と、魂《たましい》を食われるような凄《すさ》まじい悲鳴が聞こえた。

彼は——上司としての責任感と、どうしようもない人間の好奇心から階段を一〇段ほど下りた。

すると、底の方に見えたのだ。

何か不透明な、ゼラチンに似た塊《かたまり》が穴を塞《ふさ》いでいる。

それどころか――盛り上がってくるではないか。

――ショゴス
それは誰の叫びでもなかった。

その名を知っている者は、ひとりもいなかったのである。放ったのは、巡査長の血と脳の知られざる暗部に巣食《すく》う、永劫《えいごう》に近い前世《ぜんせ》の記憶かも知れなかった。

「全員退避」

巡査部長はもう一度叫んで、もう誰もいない階段を駆け上がりはじめた。


街の一部――港になおも残る朽《く》ち果てた倉庫街は炎に包まれていた。

警告を発してから十分に待った上で、火炎瓶を投げ込むのに、警官たちはためらわなかった。

奇妙なことがひとつだけあった。

燃えさかる倉庫と倉庫の間の通りから、酒瓶《さかびん》を片手の老人が現れ、確かに護送車へと運び込まれたのに、車がインスマスを出たときには姿を消していた。

収容者のひとりは、

「ザドック爺《じい》さん、インスマスを出られなかったんだな」

と洩らした。

月光に照らされた街路《がいろ》には、おびただしい影が蠢《うごめ》いていた。半分は警官だったが、半分は人に似ているか、はっきりと人以外の何かだった。

彼らはナイフをかざし、手斧《ておの》と鉤爪《かぎづめ》を武器に抵抗したものの、数名の重軽傷者を作っただけで、警棒と拳銃の火線《かせん》の前に倒れた。警官たちは顔をそむけながら、粘液《ねんえき》したたるその身体を護送車に放り込んだ。

月光が夜明けの光に取って代わったとき、凍《い》てついた街路には血と緑色の粘液の海しか残っていなかった。

昼近くだったか、無人の海岸通りに、ぼろをまとった老人の姿が現れたのは——。

手にした瓶をラッパ飲みにし、すぐ空なのに気づいて海中へ放ると、老人はぶらぶらと中央広場の方へ歩き出した。

ふと、足を止めた。

背後で聞こえたのは、こんな音であった。

テケリ・リ

第一章　旅の道連《みちづ》れ

1

「お寝みのところ、すみません。切符を拝見します」

目覚めて見上げると、車掌がぼくをのぞきこんでいた。あれ、さっき切符を出したばっかりのような気がする……。寝ぼけているのかな？

「あ、はい、すみません、ちょと待って……」

ポケットを探ると、今度はすぐに出てきた。一九二七年七月一三日……今日の日付が刻印してある切符だ。

「ニューベリーポート、次の駅までですね。あと三〇分ほどで到着です」

車掌は切符を返すと次の席に移っていった。

「あの……」

「うおっ！」

いきなり隣から話しかけられて、ぼくは声を出して飛び上がってしまった。

見ると、ぼくと同じ年くらいの女の子が、くすくす笑いながらぼくの隣に座っていた。真っすぐの黒髪が肩まで垂れて、切れ長の瞳は吸いこまれそうなサファイアブルーだ。

「驚かしてごめんなさい。窓の景色を見ているのも飽きちゃって、お話しでもできたらと思ったの」

ジーンズに真っ白なブラウス……胸元からグラマーな谷間がチラリと見えて、どぎまぎする。その谷間には、くるみくらいの大きさの不思議な光を放つ多面体のアクセサリーが輝いていた。

寝ている間にこんな可愛い娘《こ》が乗ってきていたのか。

あれ？　でも、確かぼくは窓際《まどぎわ》に座っていたはずだ。なんで今ぼくは通路側に座っていて、彼女が窓際に座っているんだ？　まだ寝ぼけているのか？

そんなぼくを見て、また彼女はくすくすと笑った。

ぼくは一つ咳ばらいをして、

「光栄なお誘いありがとう。ぼくは、ロバート・オルムステッド。もうすぐ二〇歳《はたち》になる記念に、ニュー・イングランド地方を旅行して回っているんだ」

「まあ、なんて素敵《すてき》！　わたしも旅行が大好きなんです。ニュー・イングランドもだいぶ行ったわ。今までどんな旅行をしてきたの？」

「どんなって、普通だよ。名所旧跡《きゅうせき》を訪ねたり、骨董品《こっとうひん》を見たり、自分の家系のルーツを調べたり……。学生で金もないし、車も持っていないから、いつも汽車やトロリーバス、大型バスを乗り継《つ》いでの貧乏旅行さ」

「貧乏旅行、大賛成よ。わたし、飛行機や船で一気に目的地に着く旅行よりも、汽車を乗り継いで行く旅行の方が、じっくり風景が楽しめてずっと好き」

　ぼくは褒《ほ》められて、うれしくなった。

「そうなんだよ。それに、どのルートが一番安いか、交通手段とにらめっこするのもまた楽しくてさ」

　なんか、この娘《こ》とは、気が合いそうな気がする。

「君は、どこまで行くの？　名前は？」

「名前はさっき言ったじゃない。わたしの名前、長くて発音しにくいから、覚えにくいのよね。ニーナって呼んで」

　あれ？　名前、聞いたかな？　そんな長くて発音しにくい名前なら、聞き逃すとは思えない。でも、もし一度聞いたなら、もう一度聞くのは失礼だし……。

「わたしも、行く先を決めずに気の赴《おもむ》くままの旅行なの。ロバートはニューベリーポートまで？」

「うん、実は、母方の出身がアーカムらしいんだ。ニューベリーポートから交通手段があるっていうから、それで行ってみようかと思っている」

「ねえ、ロバート、アーカムまで、わたしも一緒に行ったらダメかしら？　一度アーカムに行ってみたいと思っていたの」

　そう言ってニーナはじっとぼくを見つめた。そんなに見つめられたら……、いや、見つめられなくても、こんな素敵な申し出を断れるわけがない。

　ぼくたちは二人でアーカムに向かうことにした。

ニューベリーポート駅に着いたのは昼過ぎだった。

ぼくらはまず市内にある旅行会社に行ってみた。アーカムまでの交通手段を尋《たず》ねると、ニューベリーポート駅からは汽車に乗るしかないということだった。

「汽車だと高くつきそうだな。ほかの行き方があるといいんだけど……」

けれど、観光案内所や、ほかの誰に聞いても同じ回答だったので、仕方なくニューベリーポート駅に戻り、券売所のカウンターに向かった。

カウンターの係員は、がっしりとした体格で、抜け目のない顔つきの男だったが、ぼくらが券売所に入ると「いらっしゃいませ」と丁寧《ていねい》に声をかけてくれた。田舎の人間にはない言葉遣《づか》いだ。

「アーカムまで行きたいのですが、いくらかかりますか？」

「アーカムまでですか……。ちょうど三ドルです」

この金額に仰天《ぎょうてん》した。ボストンからウースター（直線距離で六一キロ）までだって、二ドルあれば行ける。ニューベリーポートからアーカムまでは、六〇キロもないはずだ。

「それ、いくらなんでも高すぎませんか？　三ドルだなんて！」

「お気持ちはわかりますが、そういう決まりなものですから……。学生さんですか？」

「そうです。なにかほかに、安い行き方はないものでしょうか？」

すると、係員は同情した様子で、ためらないながら口を開いた。

「あまりお勧《すす》めはしないのですが……、あそこに停まっている古いバスでも、アーカムまで行けますよ」

そこで係員は、言葉を切った。しかし、ぼくたちが黙っていると、本当に言いたくなさそうな口調《くちょう》で続けた。

「地元の連中であのバスに乗るやつはほとんどいないんですが……。あのバスは……途中でインスマスを通るんですよ。あなたもインスマスという町の名は聞いたことがおありでしょうが、それでみんな、あのバスを嫌うんです」

インスマス？　初めて聞く町だ。

「ニーナ、知ってる？」

と振り向くと、かぶりを振る。

「あのバスがインスマスという町を通って、アーカムまで走っている、ということなんですね？」

ぼくが確認すると、係員はうなずいた。

「運転手は、インスマスに住むジョー・サージェントという男です。バスの持ち主でもある。しかし、この町からもアーカムからも、あのバスに乗りたがる客なんてめったにいない。なんで廃止にならないか、不思議なもんです。きっと運賃はかなり安いでしょうが、二、三人以上乗っているのを見たことがないし、その二、三人もみんなインスマスの連中ばかりなんですから」

顔をしかめながら話す係員とは裏腹に、ぼくは俄然《がぜん》、そのインスマスという町に興味が湧《わ》いてきた。

ニーナも目をキラキラさせている。

「どこから、何時に出発するんですか？」

いま停まっている場所は、乗り場には見えなかった。

「ハモンド薬局の前の——あそこの広場から、ここ最近で変わってなければ午前十時と午後七時に出発します。

言っときますが、乗り心地《ごこち》は保証しませんよ。わたしは乗ったことがないですが、見るからにひどいオンボロですよ、あれは」

「ちょっと友人と相談します」

そう言ってぼくはニーナに小声で話しかけた。

「ニーナ、どうする？　インスマスなんて町、地図でもガイドブックでも見たことがないけど」

「行きたい！　すごく行きたいです。地図にも載《の》っていない町だなんて、とっても興味がある!!」

ぼくも同じだった。近隣の町からこれほどまでに忌《い》み嫌われるということは、逆に旅行者から見れば物珍しい何かがあるに違いない。

「もう少し、インスマスについて教えてもらえませんか？　ぼくたち、初めて聞きました」

「インスマスについてですか？　いいでしょう——あの町は、マニューゼット川の河口にある奇妙な町です」

係員は慎重《しんちょう》な言葉遣いで、かつ心なしか若干《じゃっかん》の上から目線で説明してくれた。

「昔は市と言ってもいいくらいの町だった。一八一二年の第二次独立戦争以前は、中々の港町だったそうです。しかしこの百年かそこらの間に、何もかもがめちゃめちゃになっちまった。

今はもう、鉄道も通っていない。B&M（ボストン&メーン鉄道）が乗り入れなかった上に、ロウレイの町からの支線も数年前に廃止になってしまった」

鉄道もない閉ざされた町……、わくわくしてきたぞ。

「それでもまだ、人は住んでいるんですか？」

「それはまあ……。でも、空き家の方が多いだろう。魚やロブスターを獲《と》ることを除けば、商売といえるものが何もないんだから。

あの町の住人誰もが、大半がこの町か、アーカムやイプスウィッチに出稼《でかせ》ぎに来ている。かつてはそこそこの大きさの工場もいくつかあったが、今ではたった一つの金の精錬所《せいれんじょ》を除いて、すべてがなくなってしまった。その精錬所にしたって、一日の中で数時間だけ操業して、細々《ほそぼそ》と動いているだけだし」

「金の精錬所……ですか。この辺りで金が採《と》れるなんて、知りませんでした」

「産地じゃあ、ない。あくまで精錬所だけだ。この精錬所は、昔はかなり大きかったらしい。持ち主であるマーシュ老人――バーバナス・マーシュが大金持ちなのは、間違いないだろう」

閉ざされた町、金の精錬所、大金持ちのマーシュ老人……ぼくはますます興味が湧いてきた。

係員が、ぼくの考えを見透《みす》かしたように続けた。

「このマーシュ老人はかなりの変わり者で、家に閉じ籠《こ》もったきりなんだ。というのも、晩年になって皮膚病が悪化し、ひどい有り様になってしまったとかで、人目を忍ぶようになったそうだ」

それは気の毒な話じゃないか……。それでなんで、このニューベリーポートの人間はインスマスの町を嫌うんだろう？

「その方《かた》が、精錬所の創業者なんですか？」

「いいや、創業者は彼の祖父にあたるオーベッド・マーシュという人物だ。彼は、自分の船を持っていて、マーシュ船長と呼ばれていた。もう亡くなったがね」

「それで、いまの当主のバーバナス・マーシュさんは、おひとりなんですか?」

「いや、五〇年前にイプスウィッチの女性と結婚した。そのときは、みんなが大騒ぎしたらしい」

「大騒ぎってどういう意味ですか?　なんで、インスマスの人が結婚するだけで騒ぎになるんですか?」

「それは――誰もが、それだけ嫌っているからだよ。インスマスの住人と結婚して近親者になるなんて、狂気の沙汰《さた》だ。だから、この町や近隣に住む者でインスマスの血が混じっている者は、ひた隠しにそれを隠そうとするんだよ」

ぼくは少し驚いていた。近隣の町がいがみ合ったり、寂《さび》れた隣町を馬鹿にしたりするのはよくあることだけど、そんなレベルの話じゃない。インスマスという町は、尋常《じんじょう》では考えられないくらい、周りから忌み嫌われているようだ。

「しかし、マーシュ老人の子供や孫たちは、これまでわたしが見た限りでは、ほかの者と同じように見えるんだけどな……」

係員が独《ひと》り言のようにつぶやいた。「ほかの者と同じように見える」ってどういう意味だろう?　インスマスの人はそんなに特徴《とくちょう》があるのだろうか?

ぼくの怪訝《けげん》そうな顔に気づいて、係員が付け足した。

「ああ、彼らがこの町に来たときは、わたしのところへ会いに来るように言ってあるんですよ。しかし、ここ最近、上の子はまったく見てないな……」

ぼくはとうとう、一番気になってたまらないことを質問した。

「どうして、みなさんはそんなにインスマスの人を嫌うんですか？」

するると、係員はよくぞ聞いてくれたとばかりに目を輝かせ、得意げに話しはじめた。

「いいかい、学生さん、まず、この辺りの人間の言うことを一から十まで信じちゃだめだ。彼らときたら、なかなか口を開かないくせに、いざ話し出すときりがないくらい話し続けるという厄介《やっかい》な連中だから。

——実はわたしは、ヴァーモントのパントン出身なんだ。

ここの連中がインスマスのことをひそひそと噂するようになって、もう一〇〇年ほどになるだろう。彼らは恐れているんだ、インスマスの人間のことを。だが、その理由ときたら笑えるほど荒唐無稽《こうとうむけい》で、とても信じるに値しない話ばかりなんだよ」

「荒唐無稽って、例えばどんな話なんですか？」

「たとえば、オーベッド・マーシュ船長が悪魔と取引し、地獄から小鬼《こおに》を連れ出してインスマスに住まわせたとか。一八四五年辺りのころ、波止場《はとば》の近くのいくつかの場所で、悪魔崇拝《すうはい》や残酷《ざんこく》な生《い》け贄《にえ》を捧げる儀式のようなものを見てしまった人がいるとか……。そんな話だ」

「確かに、とても信じられないような話ですね」

一〇〇年前の話とはいえ、いまだにそれを信じて怯《おび》えているだなんて、そんなにこの町の人たちは迷信《めいしん》深いのだろうか？

ここ、ニューベリーポートはマサチューセッツ州エセックス郡北東部にある町だ。もともとは隣の町、ニューベリーの一部だった。一七六四年一月二八日、マサチューセッツ州議会が「ニューベリーの町の一部をニューベリーポートという名前で新しい町とする法」を成立させた。広さ六四七エーカー（二・六二平方キロメートル）とマサチューセッツで一番小さいが、町は繁栄《はんえい》し、一八五一年には市になった。漁業、造船業、海運業の中心であり、また銀器製造業もある。

ここで係員は、急に得意げな顔をひそめ、真面目《まじめ》な面持《おも》ちで話しはじめた。

「でも、もし港の沖にある真っ黒な岩礁――地元の人間は〈悪魔の岩礁〉と呼んでいるが――について話す年寄りがいたら、その話はちゃんと聞いておいた方がいい」

「〈悪魔の岩礁〉？　すごい名前ですね」

「そうだ。その岩礁は、常に水面より出ていて、満潮でもめったに水面下にもぐるようなことはないんだ。

かといって、島と呼べるようなものでもなく、岸から一・五マイル（約二・四キロ）離れたところを、鋸の歯のようにごつごつと波打つ低い岩が、長さ一マイル以上も延びている。

そのため、長い航海から帰ってきた船乗りたちは、その岩礁を大きく迂回《うかい》しないと港に入ることができなかった。

老人たちの話というのは、時々、その岩礁の上にたくさんの魔物が寝そべっていたり、頂上近くにある洞窟《どうくつ》のような穴を出たり入ったりしているという話なんだ」

魔物だって？　さっきの話と大差ないじゃないか。なんだって、そんな話に耳を貸した方がいいなんて、この人は言うんだ？

ぼくの心の声が聞こえたかのように、係員はじろりとにらみ、続けた。

「実は……、時々、潮が落ち着いている晩に、マーシュ船長が島に上陸していたと言われているんだ。そのため、インスマス以外の出身の船乗りたちは、ますます彼を忌み嫌っていた」

「その話は、実際、本当だったんですか?」

「ええ、彼ならやりかねなかっただろうと、私は思っています。その島は大変、変わった岩層の島なんです。マーシュ氏は、海賊《かいぞく》の戦利品がそこに隠されているのでは探していたのでしょう。そしてたぶん、本当にそれを見つけたのでしょう。

　彼はそこで悪魔と取引をしていたとも言われていますが、そういった一連の噂を流したのは、島に人を近づけまいとする、マーシュ船長の自作自演ではないかと私は考えているがね」

　なるほど……。それで彼は精錬所を始めるほどの資金を得たのだろうか?

「それって、いつ頃のことなんですか?」

　ぼくの後ろでずっと黙っていたニーナが、さも怖がっているような声で質問した。係員はとたんに笑みを浮かべ、猫なで声で答えた。

「大丈夫ですよ、お嬢さん。いまお話ししたことは一八四六年、――インスマスの町に伝染病が大流行し、半分以上の住民が命を失った年より、以前の話ですから」

「半分以上ですって!」

　ぼくは思わず大声を上げた。町の半分が命を失うなんて、大変な出来事じゃないか。一八四六年というと……今から八一年前だ。そんな昔の話じゃない。

「いったいそれは、何の病気だったんですか?」

ぼくの質問に、係員はまた得意げな口調で答えた。

「それが、はっきりしたことは全くわからなかったそうだが――たぶん、中国かどこかの国からの船によって持ち込まれた外国の伝染病だったのだろう。

それはほんとうにひどいものだった。暴動は起こるし、ほかの町ではありそうもない悍《おぞ》ましい出来事が次々と起こった。

――そしていまでも町の様子は当時のままだ。今はもう、三〇〇から四〇〇人ほどしか住んでいないんじゃないかな」

「それが、インスマスの町が周りの人から嫌われている理由なんですか？」

「いや、そうじゃない。町の人間がインスマスを嫌う本当の理由は、単なる人種的偏見に過ぎない。だからといって、彼らを責める気はないがね。私自身、インスマスの人間は大嫌いだし、あの町に行こうなんて気にはまったくならない。

きみは西部出身かね？」

突然の質問にぼくは面食らった。

「そうです」

「言葉つきからそうじゃないかと思ったよ。だったら、きみも知っているだろう？　かつて、どれだけたくさんのニュー・イングランドの船が、アフリカ、アジア、南太平洋、その他《た》さまざまな地域の奇妙な港と行き来していたか――また、それらの船によって、どれだけ奇妙な人種の人間たちが持ち込まれてきたか。

中国人の妻と一緒に家に帰ってきたセーラムの男の話や、ケープコッド周辺のどこかには、フィジー島民の集落があるという話も聞いたことがあるだろう?」

ケープコッドは、マサチューセッツ州北東に突き出た半島で、北アメリカで最初にヨーロッパ人が入った場所の一つである。アッパー・ケープの町への鉄道が整備されて以来、夏は避暑地としても人気がある場所だ。

しかし、そんな場所にフィジー島民がいるという話も、セーラムの男の話も聞いたことがない。振り向いてニーナの顔を見つめると、ニーナも見返して首を振った。

係員はぼくたちの様子を見て、

「そうか、最近の若い人たちは知らないのかな。つまり、インスマスの連中の背後《はいご》にはそういった連中がいるにちがいないと私は考えている。

あの土地は沼や入り江によって世の中から隔絶《かくぜつ》されているから、実際のところの詳細までは、はっきりわからない。しかし、マーシュ船長が、彼の持つ三隻《せき》の船が全て現役《げんえき》だったころ、二〇人や三〇人の変わった人種の連中を連れて帰ってきたことは間違いない。

うまく言えないが……インスマスの連中に、奇妙な特徴があることは確かだ。……ぞっとせずにはいられないような特徴が。もし、きみたちがあのバスに乗るのであれば、運転手のサージェントを見れば、私の言う意味が少しはわかるだろう。

彼らのうちの何人かは、奇妙なほどに額《ひたい》が狭く、鼻は平べったい。突き出た目はギラギラして、閉じたのを見たことがない。肌ときたら……人間とは思えないようなものだ」

確かに顔の特徴は、有色人種のようだ。だが、肌は……？

「人間とは思えないって……どういう意味なんですか？」

「ガサガサして、まるで魚の鱗のようなんだ。首の両側なんて、皺《しわ》がひだのように折り畳《たた》まれて……気味が悪いとしかいいようがない。そして、若いうちからみんな、頭が禿《は》げてしまうんだ」

確かに聞くだけでぞっとする。八〇年ほど前に流行した伝染病の名残《なご》りが、遺伝《いでん》として表れているのだろうか？

「しかも、年をとればとるほど、どんどん醜《みにく》くなる。以前、インスマスの年寄りを見たときには、信じられないほどでしたよ。あの連中が鏡を見た日には、死にたくなるだろうね」

あまりの言いように、ぼくはだんだん気分が悪くなってきた。人の容姿《ようし》をここまで言うなんて。

ニーナも同じように思ったらしく、ぼくの背中をつんつんと突いてきた。ふり向くと、

「ねえ、もうそろそろ……」

と、小声でささやく。

「インスマスの人たちの特徴はそれだけですか？」

そう言って話を締《し》めくくろうとしたが、まだ終わらなかった。

「それだけじゃない。とにかく、動物にやたら嫌われる。自動車が普及する前は、馬がしょっちゅう暴れていたらしい。

ここ周辺や、アーカム、イプスウィッチの人間で、インスマスの連中と関わりを持とうなんてやつは、一人もいない。その容貌《ようぼう》のせいで、町に来たときや漁《りょう》に出ようとするときも、誰もがよそよそしい態度《たいど》

をとって、彼らを避《さ》けて通る。そして、もう一つ不思議なことがある」

係員はもったいぶって、言葉を切った。思わずぼくも引き込まれてしまった。

「この周辺がどんなに不漁なときでも、インスマス港では、つねに大漁なんだ」

それは単に、インスマスの人たちが漁に長けているということなのでは？……と思ったが、口には出さなかった。代わりに、

「インスマス港の近くに、魚の多い潮の流れでもあるんでしょうか？」

と言った。すると、

「そうかもしれない。とにかく、少しでもインスマス港に近づいて漁をしようもんなら、あの連中が恐ろしい勢いで追い払おうとする。試しにきみも、釣りにでも出てみたらいい」

……遠慮しておきます。

「かつては、あの連中は列車で来ていたんだが、支線が廃止されてからは、ロウレイの町まで歩いてきて、そこから列車に乗ってここまで来ていたらしい。今はバスで来ているがね」

「わかりました。ご親切にありがとうございます。ちなみに、インスマスの町に宿はあるのでしょうか？」

「一軒、ある。――ギルマン・ハウスという名前の宿だ。だが、あまり良い宿とは言えないから……正直、お勧めはしないな」

「と言うと？」

「今晩はこの町に泊まって、明日の朝十時のバスに乗った方がいい。そして、向こうを夜八時に出る

アーカム行きのバスに乗るのが一番いいだろう」

「そんなにひどい宿なんですか？」

どうせ行くならすぐにでもここを発《た》って、インスマスの町を見てみたいという気持ちに、ぼくはなっていた。

「数年前に工場の査察《ささつ》でインスマスを訪れ、ギルマン・ハウスに泊まった者がいてね。ケイシーという名の男なんだが……、そこでだいぶ気味の悪い目にあったと仄《ほの》めかしているんだ。

その晩、彼以外の客はいなかったはずなのに、ほかの部屋から人の声が聞こえてきて、たくさんの客が泊まっているかのようだった――そう言って彼は震《ふる》えていた」

「お忍びの客が泊まっていたか、彼が寝ぼけていたか――ということもありますよね？」

「いや、彼の記憶ははっきりしていて、とても寝ぼけ話とは思えない。

聞こえてきたのは、どうやら外国語のようだったが、彼が最も怯えたのは時折聞こえてくる、ある独特の声だったらしい。

その声は、とても人の声とは思えない――まるで水たまりをぴちゃぴちゃと歩くような音だったらしい。彼は恐ろしさのあまり、服を脱ぐことも、ベッドに入って眠ることも、とてもできなかったと言っていた。

その声は一晩中続き、朝一番にぴたりと止まったそうだ」

確かに、たった一人で泊まった宿でそんな体験をしたら、震えるほど怖いかもしれない。

「インスマスの町の連中は常にケイシーを見張っていて、彼のことを警戒しているようだった、とも言っていた」

「それは――、なにか警戒されるような理由が彼にあったのでしょうか？」

「彼は、マニューゼット川の下流の滝のそばにあるマーシュ精錬所がおかしい、と言っていた。たぶん、そのためだろう。と言っても、彼が私に語ったことは、それまで私が耳にしてきたことと、全く同じ内容だったがね」

もったいぶって、なんとなく偉そうな係員の態度が鼻についた。が、先が聞きたかったので、ぼくは黙っていた。

「あの精錬所については、帳簿《ちょうぼ》はめちゃくちゃだし、取引の記録というものも全く残っていない。これがどういう意味か、わかるかい？」

「さあ……、やはり何か隠したいことがあるのでしょうか？」

「つまり、製錬する金鉱石を、マーシュ家の連中がどこから調達しているのか、全く謎だということだよ」

確かに、それは不思議だ。名前さえも誰も知らないようなインスマスの町が、金鉱石をそう簡単に入手できるとは思えない。

「本当にその精錬所では金を製錬しているのですか？」

「している。仕入れるのは誰も見たことがないが、数年前に、製錬した大量の金を積んだ船が、港を出て行ったのを、みんなが見ている」

「その行き先はわからない――ということなんですね」

「そうだ。ただ、どこか異教徒たちの港と交易《こうえき》しているだろうとは、誰もが思っていた。

というのも、外国製の奇妙な装身具《そうしんぐ》を、船員や精錬所の連中がこっそり売っているとか、マーシュ家の女たちが身に着けている様子が、あちこちで見られたからだ。特にマーシュ船長が、異国の原住民との交易によく使われたガラスのビーズや装身具を仕入れるようになってからは、誰もがそう確信していた」

ここで係員はくすりと笑って、

「マーシュ船長が〈悪魔の岩礁〉で、海賊が隠した財宝を見つけたんだ、なんて馬鹿げたことを言う輩《やから》が、昔も今もいるけどね」

と付け加えた。

「一八六七年にオーベッド・マーシュ船長が死んでから、もう六〇年が経つ。その二年ほど前――南北戦争が終わった頃から、インスマスの港には外洋に出られるほどの大きさの船は誰も見ていない。にもかかわらず、変わることなくずっと、マーシュ家の連中は異国の原住民と交易するための、ガラスやゴムでできたおもちゃの装飾品を買い続けているという話だ。きみも変だと思うだろう？」

「確かに……」

「もしかしたら、インスマスの連中自身がそういった類《たぐい》の物を見るのが好きなのかもしれないが。彼らが、南洋の人食い人種やギニアの野蛮《やばん》人と同じくらいに程度が低かったとしても不思議じゃないからな。たぶん、一八四六年に流行した疫病《えきびょう》が、あの町の有識者《ゆうしきしゃ》たちの血筋《ちすじ》をすべて奪ってしまったのだろう。とにかく、あの町は怪しいことだらけだ。マーシュ家や、そのほかの金持ちたちは、誰もがみんなろくでもない連中なのは間違いない」

後ろでニーナの溜《た》め息が聞こえた。

結局、人種的偏見《へんけん》があるのはほかならないこの係員だ。ぼくもそろそろ切り上げたいのだが、なかなか糸口がつかめない。

「町はどんどん衰退《すいたい》して、今やあの町の住民は、せいぜい四〇〇人ほどしかいないはずなのに、あの連中に言わせると町の通り中に人がいるそうだ。まったくあいつらは、無法者《むほうもの》でずる賢《かしこ》く、まるで南部（マサチューセッツ州は北部）の〝白人のくず〟みたいだ。どんなときも、陰でこそこそとしている」

これ以上聞くのは限界だった。

「わかりました。ぼくたちも町に着いたら色々調べてみます」

すると、係員が突然、声を荒げた。

「だめだ、そんなことをしては。

誰もあの町について調べることなんて、できやしない。学術研究者も、国勢《こくせい》調査員も、みんなお手上げだった。詮索《せんさく》好きのよそ者は、あの町ではひどい仕打ちを受ける」

「そんな、大げさな……」

「いや、見くびっちゃだめだ。あの町で姿を消した商人や役人は、一人や二人じゃすまないと言われている。

ある男は気が狂ってしまい、今はダンヴァーズで暮らしているという噂もある。町の連中によっぽど怖い思いをさせられたにちがいない」

そこまで聞くと、まるでどこかの都市伝説のようで、ぼくはかえって怖くなくなってしまった。それが顔に出たのか、係員はぼくの顔をのぞき込んで、念を押した。

「いいかい、私がきみだったら、絶対に夜にここを出発しようなんてことはしない。――今まで一度も行ったことはないし、これからも行くことはないだろうけどね。

ここの連中は昼でも行くなと言うだろうが、たぶん、日中なら安全だろう。

あのインスマスという町は、風景は抜群《ばつぐん》に美しいし、古い物もたくさん残っている。そういった観光がしたいなら、あの町はぴったりさ」

「わかりました。とりあえず今日はこの町に泊まって、明日出発します」

ぼくたちは係員に丁寧に礼を言って、券売所を後にした。

2

駅を出ると、ニーナがさっそく口を開いた。

「なんだか色々驚くような話ばかりだったわね」

「まったくだ。それで……どうする？　どっちみちアーカムに行くには、教えてくれたバスに乗るのが一番安いようだけど……。インスマスで途中下車してみたいかい？」

「ええ！　せっかく色んな話を聞いたんだから、やっぱり行ってみたいわ」

「よし、あの係員の言うとおり、今夜はこの町に泊まろう。信じたわけじゃないけど、不気味な宿には泊まらないに越したことはないからね」

「賛成。町の中心部に図書館があるみたいだから、先にそこへ行って、インスマスについて調べてみない？」

　ということで、ぼくたちは図書館に向かった。

　図書館に着くと、ぼくたちはエセックス郡の歴史を記した書物の中に、インスマスに関する記述を発見した。


〈インスマス町〉

＊概要《がいよう》
　一六四三年、設立。

＊歴史
　古くは漁業を中心とする町であったが、独立戦争（一七七五年）以前に造船業の町として有名になった。一九世紀初頭に海上貿易が盛んに行われた。それ以降はマニューゼット川を動力源とする小さな工場が、町の中心的産業となった。

　一八四六年、疫病が流行する。

一八六五年の南北戦争以降、漁業の衰退、日用品の物価の下落、大企業による競争といった時代の流れの中で、インスマス港付近の漁業だけは変わることがなかった。

現在の主要産業は、漁業と、オーベッド・マーシュ氏が設立した金の精錬所で製造された地金の取引のみである。

＊移民

外国人が定住することはほぼなかったが、一時期、かなりの数のポーランド人とポルトガル人がこの地に移住しようとした記録が、わずかながら、かろうじて残っている。しかし、彼らは住民から手荒い方法で追い払われた。

＊その他

一九世紀半ば、外国の珍しい装身具が売られており、近隣の注目を集めていた。

これらの物は、現在アーカムにあるミスカトニック大学博物館およびニューベリポート歴史協会が収蔵している装身具と、同様のものだと推測される。

「一八四六年の疫病についての記載が、あっさりし過ぎていると思わない？

それに、あの係員さんの話だと、そのあとどんどん町が衰退していったってことだったけど、それも全然書いてないわ」

ニーナが横からのぞき込みながら言った。

「そうだね。あの係員の話によると町の住民の半分が命を落としたっていうんだから、かなりの災害のはずなのに、詳しいことは何も書いてない」

そのあとのことも、意味としては間違っていないけど、だいぶ雰囲気が違う感じがする。

「これ、意図《いと》的に書いてないような気がする。エセックス郡の黒歴史だから隠そうとしているとしか思えない」

ニーナの言うとおり、確かにこれしか書いていないのはおかしい。だが、その理由は、単に黒歴史だから隠したいというだけではないような気がした。何か、もっと書けないようなことがあったような……。

「この、〝外国の珍しい装身具〟っていうのは、係員も言っていた物のことだね。ぼくはこれがすごく気になるんだけど」

一見、何気ない説明文だが、読み返すと意味があることを仄めかしているようにも感じる。昔からぼくは、こういった隠された謎に対して、勘《かん》が働く方だった。

「わかる！　わたしも」

「この装身具について、もっと詳しい物がないか、司書《ししょ》の人に聞いてみよう」

カウンターには何人かの図書館員がいて、そのうちの一人の年配《ねんぱい》の男性に声をかけた。

「あの……こんにちは。ここに書いてある、インスマスで売られていたという装身具について知りたいんですが」

「はい、こんにちは。どれどれ……これは協会の目録《もくろく》に詳細が書いてあるかもしれないな。この本は公開している書棚《しょだな》にはないので、少しお待ちください」

図書館員は席を立ち、すぐに片手に一冊の本を手にして戻ってきた。

「はい、どうぞ。お返しはカウンターまでお願いします」

『ニューベリーポート歴史協会　収蔵品目録』というその本をめくっていくと、該当すると思われる物の記載があった。


〈装身具〉
・経歴　不明（一九世紀半ばころ、インスマスの町で見られた物と似ている）
・頭に載《の》せる冠《かんむり》のような形をしているが、人がかぶる物としてはかなり大きい。造形はほかに類《るい》がなく、奇妙な形をしている。

「なんだか、ますますこの装身具が気になってしかたがなくなってきた。歴史協会まで、行ってみないか？」

どちらも断片《だんぺん》的な説明しかないが、ぼくはこの装身具が見たくてたまらない気持ちになっていた。

「わたしもそう言おうと思ったところよ、ロバート」

今日出会ったばかりのニーナが、急に何年も親しくしている友達のように感じられて、思わずどきまぎした。

カウンターに目録を戻しに行くと、さっきの男性に声をかけられた。

「きみたち、なんで、さっきの装身具なんかに興味を持ったんだい？」

「ぼくたち、明日のバスでアーカムへ向かう予定なんですが、せっかくだから途中下車してインスマスを観光してみようかと思っているんです。その前に、これから歴史協会に行って、さっきの装身具の陳《ちん》列《れつ》を見てこようかと……」

「なんだって！　インスマスだって!?　とんでもない!!」

静まり返った図書館に彼の叫び声が響き、彼は慌《あわ》てて咳ばらいをした。そして今度は声をひそめて、

「悪いことは言わない、あんな町へ行くのはおやめなさい。あの町の住人は堕落《だらく》しきっとる」

しかし、ぼくたちの意思が固そうなのを見て、溜め息をつき、

「若い者は本当に無茶が好きだ。ちょっと待っていなさい。歴史協会の管理人に紹介状を書いてあげるから」

その場でペンを取り、簡単に手紙を書くと封筒《ふうとう》に入れ、

「管理人はアンナ・ティルトンという老婦人だ。よろしく伝えてくれ」

「私、ますますインスマスに行ってみたくなっちゃった」

図書館を出るとニーナが眼をきらきらさせて言った。

「うん、ぼくもだ。歴史協会に行く途中で、町のほかの人にもインスマスについて尋ねてみよう」

そして、ぼくたちは道すがらにあった雑貨屋、食堂、自動車修理工場、消防署に立ち寄った。結果は、券売所の係員から聞いた以上の話は得られなかった。

「みんな、なかなか話してくれないね。やっぱりよそ者は胡散《うさん》臭いのかなあ？」

町の人たちの頑《かたく》なな態度が、ニーナは少し寂しそうだった。

「いや、それよりもインスマスに行きたいと思っていると、正直に言ったのがまずかったんだろう」

「はっきり口に出した人はいなかったけど、なにか私たちのことを疑っているみたいだったよね」

そのとおりだった。彼らの眼には、インスマスに興味を持つなどまともじゃない、という疑念《ぎねん》に満ちていた。

気が付くと、陽が暮れかかっていた。

しまった、のんびりしすぎた！　歴史協会が閉まってしまう。

「急いで、ニーナ。たぶん、もう閉館時間ぎりぎりだから」

そう言ってぼくは駆け出した。

「ま、待って……そんなに速く走れない」

ニーナが伸ばしたその白い手を見て、〇・一秒だけ躊躇《ちゅうちょ》し、次の瞬間には彼女の手を取って走っていた。

　急に体が燃えるように熱くなった。

歴史協会の前に着くと、もう閉館時間が過ぎていた。

胸の動悸《どうき》は走ってきたせいだ。うん、そうに違いない。

「も…う、閉まっちゃっ……た、ね」

ニーナも息を切らしていた。

諦《あきら》めきれず、入り口の横の呼び鈴を鳴らしてみた。

しばらく待つと扉が開いて、かなり老齢《ろうれい》の上品な婦人が出てきた。

「ごめんなさいね、歴史協会はもう閉館時間なのよ」

「あの、ぼくたち旅行者で……。図書館の司書の人に紹介状を書いてもらってきました。ティルトンさんでしょうか？」

「まあ、そうなの？」

老婦人は目を大きく開けると、鈴のような声で紹介状を受け取った。

「まあ、まあまあ！　インスマスの冠が見たいのね。わかりましたわ。そんなに遅い時間でもないし、せっかくいらしてくれたのだから、特別にお見せします。どうぞ、お入りになって」

そう言って、中に入れてくれた。

案内された陳列棚には、数々の素晴らしい物が並んでいた。

「ロバート、すごいね、ここ！」

「うん……」

だが、ぼくの心はインスマスの冠でいっぱいで、ニーナに話しかけられても生返事しかできなかった。

「こちらです」

それは、電球の下の、部屋の片隅《かたすみ》の棚の中で光り輝いていた。

あまりの美しさに、ぼくは文字通り息を飲んだ。

ビロードの上にそっと置かれたそれは、見たこともないほど幻想的《げんそう》で、言葉で言い表せないほど豪奢《ごうしゃ》なものだった。美しいものを美しいと感じるのに、特別な感性は必要ないんだと、改めて思った。

「あの目録の説明には〝冠のような形〟とあったけど……」

ニーナがあとの言葉を飲み込んだ。

確かに冠のように見える。前の部分が高くなっており、表面には奇妙な凹凸《おうとつ》が施《ほどこ》されていた。

「大きい！　そして、不思議な形……！　人間の頭に載せるために作ったんじゃないみたい」

ニーナの言うとおり、確かにその冠は人の頭よりかなり大きく、頭に載せる下の部分は楕円《だえん》形だった。

「材料は、金でしょうか？」

ぼくは傍《かたわ》らに立っているティルトン老婦人に質問した。

「一見、そのように見えますが、でも、よくご覧になって。金とは違う光沢《こうたく》が少し混じっておりますでしょう？　金と、金とよく似た、同じように美しい金属との合金ではないかと言われておりますの」

確かに、金よりも明るく、名状《めいじょう》しがたい不思議な輝きを放っていた。

ティルトン婦人に返事もできないほど、ぼくたちは冠に心を奪われ、見つめ続けていた。

しばらくして、ニーナがやっと口を開いた。

「あまりに素晴らしくて、何時間でも見ていたくなっちゃう」

「そうだね。特に、あの、表面に高く施された浮き彫りのデザインから目が離せない。あれほどに幻想的な意匠《いしょう》を、ぼくも今まで見たことがない」

「幾何学的な模様《もよう》もあれば、明らかに海を表している模様もある……。一体、どうやってあんな模様を彫ったのかしら？」

「金属の模様は、たいがいは打ち出しか鋳型《いがた》で作るんだけど、あれはどっちで作ったのかわからないな。とにかく、信じられないほど巧《たく》みな職人の技と卓越《たくえつ》した美の感性によって作られたのは間違いない」

ぼくたちは、それからまだしばらく、その冠を見ていた。

――しかし、そのうちになんだか、何とも言えない違和感を覚えているのに気付いた。

ニーナも熱心に見入っている。

「ねえ、ニーナ、確かにこの冠すごく綺麗《きれい》だけど、なんか、変な感じがしない？」

「全く知らない異国の地で作られた芸術品だからかしら……」

「確かに、ぼくもこれまで見てきた物は、必ずどこかしかの民族や国に属する物ばかりだ」

「もしくは、あえて従来の流れに逆らったモダン芸術とかね」

ニーナがちょっと皮肉っぽく笑いながら言った。

「でも、この冠はどちらの特徴も持っていない。

ぼくがこれまで見てきた西洋の物とも東洋の物とも、古美術から現代美術にいたるどんな物ともかけ離れている」

それでいて、これまでの技巧《ぎこう》を凌駕《りょうが》する究極《きゅうきょく》の美に到達した芸術品――としか言いようがないこの冠に、圧倒された。

「まるで、地球上にある技術で作られた物とは思えないくらいだ」

「その通りよ、ロバート」

笑いを含んだニーナの言葉に驚き、ぼくは冠から目を離して、

「今、なんて言ったの？　ニーナ」

冠を見つめていたニーナも振り向き、怪訝そうな表情を浮かべ、

「え？　何も言ってないわ。でも、わたしもロバートが言うとおりだと思うわ」

何か聞き間違えたのだろうか？　いや、よく考えるとニーナの返事は聞き間違えたというほど違ってもいない。想像を絶する芸術品を前に、舞い上がっているんだ、きっと。

ぼくは陳列棚に目を戻し、改めて冠を見つめた。

やはり、見れば見るほど、なんとも不安な、落ち着かない気分になってくる。そしてその原因が、表面に施された絵画的、もしくは心を惑わすような幾何学的な模様にあるように思えてきた。

「この模様が……遥か遠くの秘密や、想像を絶する時空の深淵《しんえん》を表しているように見えてくる。そして、その一方で単調な波の模様が、なんとも不吉に思えてならない」

「ロバート、あの部分の模様は、怪物のように見えない？　グロテスクで忌まわしい、おとぎ話に出てくるような怪物に」

「半分が魚、半分が両生類――の怪物だね。

とにかく見ているだけで心がざわついてくる。身体の深層の細胞《さいぼう》や組織に刻まれた、遥か古《いにしえ》の人類の祖先が持つ記憶が呼び起こされるような、そんな感じがする」

この悍ましくも冒涜《ぼうとく》的な半魚半蛙《はんぎょはんあ》の姿こそ、知られざる究極の邪悪に満ち溢《あふ》れている――そう想像せずにはいられなかった。

「この冠はどういう経緯でこの協会に収められたんですか？」

ぼくはティルトン老婦人に質問した。

「それは、この冠の姿の異様さに比べれば、取り立てて珍しい出自《しゅつじ》ではないんですのよ。

一八七三年に、ステート通りにある質屋を酔っぱらった男が訪れて、この冠を質入れしたのです。その男はインスマスの住人で、質屋はお話にならないくらいの安値で買い取ったそうです。

当協会の陳列品としてふさわしいと判断し、その質屋から直接買い付けましたの」

「そうなんですか。それで……『起源：東インドまたはインドシナ』という表示は正しいのですか？」

「いいえ。そういう経緯で入手しましたので、あくまでその可能性が高いだろうという推測のものです。冠を質屋に持ち込んだ男に詳細を聞こうともしたのですが、冠を手放した直後に喧嘩《けんか》をして亡くなったそうで……」

平凡でありがちな話だ――と思ったら、そうでもない一言がつけ加えられた。

確かにヨーロッパの物でもアフリカの物でもないようなデザインだから、そう考えたのもうなずける。

「実は、私なりにこの冠の由来《ゆらい》について、あれこれ可能性を比べて検討してみましたのよ」

ティルトン老婦人は少女のような笑みを浮かべて首を傾げ、さらに続けた。

「この冠の起源と所在がこのニュー・イングランドにあるとするなら――、実はこの冠は異国の海賊が隠していた財宝の一つで、オーベッド・マーシュ船長が発見したものじゃないかしらって、思うようになりました」

またもや「マーシュ船長」の名前が出てぼくたちは驚いた。ニーナも眼を見開いてぼくに視線を送ってきた。

「それは、何か理由があるんですか？」

「ええ、もちろん。実は、この冠が当協会にあると知るや、すぐにマーシュ家から高額でも買い取りたいと、申し入れがあったそうです。

協会にその意思はないとずっと断り続けているのですが、いまだにしつこくその要求が来てますのよ」

それほどマーシュ家がこの冠に執着《しゅうちゃく》しているのなら、ティルトン老婦人の推理も正しいかもしれない。

「さあ、もうよろしいかしら？」

と老婦人が言って歩き出したので、ぼくたちもその後について陳列室を出た。

歩きながら彼女は、さらに続けた。

「マーシュ家の繁栄の源が海賊の財宝だという説は、この辺りの知識層の間では、もう当たり前のことだと言われてますの」

「ティルトンさんは、インスマスの町に行ったことはあるんですか？」

質問したのはニーナだった。

「とんでもない！」

返ってきた口調がこれまでの上品でおだやかな態度からは想像もつかない激しさで、ぼくは一瞬、驚いた。

ぼくの様子を見てティルトン老婦人は、少し頬《ほほ》を赤らめ、元の口調に戻って、

「ほほ、ごめんなさい。でも、インスマスに行こうなんて住人はこの町にはめったにいませんわ。あの町に、悪魔を崇拝する気味の悪い秘密教団があるという噂はお聞きになったことがありますか？」

「はい、少しだけ。でも、いまどき悪魔崇拝だなんて……」

と言いかけた言葉は、ぴしゃりと否定された。

「いいえ、私は、確かな話だと思っています――あの町の恐ろしく低い文化レベルを思えば」

こんなに知的で上品な女性でも差別的な意識があるのか。ぼくは少し悲しくなった。

「確かに、いつの時代にもカルト教団は存在するし、時に危険なこともあるかもしれませんが、それで町全体を嫌うというのは行き過ぎじゃないでしょうか？」

ぼくのささやかな抗議に、ティルトン老婦人はさらに強く言った。

「そんなことありませんわ。なぜなら、そのカルト教団があの町では強い力を持っており、正しい教えを説いてきた町の教会のすべてが、いまや教団の傘下《さんか》として巻き込まれてしまっているんですから。あの〈ダゴン秘密教団〉の――」

「〈ダゴン秘密教団〉って――、すごい名前だね」

ニーナが小声でささやいた。

――確かに！　〃ダゴン〃とは、古代パレスチナにおいてペリシテ人が信奉《しんぼう》していた神のことだろうか？

「その名前を聞くだけでも、堕落した多神教に類したものであることは間違いないわ。〈ダゴン秘密教団〉は一〇〇年ほど前――インスマスの漁業が低迷《ていめい》しはじめたころに、東洋からもたらされたそうです。そしてちょうどそのころ、突然、魚がたくさん獲れるようになり、いまにいたるわ」

「その二つの出来事が重なったために、素朴《そぼく》な町の人たちが〈ダゴン秘密教団〉を強く信じるようになった――ということですね」

「そうです。あっという間に、教団は町に対して最も影響力を持つようになりました。すべてのフリーメイソンに取って替わり、ニュー・チャーチ・グリーンにあったフリーメーソン本部を自分たちの本部にしてしまったのです」

「あの……実はぼくたち、明日、インスマスに行ってみようかと思っているんです」

言いづらかったが、ここまで親切にしてくれた人に黙っているのも悪いと思って、告白した。

――返事は予想通りだった。大きな眼をさらに見開き、

「絶対におやめない。どんな危険な目に遭《あ》うか、想像もつかない町なのです」

けれど、ぼくたちの意思が変わらない様子を見ると、

「ああ、主よ！　堕落し荒廃したインスマスへ向かう若者たちにご加護《かご》を」

と言って十字を切った。

ティルトン老婦人に丁寧にお礼を言って歴史協会を出ると、外はすっかり陽が暮れ、街灯の光が夕闇に滲《にじ》んでいた。

「ティルトンさんて素敵な女性だったけど、やっぱりインスマスのことはすごく嫌ってたね」

ニーナが残念そうにつぶやいた。

「彼女はいかにも敬虔《けいけん》なクリスチャンだったから、しかたないよ。

それより、ますますインスマスへ行くのが楽しみになってきたよ。建築物や歴史的な興味だけじゃなくて、人類学的にも面白そうじゃないか」

「私も！　わくわくする」

その晩、ぼくたちはＹＭＣＡに泊まったが、ぼくは翌日のことを思うだけで興奮して、ほとんど寝られなかった。決して隣の部屋で眠るニーナのことが気になったわけではない。

もう寝ついたのかな、とか、どんな寝間《ねま》着《き》を着て寝るだろうなどとは、断じて思ったわけではない。

翌朝、チェックアウトの際にフロントで次の行き先を聞かれ、インスマスと答えるとまたもや強く引き留められた。

「あんな陰気で退廃《たいはい》した町に行くなんて、絶対にやめた方がいい」

ここまでくるとぼくたちも慣れっこになっていたので、「考えてみます」と言葉を濁《にご》して、その場を後にした。

第二章　港町インスマス

1

十時少し前に、ぼくたちは古びたマーケット広場にあるハモンド薬局の前に到着し、インスマス行きのバスを待っていた。

小さな旅行鞄《かばん》一つをさげたニーナは、昨日のジーンズ姿とはうってかわって、水色のワンピースだった。風に揺らめくスカートの裾《すそ》が、打ち寄せる波のようだ。胸元には昨日と同じ、輝く多面体のアクセサリー。

見とれているぼくに気づいて、ニーナが輝くような笑顔でくるっと両手を広げて回ってみせた。

一気に血が駆け巡り、目まい、動悸、発汗《はっかん》……！

頭を抱《かか》えてうつむくと、驚いて駆け寄ってきた。

「どうしたの!?　ロバート！」

「きみの髪に反射した太陽の光で、眼が潰《つぶ》れた」

……一瞬の沈黙のあと、ニーナは弾《はじ》けるように笑い出した。

「やあねえ、もうロバートったら！」

一緒に笑いながら、この場をとりつくろえて、ほっとした。

これから二人でバスの旅かあ。考えるだけで顔がにやけてくる。

バスの到着時間が近づくと、周りをぶらぶらと歩いていた人たちの様子が明らかに変わったのがわかった。いそいそと通りを上って行くか、広場の反対側にある「至高《しこう》のランチ」と看板《かんばん》にある食堂に入っていった。

「これって、やっぱりインスマスへ行くバスを見るのも嫌ってことかな？　ロバート」

「どうも、そうらしい。バスというか、何もかもを嫌ってるんだろう。町もそこに住む人も、すべてを」

嫌なやつだと思った券売所の係員の話が、決して大げさなものではなかったということだ。

しばらくすると、驚くほどオンボロで、うす汚れた灰色の小型バスが、ステート通りをガタガタと音を立てて走ってきた。一度通り過ぎてUターンし、ぼくたちの足元の縁石《ふちいし》にぴったりと停車した。

「これがインスマス行きのバスかしら？」

「そうらしい」

ぼくはバスのフロントガラスに表示されている半ば消えかかった行き先を見て、答えた。

アーカム――インスマス――ニューベリーポート
三つの町を循環《じゅんかん》しているらしい。つまりこのバスは、インスマスから到着したということだ。

バスが止まると降りてきた乗客は三人だけだった。そして三人そろって、ぼさぼさ頭に陰気で不機嫌な顔つきの、そこそこ若い男たちだった。

見た瞬間、ニーナは顔をしかめ、一歩退《しりぞ》いた。

彼らは怪しげな手つきでよろよろと降りてきて、ステート通りへとひっそりと歩いていった。まるで人目《ひとめ》を忍ぶかのように――。

最後に運転手も降りてきて、薬局に入っていった。その姿をニーナが眼で追いながら、

「あの人が、昨日の係員さんが言ってたジョー・サージェントかしら？」

「うん、きっとそうだ」

ぼくは不機嫌《ふきげん》に答えた。

というのも――彼の姿をひと目、見たときから、それこそ彼をよく見る前から、なぜだかわからない嫌悪《けんお》感がこみ上げてきて、止められなかったからだ。

この町の人たちが、この男のバスに乗りたがらない、ましてやこの男やその親族たちが生まれ育ったところに、できる限り行きたがらないのが、今になって突然、当たり前のことのように思えてきた。

「ロバート、どうしたの？　怖い顔をして……」

「いや、なんでもないんだ」

そこへちょうどジョー・サージェントが買い物をすまして店から出てきた。

いったいなんで、こんなに彼に嫌悪感を感じるのだろう？

今度は注意深く彼を観察した。

ひどく猫背《ねこぜ》で痩《や》せている。身長は――六フィート（約一八〇センチ）はあるだろう。

みすぼらしい青色の私服を着て、擦《す》り切れたグレーのゴルフキャップをかぶっている。

「首の横……、なんだか気持ち悪いひだみたいな皺がある。何歳くらいの人だろう？」

「疲れ切った無表情の顔だけど、そんなに年がいってるようには見えないわ」

「確かに。せいぜい三〇から三五歳くらいだろう。首の皺のせいで、顔をよく見ないとかなり老《ふ》けて見えるけどね」

皺だけではなく、その男の顔は見れば見るほど奇妙だった。

小さな頭、はれぼったい瞼《まぶた》の下のうるんだ青い眼は、まったく瞬《まばた》きをしないように見える。平べったい鼻に後退した額と顎《あご》。耳は奇形と言っていいほど異常に小さかった。

横長の厚い唇《くちびる》、肌は毛穴がぼつぼつと目立っている。血の気のない頬は、黄色い縮《ちぢ》れた毛がほつれてまだらに生《は》えている以外は、ほとんど髭《ひげ》もなかった。

「顔のあちこちの皮膚が剥《は》げているみたいに見えるのは、何かの病気なのかな……？」

「そうかも……」

ニーナがぼくの視線を追い、気の毒そうにつぶやいた。

袖口《そでぐち》から見える大きな手は、血管が盛り上がっており、灰色と青色の中間のような色合いだった。

しかし指は、手全体の大きさから考えると驚くほど短かく、内側にむかって、くるんと巻いて生えているように見えた。

彼がバスに向かって、よろめくような不思議な足取りで歩いていった。その足は、また異常に巨大なだった。

全身が油で汚れたような姿に、見れば見るほど、ぼくは不愉快な気分が増した。

バスに戻る男が目の前を通り過ぎるとき、ある独特のにおいが鼻をついた。

「うっ！　なに、この生臭いにおい!?」

ニーナの鼻を覆う仕草が可愛くて、少し救われた気分になった。

「これは魚市場のにおいだ。きっと彼は運転手以外にも魚市場で働いているか、普段からそこに出入りしているんだろう。

それにしても、彼は純粋な白人には見えないな」

「それは、外国の血が混じっているってこと？」

「そうだ。でも、アジア人にもポリネシア人にもレバント（東部地中海沿岸地方の歴史的な名称。広義にはトルコ、シリア、レバノン、イスラエル、エジプトを含む）の住民や黒人とも思えない。でもあの変わった容貌は明らかにぼくたちとは違った人種の血が混じっている」

どこの国の血が混じっているのか、さっぱりわからなかったが、そう思う理由は、口には出せなかったがわかっていた。それは――どこの国の人間と比べても生物学的に退化しているとしか思えなかったから。

バス停には、ぼくたちのほかには、インスマスへ向かおうとする乗客の姿は見えなかった。

「ねえ、ロバート、このバスに乗るのはわたしたちだけなのかしら？」

ニーナの声に不安が滲んでいる。

「どうやら、そうらしい――」

あの運転手とぼくたち三人きり。だが、出発時間は刻々と近づいていた。

「よし、乗ろう」

ぼくはニーナを促《うなが》し、先にステップに足をかけた。

「インスマスまで二人」

そう言って一ドル紙幣を二枚差し出すと、彼は一瞬、怪訝そうな視線を僕に向け、黙って八〇セントのお釣りを差し出した。

「ね、後ろの方に座ろうよ」

小声でささやくニーナに上着の裾を引っ張られ、運転手から離れた、同じ側の席に座った。

「反対側だと斜《なな》めから顔が見えちゃうでしょ」

と悪戯《いたずら》っぽく出された舌を見た瞬間、嫌な気分が一気に吹き飛んだことは、言うまでもない。

彼女を窓際に座らせ、その隣にぼくは座った。

やがて古ぼけたバスは、車体を大きくゆるがせ、古いレンガ造りの建物が並ぶステート通りをガタガタと走り出した。

ニーナが窓から顔を出し、

「すごい煙！」

彼女の横から外を見ると、後方にはバンパーからの排気ガスが煙のようにもうもうとたなびいている。

歩道を歩いている人に眼をやると、一瞬バスに視線を向けてはあからさまに顔を背《そむ》ける、という奇妙な行動を取っていた。

「あれはどういう態度なのかしら？　このバスを見たくないってこと？」

「というより、バスを見ていることを見られたくないようだ」

「ふーん……、変なの！」

やがてバスは左に曲がり、ハイ街道に入ると滑《なめ》らかな走りに変わった。

「やっと少しましな走りになって良かったわ」

「あのままガタガタ走り続けたら、お尻がインスマスまでもたないかと思ったよ」

おどけるぼくに、ニーナがくすくすと花が咲くように笑った。こんな可愛い笑顔の女の子は見たことがない。本気でそう思った。

ニーナはまた車窓を見つめ、

「わたし、やっぱりこの街の風景がすごく好き」

と歌うように呟《つぶや》いた。

建国時代初期の風格ある古い邸宅と、さらに時代を遡《さかのぼ》る植民地時代の農家が、窓の外を飛ぶようによぎっていく。

ローアー草原を抜けパーカー川を過ぎると視界が開け、とうとう海が見えてきた。長い海岸線が単調に続いている。

「お日様がポカポカするね。晴れて良かった」

振り向くニーナの髪に陽の光が踊る。

「でも、せっかくのお天気なのに風景が寂しいのがちょっと残念……」

砂浜には葉先のとがったスゲ草と育ちの悪い灌木《かんぼく》がまばらに生えていた。それ以外の生命《いのち》あるものは何も存在しないと言いたげな、荒涼《こうりょう》たる風景だった。

「でも、真っ青でなんて綺麗な海！　あの向こうに見えるのは島かしら？」

「プラム島の海岸線だろう」

地図を見ながら答えた。景色はいまひとつだが、ニーナの機嫌が良いのが何よりだ。

やがてバスはロウレイやイプスウィッチに向かう幹線道路であるハイ街道から外れ、海岸沿いすぐのとても狭い道に入った。乗り心地もとたんにがたつき出した。

「なんだかますます寂しくなってきたね、ロバート。一軒の家も見えない。このバス以外の車もまったく走ってないし」

さすがのニーナも不安げな声だ。

「この道路の状況からすると、普段からほとんど車も通っていないんじゃないかな」

不安なのはぼくも同じだったが、ちょっと意地悪をしたくなってきた。

「ほら、向こうに見える小さな電信柱を見てごらんよ。雨風にさらされてボロボロだし、おまけに電線は二本しかぶら下がっていない。

それにさっきから入り江に掛かった粗末《そまつ》な木の橋をいくつも渡っただろう？　あの入り江が内陸深くまで食い込んでいて、このあたり一帯を外部から隔離《かくり》するような地形になっているんだろう」

大きく見開いたニーナの瞳はますます不安の色に染まった。ちょっと言い過ぎちゃったかな？

ニーナはそのままふたたび窓の外に視線を流し、悲鳴のような声をあげた。

「ロバート、あれは何かしら？」

指さした先には、砂に埋もれた、不気味な黒い塊の先が見えていた。

なんだろう？　と思ったときに風が吹き付け、その姿を現した。

「朽ちた木の株だよ。あっちに見えるのは元々は家の一部だった壁だろう」

と言いながら、ぼくは昨日の夜に読んだ歴史書の一節を思い出していた。歴史協会を出るとき、ティルトン婦人が参考にと譲《ゆず》ってくれたものだ。

ニーナがぼくの表情に気づき、首をかしげてぼくを見つめた。サファイアブルーの瞳に吸い込まれそう――なのを気を取り直し、

「昨日、ティルトンさんにもらった歴史書に書いてあったんだ。

この辺りは、昔は肥沃《ひよく》な土地で人家もたくさんあったと。その名残《なごり》が砂に埋まっているんだよ」

「肥沃な土地が、どうしてこんな砂浜になってしまったのかしら？」

「一八四六年、ちょうどインスマスに疫病が流行ったのと同じ時期に、この土地に砂が吹き込んで見る見る土地が痩せ、入り江も深く浸蝕《しんしょく》して土地を削っていったんだ。

当時の純朴《じゅんぼく》な人たちは、闇に潜《ひそ》む悪魔の力によるものだと信じ込んでいたらしい。

だけど本当の理由は、海岸近くの森林をむやみに伐採《ばっさい》したせいだとぼくは思っている」

「つまり、風を遮《さえぎ》る樹木がなくなってしまったために、どんどん風が砂を内陸に運び、この土地をこんな無惨《むざん》なものにしてしまったのね。かわいそうに――」

ニューベリーポート
ステート通り
ニューベリーポート駅
ハイ街道
プラム島
パーカー川
ロウレイ
イプスウィッチ

プラム島がついに見えなくなり、左側の車窓には大西洋が果てしなく広がった。走っていた狭い道が急に登り坂になる。前方を見ると轍《わだち》のついた道路が、空に向かって突き出すように伸びていた。

ニーナも同じようにその坂の頂上を見つめ、呟いた。

「あの頂上を見ていると、なんだか寂しい気持ちになってくる。そしてすごく不安な気持ちにも……。このままどんどん登り続けて、空に向かって飛び出していってしまいそう」

そんなことあるわけないのはわかっているが、ぼくも同じ気持ちで返事ができなかった。

ぼくたちの住むこの大地を後にして、上空の彼方に広がる神秘《しんぴ》と謎に満ちた世界に飛び込もうとしているように思えてならなかった。

海のにおいも不吉な警告のように鼻をついてくる。

ふと運転席に眼をやると、座るサージェントの強ばった猫背と狭い頭が、ますます不快な気分をかきたてた。それならば見なければいいのに、つい彼の頭に見入ってしまう。

彼の頭の後ろは、顔と同様にほとんど毛がなく、ざらざらとして青白い皮膚に黄色い短い毛がまばらに生えていた。

坂の頂上まで登りつめると、眼下には遥か彼方まで谷間が広がっていた。南に向かって断崖《だんがい》が長々と続き、手前の北側に河口があった。

「絶景ね……！　吸い込まれてしまいそう」

「あの川がマニューゼット川。断崖のそびえる頂が、キングスポート岬だ。あの断崖は、マサチューセッツ湾の北のアン岬まで続いている」

指さした遥か遠く、靄《もや》にけむる水平線の中にキングスポート岬の輪郭がゆらめいていた。

「キングスポート岬って、もしかして図書館の資料にあった、あのキングスポート？」

「そう。あの岬のふもとにキングスポートの町があるらしい」

エセックス郡の歴史の中に、その町の名が書かれていた。

今から三〇〇年ほど前に、古の一族が南の異国からやってきて、キングスポートに住みついたという内容だった。その一族は古代から続いている民族で、一世紀に一度、ユールの日（クリスマス）に秘密の儀式を行っている——とあった。

しかし、そう返事をするのもうわの空になるほど、一瞬にしてぼくは眼下に広がるパノラマに心を奪われていた。

「ねえニーナ、それより、この真下に広がる町がインスマスじゃないか？」

不吉な噂に包まれ、公に隠されてきた町が、今やっと、眼の前に姿を現したのだ。

2

そこにはたくさんの家が密集する、かなり大きな町が広がっていた。

「……ねえ、本当に人が住んでいるのかしら？」

ニーナがそう口にするのも当然で、煙突がひしめいているにもかかわらず、煙一本立っていなかった。

「どの家の屋根もボロボロ……。虫にでも食われたみたい」

たわんだ腰折れ屋根と先の尖った切妻屋根が密集して建っているが、ところどころが朽ちていた。

海側の通りには、背の高いペンキのはげ落ちたジョージ王朝風の尖塔が三本、ぼうっとそびえ立っている。そのうちの一本は上の部分が崩れ落ち、残りの二本は文字盤の代わりにぽっかりと黒い穴が開いていた。

「あの塔も、昔はさぞかし美しかったんでしょうね」

ニーナが寂しそうにつぶやいた。

バスが斜面を下りはじめ、町に近づくと、ほとんどの家の屋根が陥没《かんぼつ》しているのがわかった。

「まるで廃墟の町に来たみたい」

ニーナが緊張したように膝《ひざ》の上の両手を握りしめた。

ぼくは恐る恐る彼女の肩に自分の手を回し、抱き寄せた。

ニーナがそっと体を寄せてくると、不快な海のにおいが消し飛ばされ、ふわりと良いにおいがした。

内陸へ眼を向けると、大きな四角い家が何軒か建っている。

「見てごらん、ニーナ、あっちにもジョージ王朝風の家があるよ」

「寄棟《よせむね》屋根に、ドーム状の屋根、そして屋根の上のバルコニー。この家を建てた人たちは、少なくともそのときはお金持ちだったってことね」

ジョージ王朝風邸宅

「そういうことだ」

「一、二軒はまだ住めそうな感じじゃない？」

「あのあたりは海からだいぶ離れているから、比較的、潮風に当たらずにすんだせいだろう」

けれど、人が住んでいる気配はまったく見られなかった。

さらに内陸には、廃止になった鉄道が見えた。錆《さ》びつき、雑草に覆われた鉄道のそばには、今や電線すらも掛かっていない電柱が傾《かたむ》いていた。

「あれは何かしら？」

ニーナが指さした先には、半分消えかかった轍の後のようなものが、ずっと先に延びていた。

「きっと、当時ロウレイやイプスウィッチに向かっていた馬車道の跡だろう」

ニーナは溜め息混じりに、

「本当に、昔はいろいろあった交通手段が、今やわたしたちが乗って来たバスだけになってしまったのね」

視界の左手、町の海側は、右手の内陸側に比べてよりひどい荒れ方だった。

その中央に、比較的保存状態の良い白い鐘楼《しょうろう》のあるレンガ造りの建物がそびえている。

「小さいけど、きっと何かの工場だろう」

「工場っていうことは……あの券売所の係員が言うとおり、もしこの町の工業がマーシュ精錬所しかないなら、あれがその精錬所ってことかしら？」

「そういうことになるね」

さらその左手には、石の防波堤《ぼうはてい》に囲まれた港らしきものが見えた。

「見て、ロバート！　人がいるわ！」

遠目だが、防波堤の上に腰を下ろしている数人の人影らしきものが見える。この町に入って初めてみる人影に、やっと少し心が軽くなる。

「漁師《りょうし》かな。しかし、あの港、なんだから様子が変だな」

眼を凝らして港の様子がわかったとき、ニーナもぼくも息を飲んだ。

港はすっかり砂に埋もれていた。

「ひどい……」

「これじゃあ、とてもまともな船を出すなんて無理だ」

ぼくたちは口々に呟いた。

人影が見える防波堤の先には、崩れた土台のようなものが残っていた。

「きっとあそこに灯台があったんだろう」

ニーナはじっとその土台を見つめながら、無言《むごん》でうなずいた。

かつて港だった防波堤の内側は、今は砂州《さす》になっていた。

その上に、みすぼらしい小屋が何軒か建ち、ドーリー（小型の平底船）が何艘《そう》か停まっていた。その周りにはロブスターを獲る駕籠《かご》が散乱している。

「ドーリーで海に出ているのかしら？」

「いや、それは無理だろう。きっとあの川の方に入って、漁をしているんだと思う」

鐘楼のある建物の横を流れる川は、その先で南に向きを変え、防波堤の端《はし》で海へ流れ込んでいる。

「あの川は、河口付近を除けば、深いところがずっと、ないんじゃないかな」

海岸沿いのいたるところに、腐りかけた桟橋《さんばし》の残骸《ざんがい》がいくつも突き出ていて、中でも一番南に見えるものが最もひどく朽ちていた。

「ねえ、あれは何かしら？」

ニーナが指さした海の向こうに、高い波が白いしぶきを見せていた。その合間《あいま》に黒い筋のようなものがかすかに垣間《かいま》見える。

「なんだか見ているだけで嫌な気持ちになる……」

「きっとあれが、券売所の係員が言っていた〈悪魔の岩礁〉だ。

こんな言い方変だけど、まるで敵意みたいなものをぼくも感じるよ」

「そう、そんな感じがする！　それに――、すごく嫌でたまらないのに、まるで引き寄せられるような、そんな気分になる」

ニーナの言う通り、それはなんとも名状しがたい不思議な感覚だった。そして見れば見るほど、不快感よりも引き寄せられるような感覚の方が強くなっていく。

「ずっと見てちゃ、だめだ」

ニーナの後ろからそっと目隠しする。その手を外して振り向いたニーナと視線が合った。

「ロバート……」

「ニーナ……」

小さく開いた桜色の唇に、引き寄せられる。瞳を閉じたニーナに顔を近づけ……その瞬間、バスがガタンと跳ねて、額と額がぶつかった。

「きゃあっ！」

「いたっ！」

ぼくたちは一瞬、無言で顔を見合わせ、同時に笑い出した。

人生初の接吻《せっぷん》には失敗したけど、一気にニーナとの距離が近づいたような気がして、嬉しくなった。

次に現れたのは、朽ち果てたいくつもの農場だった。荒れ具合は様々だが、どれもこれもひどい状態だ。

さらにしばらく走ると、今度は屋根や壁が崩れ、傾いでいる家がポツポツと見えた。

「ねえ、あの家、人が住んでいるんじゃない？」

そこには、壊れた窓にぼろ布を詰め、庭には貝殻《かいがら》や魚の死がいが散らばっている家が建っていた。

「確かに、人が住んでいる気配だね」

人の姿を見たわけではないが、とりあえず人の住む家があるということに、ぼくもほっとする。

それから何軒か、同じように窓にぼろ布を詰め、庭に魚が散らばる家があった。

そしてとうとう、

「あ！　人がいる！」

すでに人の存在が珍獣のようなニーナの叫びに、思わず吹き出してしまった。

その家では家人が庭に出て、仕事をしていた。

「なんだか物憂《う》げな様子だね。……こんな町に住んでたら仕方ないのかもしれないけど」

「あっちには、貝を掘っている人もいるよ」

ぼくは魚のにおいが漂ってくる浜辺を指さした。

見かけるどの人も、疲れ切って生気《せいき》のない様子を漂わせていた。

もう少し行くと、雑草が生《お》い茂る戸口で子供たちが集まって遊んでいた。

「ちゃんと子供たちもいるのね」

「そうみたいだ。しかし、みんなひどく汚れているね。顔も猿みたいだ」

「そんなひどい言い方して……。

でも、わたし、せっかく町の人を見たというのに、あの陰気な建物を見たときよりも気分が暗くなってきちゃった」

ぼくも同じように思っていた。

「ここの連中は大人も子供もみんなある種、似ていると思わないかい？　顔や挙動が」

「ええ。はっきりと説明できないのだけど、生理的に……いいえ、本能の奥底で拒絶するような、そんな気持ちになるの。こんなこと、誰にも思ったことがないのに」

「いや、あの独特な体つきは、何かの本の写真で見たような気がする。それを見たときも、今と同じように、恐怖と悲しみを感じたような覚えがあるんだが、なんだったかな……」

「いいえ、やっぱり、こんなこと考えるの、やめましょう。あの人たちに悪いわ」

ニーナのその言葉でこの話は終わりになった。


やがてバスは低地に差し掛かった。これまで道路を歩いている人間は一人も見かけていない。

「いくらなんでも、ここまで静かなのって、おかしいな。人が住んでいる町とは思えない」

その言葉を遮るように、ふいに、かすかに水の音が聞こえてきた。

ぼくは一瞬、耳をすまし、

「滝の音だ。間違いないよ」

どこかに滝があるようだが、しかし姿は見えない。

道の両側にはペンキが剥げて傾いた家が建ち並んでいた。家の数はどんどん増え、前方に見える風景も、町の通りらしくなってきた。

「もしかして、ここがかつての町の中心地だったのかしら？」

「丸石を敷《し》いた車道や、レンガを敷き詰めた歩道のあとを見ると、きっと、そうだったんだろう」

「でも、やっぱりどの家にも人が住んでいる様子が見えないわ。まるで見捨てられたかのような荒れ具合」

ニーナはまた溜め息をついた。

「ここはかつては、たくさんの家が並ぶにぎやかな通りだったんだろう。今はところどころで家並みが途切れてしまっているけど。崩れ落ちた煙突や地下室の壁を見れば、そこに家があったことや、かつてのこの通りの家並みがわかるよ」

そして辺り一帯には、むかつくような魚のにおいが充満していた。

「これ以上ひどい魚のにおいが想像できないくらい、ひどい」

ぼくが顔をしかめて言うと、ニーナが笑いながら、

「回りくどい変な言い方。生の魚のにおいなんて、もともと良いものじゃないわ。でも、確かにこれ以上にひどいにおいは勘弁、かも」

まもなくバスは交差点や分かれ道を通り過ぎた。

「右側と左側の景色が全然、違うわ」

ニーナが左右の車窓を見比べながら言った。

「左側の海側の町並みは、道路は舗装《ほそう》されていないし、汚くて朽ち果てている。右側の町並みは、かつては栄えていたのが偲《しの》ばれる風景が残っているもの」

「それだけ海風の威力《いりょく》は凄まじい、ということさ」

しばらくすると明らかに通りから見える家の雰囲気《ふんいき》が変わりはじめた。

町の中心地に入ってからこれまで、人影がまったくなかったが、窓にカーテンの下りている家があちこちに見え、曲がり角には傷だらけの車が停まっている。

「やっと、人がちゃんと住んでいる町に来たって感じがしてきた」

ニーナの声が弾んでいる。

「うん、そうだね。この辺りは車道と歩道もちゃんと分けられているし、家のほとんどは、一九世紀初め頃のかなり古い木造かレンガ造りのものだけど、どの家も人が住んでるのは間違いないよ。古物研究家のぼくとしては、古き良き時代そのままのこの町並みは、大変喜ばしいことだよ、キミ」

おどけながら言うぼくに、

「〝素人〟古物研究家ね」

とニーナが笑いながら付け足した。

実際、古式《こしき》ゆかしき町の景観はすばらしく、鼻をつく不快なにおいや町に対する悪意や嫌悪感も一気に吹き飛ぶほどだった。

しかし残念ながら、そんな良い気分のまま目的地に到着することはできなかった。

やがてバスは、中心からいくつもの道が放射状に出ている中央広場のような場所にさしかかった。

道の両側には教会が建ち、中央にはすり減った円形の芝生《しばふ》の跡《あと》がかろうじて残っていた。

「ロバート、あの大きな灰色の建物は何かしら？」

ニーナが指さしたのは、右手前方の曲がり角に建つ、柱に囲まれたホールのような建物だった。昔は真っ白だったようだが、今はすっかりペンキが剥げて灰色の壁をさらしていた。

「あの三角形の切妻壁のところに、黒と金色で何か文字が書いてある。色あせていてよく読めないな。ダ……ゴン、秘密……きょう……だん……」

「〈ダゴン秘密教団〉！」

ぼくとニーナは同時に叫んだ。

「ティルトンさんが言っていた、怪しげな教団の名前だわ。本当にあったのね」

「ということは、あの建物はもとはフリーメイスンの会館だったということだ」

そのとき突然、通りの向こう側から割れ鐘を叩くような騒々しい音がした。

「なんだろう!?」

ぼくはすぐに、反対側の席の窓から首を出した。

「あの塔のある教会から聞こえてきたようだ」

それは、ずんぐりとした石造りの教会だった。

「ほかの家と比べて、明らかに新しい時代に建てられたみたい」

ニーナもぼくの後ろから窓をのぞいて言った。

「ゴシック様式で建てたみたいだけど、それにしちゃあ、ひどいデザインで建てたもんだ」

その教会は最下部が不格好に高く、その窓には全て鎧戸《よろいど》がはまっていた。

時計台の針が一本、取れてなくなっていたが、さっきの音が時刻を告げる鐘の音だということはわかった。「二一時だ」……と言いかけた瞬間、

「うわあああ！」

気が付くと悲鳴を上げていた。

「どうしたの!?　ロバート！」

自分の声と、のぞき込むニーナの瞳で我にかえった。

「あの教会の……黒くぽっかり長方形に開いている入り口のところを、何かがよぎったんだ……！」

気が付くと、全身がガタガタと震えていた。名状しがたい恐怖が心の隅々まで支配していた。

「何かって、何を？　何が見えたの？」

「……わからない。何が見えたのか具体的にはさっぱりわからないのに、それが恐ろしいものだったとしか思えない。

まるで悪夢から目が覚めて、内容は覚えてないのに恐怖に震えているときみたいだ」

だが、恐怖の正体はすぐに明らかになった。

それは——生き物であった。正確には、町の中心部に入ってから初めて見る人の姿だった。教会の入り口から、奇妙な服を着た人間が出てきたのだ。

「牧師さまかしら？」

「見たこともない法衣《ほうい》だけど、たぶん、そうだろう」

そしてその牧師の全身を改めて見て、

「ニーナ、頭にかぶっている物を見てごらん！　歴史協会でティルトンさんに見せてもらった冠とまったく同じ物じゃないか!?」

「本当だわ！」

牧師はあの背の高い冠をかぶり、よろよろと歩いていた。

入り口をこの牧師が横切ったとき、顔がよく見えない上にあの歩き方、そしてあの冠が無意識に目に入って、歴史協会で見たときの悍ましい気分が呼び起こされて、あんなに恐怖を感じたのかもしれない。

冷静になって考えれば、なんてこともないじゃないか。

「どうしてあの冠をかぶっているのかしら？〈ダゴン秘密教団〉と関係があるものだったのかしら？」

ニーナが首をかしげた。

「きっとあの冠は、地中から発見されたかして、この町の宝としての存在だったんだろう。地方で新興した宗教が、そういった地元のものを象徴《しょうちょう》として用いるのは、ありがちなことだと思うよ」

「そうね、しかも、あんなに変わった冠だし……」

「あとであの教会を訪ねて、もっとあの冠について訊いてみよう！」

「うん！　やっとこの街に来た楽しみが見つかったわね」

鮮やかな笑顔の花が咲いた。

やがてほかの人間の姿も、歩道にちらほら見えはじめた。一人の者もいれば、二、三人が連れ立っている者もいた。

「みんな若いみたいだけど、すごく痩せてるね……」

「うん……」

ぼくは、「それに見ているだけで嫌な気分になる」という言葉をぐっと飲み込んだ。誰も彼も、海岸沿いの家で見た人間も、今、眼の前を歩いている若者たちも、同じような顔つきをしていた。

歩いている連中はみんな寡黙《かもく》で、連れ立っている同士もまったく言葉をかわす様子がなかった。

若いくせにあんな不愛想《ぶあいそう》じゃあ、ぜったい彼女なんてできないだろうな……。人のことは言えないけど。

さらにガタガタと通りを走っていくと、崩壊しかけた何軒かの家の一階に黒ずんだ看板が出ていた。

「あ！　お店だ！　何を売っているのかしら。今でも営業しているのかしら」

そんなところに目ざといのはやっぱり女の子だ。

「店の前にトラックが停まっているから、きっと営業しているんだと思うよ。ほら、あっちの店には二台も停まっているから、繁盛《はんじょう》しているのかもしれない」

やがて、前方にかなり深い峡谷《きょうこく》が見えてきた。谷には鉄柵《てっさく》がついた幅の広い陸橋《りっきょう》が掛かっていた。谷の向こうに大きな広場が広がっている。

「滝の音がさっきより大きく聞こえる。近くに滝があるんだわ、きっと」

バスはガタンと音を立てて橋を渡りだした。

窓から外をのぞくと、目もくらむような絶景だった。

「すごーい！　吸い込まれそう！」

窓から強い風が入ってきて、バタバタとニーナの髪をはためかせる。その髪を両手で押さえながら、窓から顔を出し、ニーナが叫んだ。

「風が強いから、あんまり乗り出すと危ないよ」

「平気よー！」

風に負けまいと叫ぶニーナの声が、響きながら谷に溶けていく。

谷底へと向かう崖は草に覆われ、ふもとにはいくつかの工場のような建物が見える。また遥か崖下《がけした》を流れる川の流れは激しく、水量もかなりあるようだった。

「見て、ロバート！　滝があるわ」

ニーナが指さした右手上流に、二つの滝があった。どちらも勢いよく水が落ちている。

「こっちにも一つあるよ」

そういってぼくは左手の下流を指した。

橋を渡るにつれ、滝の音が耳をつんざくほど大きくなった。


やがてバスは橋を渡りきり、その先の大きな半円形の広場に入った。そして、黄色のペンキが剥げた背の高いドーム状の屋根の建物の前で停まった。

「着いた！」

この陰鬱《いんうつ》で息が詰まるような長旅の終わりが嬉しくて、ぼくもニーナもバスが停まると同時に腰を上げた。

ステップを下りる足取りももどかしく、バスの外に出る。

そして、眼の前のみすぼらしい建物を見上げると、半分消えかかった文字で、「ギルマン・ハウス」と書かれた看板が掛かっていた。

「券売所の係員が言っていた、インスマス町唯一《ゆいいつ》の旅館だわ」

「よし、ここに旅行鞄を預けて、この町を回ろう。面倒《めんどう》なことになると嫌だから、係員から聞いた奇妙な話は口にしたら駄目だよ」

ニーナはぼくを見つめ、無言でこっくりとうなずいた。とたんにぼくをさっきの失敗の後悔の波が襲ってきた。

気を取り直して玄関から入ると、正面のフロントに一人の年配の男が座っていた。

「なんだ、珍しくインスマス面じゃないんだ」

「え？　なんて言ったの？」

思わず小声でつぶやいたぼくに、ニーナが訊き返した。

「いや、なんでもない」

そして、ぼくはフロントに近づき、男に声を掛けた。

「すいません、ぼくたち日帰りの旅行者なんですが、この鞄を夜まで預かってもらえないでしょうか？」

男はじろりとぼくをにらみつけ、無言であごをしゃくった。

その上に鞄を置けという意味だと気づくのに、たっぷり一秒かかり、ぼくたちは顔を見合わせてから
あわてて鞄を置いた。

男は手際《てぎわ》よく鞄を取り上げて荷札《にふだ》をつけ、また無言でぼくに預かり札を突き付けた。

「あの、お代は……」

男が黙って首をふるので、ぼくたちはお礼を言って、旅館の外に出た。

「……なんか、あの人怒ってた？」

「いや、あれがいつもの彼なんだろう。確かに聞きしにまさる変な旅館だってことはわかったよ。あれがフロントなんだから」

「ところで、さっき、建物に入ったときになんて口にしたの？」

ぼくはためらったけど、口にしてしまったものは仕方ないと諦め、説明した。

「〝インスマス面〟って言ったんだよ。

ほら、この町の人はみんな同じように特徴的な顔をしているだろう。それに名前をつけたのさ」

予想通り、ニーナは顔をしかめた。けれど、それ以上は何も言わなかった。


広場に戻ると、もうバスは出発したあとだった。

「ちょっとこの辺りをぶらぶら、散歩してみようよ」

そう言いながら、ぼくはそこかしこをじっくり観察しながら眺めた。

石畳《いしだたみ》の広場の片側には、マニューゼット川がまっすぐに流れている。

反対側には、一八〇〇年代に建てられたと思《おぼ》しき傾斜《けいしゃ》した屋根を持つ建物が、半円形に広場を囲むように並んでいる。

　また広場からは、南東、南、南西へと向かう通りが放射状に延びていた。

「インスマスを観光する計画を日帰りにしてよかったなあ」

「え？　どうして？」

「周りを見てごらんよ。街灯がほとんどないだろう？　あっても弱い白熱球だ。

　いくら月が明るいっていっても、これじゃあ、ほとんど何にも見えないだろうし」

「本当だわ。この町の人たちは夜は外出しないのかしら？」

「きっと、店が閉まるのも早いんだろう」

　この広場の建物の状態は概《おおむ》ね良好で、一〇軒以上の店が営業していた。

「ねえ、見て、ロバート、あれはファースト・ナショナル・チェーンの食料雑貨店よ。こんな町にまであるなんて、驚いたわ」

　ファースト・ナショナル・チェーンは、一九〇二年にヴァーモントに一号店を出して以来、ニュー・イングランドを中心に、この二五年間で急激に成長したスーパーマーケット・チェーンである。

「あっちは食堂だけど……なんか、暗そう。あんなところでご飯を食べたくないわ」

　そのほかにも、薬屋、魚の卸《おろし》業者の事務所などが並んでいる。

　広場の東端の川沿いの建物には、「マーシュ事務所」という看板が掛かっていた。

「きっとマーシュ精錬所の事務所だ。ちょっと様子をうかがってみよう」

　ぼくはニーナに小声でささやき、何気ない風で前を通りかかり、中をのぞいてみた。

　そこには従業員らしき一〇人ばかりが見えた。

事務所の前には自動車が四、五台、トラックはさらにそれ以上の台数が乱雑に停まっていた。

「そこそこの事務所じゃない？」

「確かに。いずれにせよ、ここがインスマスの中心街というのは間違いなさそうだ」

東の港の方を向くと、青い海が光っていた。

そしてその海を背景に、三つの崩れかかった尖塔の残骸がそびえている。かつての美しさの欠片《かけら》さえも留めずに——。

そして、川向こうの岸辺に眼を移すと、マーシュ精錬所の上の鐘楼が見えた。

「まずは、ファースト・ナショナル・チェーンの食料雑貨店で話を聞いてみよう」

「それは構わないけど、どうして、ロバート？」

「だって、チェーン店だから、もしかしたら店員はインスマス以外の出身かもしれないじゃないか」

「なるほど、さすが、ロバート！」

「こんな雰囲気の町だから、いきなり地元の人に話しかけるよりも、よそから来た人に話を聞いておいた方が得策だわ」

3

中に入ると、ぼくよりも若そうな男が、暇そうにレジのところに座っていた。

「こんにちは、ぼくたち旅行者なんですが、よかったらこの町の話を聞かせてくれませんか？」

初めは驚いたように眼を見開いた彼は、すぐに満面の笑みを浮かべて、

「いいですよ、なんでも聞いてください。旅行者だなんて、珍しいなあ」

と言ってくれた。

彼の名前はオリバーと言って、一七歳の若者だった。とても年下とは思えないほど落ち着いている。

「しかし、よくこのインスマスを観光しようなんて気になりましたね」

オリバーは気さくに話しかけてきた。

「……というと？」

「だって、この町の隅から隅まで立ち込める魚のにおいだけでも不快じゃないですか。それに、いつもこそこそと隠れるように暮らしている住民たち。

とても観光して楽しいとは思えませんよ」

「オリバーさんは、どちらのご出身なんですか？」

「アーカムです。正直、ぼくはこの町のすべてが嫌で嫌でしかたないんだ」

初対面にもかかわらず、オリバーは感情を露《あらわ》にして毒づいた。

「じゃあ、どうして、ここで働いているんですか？」

ニーナの邪気のない問いに、オリバーはとたんに声をやわらげた。こういうときに女の子がいるのはなかなか使えるもんだと、初めて知った。

「インスマスに配属したのは会社なんだよ。断ったら会社を辞めなきゃいけなくなる」

「お若いのに偉いですね、オリバーさん」

あれ？　そういえばニーナは何歳だって言ってたっけ？　てっきりオリバーと同じくらいの年齢かと思っていたけど。

と一瞬、思考がジャンプするぼくを無視して、オリバーは続けた。

「アーカムの家族にはだいぶ反対されましたよ。今でもぼくがインスマスで働いていることを嫌がっている。――近所にも隠さないといけないしね」

「アーカムから通っているんですか？」

「いいや、バスに乗ったら出勤に間に合わないし、まだ一七歳でフル・ライセンスが取れないから、車で通うわけにもいかない。

それでしかたなく、この店のすぐそばに下宿しているんです。

下宿先の人がこの町生まれじゃなくて、イプスウィッチ出身というのが、せめてもの救いだよ」

フル・ライセンスとは深夜・早朝でも車を運転できるライセンスのことで、取得できる年齢は州によっても違うが、マサチューセッツ州では一八歳にならないと取得できない。

それでもオリバーは、とてもこの町にいられなくて、週末ごとにアーカムに帰省《きせい》していると言った。

「この町について色々調べてみたいんだけど、図書館とか商工会議所とかあるかな？」

彼は首と手を同時に反対側にふり、

「ないない！　そんなのあるわけないですよ」

そして今度はニーナの方を向き、猫なで声で、

「可愛いお嬢さん、よくお聞きなさい。この町はむやみに歩き回ると、とんでもない目に遭いますよ」

ニーナは両手を口元に運んで肩をすぼめ、上目遣《うわめ》いで答えた。

「えー、そうなんですかあ！　怖ーい！　良かったら詳しく教えてください」

オリバーの眼尻《めじり》はこれ以上ないくらい垂れ下がった。

なかなかの役者だ。

しかしオリバーのやつ、ぼくだってまだ一度もニーナに向かって直接「可愛い」とか言ったことがないのに、許せん。

ぼくの内心の抗議に気づくことなく、オリバーは説明しはじめた。

「まず、あなたたちが町の中に入るときに通ってきた通りは、フェデラル通りと言います。

この通りを中心に、町の西側にはかなり古い邸宅街が並んでいます。

西に向かって順番に、ブラッド通り、ワシントン通り、ラファイエット通り、アダムズ通りという通りが走っています。

また東側には、海岸に向かって貧民街が広がっている」

「バスに乗っているとき見えたジョージ王朝風の教会がその辺りに見えたような気がするんだけど」

「それはメイン通りにある教会ですね。この通り沿いの貧民街の中には、遠い昔に見捨てられた教会がいくつもあるんです。

こういった貧民街――特に川の北側では目立った行動をするのは危ないから、気をつけてください」

「それはまた、どうして？」

　ぼくは質問した。

「まず、この辺りの住民はみんな不愛想で、よそ者には敵意を持っていると言ってもいいんですが……」

　ここでオリバーは声をひそめ……、

「それだけじゃなく、過去には行方不明になった者もいるんです」

　と付け加えた。

　行方不明とは、確かに穏やかじゃない。治安が悪い場所は世界中にあるが、町中で〝行方不明〟というのは、めったにあるもんじゃない。最悪でもだいたいは〝死体〟という形で行方がはっきりするもんだ。

　固まるぼくたちの表情を確認すると、オリバーはつづけた。

「特に、絶対に足を踏み入れちゃならない場所を教えるから、よく聞いてください。まず、マーシュ精錬所付近、次にニュー・チャーチ・グリーンにある〈ダゴン秘密教団会館〉、それから現在使用されている全ての教会。

　実は……ぼくも最初はそういうことが全然わからなくて、だいぶ怖い思いをして、やっと今のことがわかったんですけどね」

「〈ダゴン秘密教団〉っていうのは、どういう宗教団体なのかい？」

「一言で言えば、〝異常〟、ですね」

「異常!?」

　あまりの過激な表現にぼくとニーナは声を揃えた。

「そうです、カルトなんて言葉じゃ甘い。〈ダゴン秘密教団〉は周辺の町の教会からも、激しく批判されています」

「一体、何をそんなに批判されているんだ？」

オリバーはいかめしい顔で、ぼくの質問に答えた。

「奇妙な法衣をまとった司祭が、これまた奇妙な儀式を行うからです」

「奇妙な儀式？」

「彼らの教義は異端であることは明らかだが、具体的には謎に包まれていて、はっきりしたことはわかっていません。ただ、その奇妙な儀式に垣間見えるのみです。その教義とは――この地球上における不死の肉体への恐るべき変身です」

「不死――つまり不死身《ふじみ》の身体になるということか!?」

「そうです」

確かにそんな儀式を行っているというなら、異常と言われるのもわかる。周りから迫害されてもしかたないだろう。

「ぼくが属していたアーカムのアズベリー派メソジスト監督教会のウォレス牧師様からは、インスマスの教会は、どの教会だろうと一歩たりとも足を踏み入れないようにと強く言われています」

オリバーはそうつけ加えた。

なるほど、確かに〈ダゴン秘密教団〉には近づかない方がいいだろう。

「わかった。気をつけるよ。

ところで、町の人たちは、普段はどうなふうに過ごしているの？」

オリバーは眉間《みけん》に皺を寄せ、首を傾《かし》げながら、

「それがぼくにも判然としません。彼らは普段は本当に密《ひそ》やかに暮らしている——まるで穴倉に棲《す》む動物みたいに。とりとめもなく魚を獲る以外、めったに姿を現すことがない。

しかし——彼らが飲んでいる密造酒《みつぞうしゅ》の量を考えると、昼間はきっと酔いつぶれて寝ているんでしょう」

「誰も彼もが？」

「誰も彼も。彼らにはある種の仲間意識と協調性があり、不愛想ながらも団結をしているようです。

そして——自分たち以外の人間を見下している。まるで、自分たちはよそに実在する上流階級としか付き合わないと言わんばかりに。

あなたたちは、もうこの町の住人を見ましたか？」

「ああ、何人かは——。バスの運転手とギルマン・ハウスのフロントの男性以外はバスの窓越しだけど」

「ああ、そうか、バスに乗ってきたんですよね。

それじゃあ、あなたもさぞあの連中の容貌には驚いたでしょう。

——特に、じっと人を見つめたまま、決して瞬きしない開きっぱなしの眼、そして聞くだけで胸がムカつくような、あの声——！　何もかも、最悪としか言いようがない!!」

オリバーは吐き捨てるように呟いた。

あまりの言いぐさに、ニーナがそっと目を伏せた。優しいなあ、ニーナは……。

「オリバーは、彼らの儀式を見聞きしたことがあるのかい？」

「見たことはないですが、夜、教会の近くを通ると彼らが祈りを捧げる声が洩《も》れ聞こえてくるんです」

「毎晩？」

「毎晩行ったことはないけれど、たぶん、そうでしょう。特に年に二回、四月三〇日と一〇月三一日に彼らは重要な儀式を行っているらしくて、その間中、聞こえてくる声は耳を塞ぎたくなるほど悍ましい」

オリバーは思い出したのか、身震いした。そして、続けた。

「あと彼らの特徴といえば、やたらと水が好きなことです。川でも港でもよく泳いでいる姿を見かけます。〈悪魔の岩礁〉まで競泳《きょうえい》なんていうのもしょっちゅうだ」

「〈悪魔の岩礁〉までは、確か一・五マイル（約二・四キロ）あるって聞いたけど。それだけ泳ぐのは、結構、きついよね」

「ところが家の外に出てくる連中はみんな、そんなのへでもないようです。

——ただ、よく考えると姿を見せるのはみんな若い奴らばっかりだな。そしてその中でも年長になればなるほど、醜い顔ばかりだ」

オリバーは後半は独り言のようにつぶやいた。

「でも、ギルマン・ハウスのフロントの男性は年配だったけど、普通の顔だったよ」

「ええ、彼は例外です。中にはそういう、年をとっても変貌しない奴もいる」

「年をとっても……ということは、あの〝インスマス面〟——ぼくが勝手にそう名付けたんだが——は、年を取るほど症状が増す、それも気づかないほど少しずつあの奇妙な病状が悪化する、そういう病気だってことか？」

「〝インスマス面〟？　それはぴったりだ！　しかし、それも、断言はできないです。そもそも、〝インスマス面〟が病気によるものかどうか……」

うん？　病気によらなければ、なんのせいだというんだ。

「それで、町に出てくる若い人以上に年を取ると、どんな状態になるんだろう？」

「さあ……、それもはっきりしたことはわかりません」

ここにきて、オリバーの言葉はとたんに思わせぶりだった。だが、それは逆にはっきりと肯定しているようだった。

「もちろん、成人した一人の人間が、その根本的な体の構造の隅々まで――例えば頭蓋骨《ずがいこつ》の形のように、基本的な骨格までが変わってしまうことは、ごく稀です。

それに骨格が変わるだけなら、決して不可解でも前代未聞《みもん》の病気でもない。くる病や関節リュウマチなんてのもあるし。でもあの顔つきの変化は……」

オリバーは一度そこで言葉を切り、

「いずれにせよ、はっきりしたことを言える人間は誰もいないでしょう。たとえどんなにこの町に長く住もうと、隣人と仲良くなることもできやしないんだから。

だけど……、外に出てくる奴の中のもっとも醜悪《しゅうあく》な顔よりも、さらにひどい顔の人間はたくさんいて、そいつらはきっと、どこかにまとめて閉じ込められていると、ぼくは思ってます」

それは、想像するだけで恐ろしい光景だ。

「どうして、そう思うんだい？」

「時折、どこからか奇妙な声が聞こえてくるからです」

「……。どこからかって、たとえばどこ？」

「川の北側に並んでいる倒れかけたあばら家――そこに、誰も見たことのないほどに変わり果てた連中が、集められているようです。あのあばら家は、ぼくたちよそ者の間では、秘密のトンネルで繋がっているとも言われている」

「あの顔が病気じゃないとすれば、きみは何が原因だと思っているの？」

「病気じゃなければ……ほかの人種との交わりとか……」

一瞬、聞き間違えたかと思った。一体どんな人種との混血なら、あんな容貌になるというのか……。

「とにかく、あの連中のことは政府ですら把握《はあく》していません。役人たちが外から来るときはきまって、あの醜《みにく》い連中は、人目につかないように隠されてしまうから」

「――川の北側って、さっき言ったよね？　近くに行ったらわかるかな？」

ぼくは怖い物見たさのような興味が湧いてきて、聞いてみた。だが、オリバーは左右に首をふった。

「やめた方がいいです。それに、町の人間に場所を聞いても、誰も答えちゃくれない。――よそ者と話をするのは、この町じゃザドック爺さんくらいのもんだから」

「ザドック爺さん？」

「ええ、町の北側にある救貧院《きゅうひんいん》に住んでいて、いつも消防署の辺りをぶらぶらしたり、ぼんやりと立っていたりしている人です。大酒飲みで確かもう九六歳のはずだけど、顔はいたって普通の顔の老人です。ザドック爺さんは変わり者で、いつも何かを恐れているかのように振り返り、こそこそとしている。しらふの時は見知らぬ人間とは全く話もしないんですが、お気に入りの毒水が入ると押さえきれずに、とたんに驚くほど細々《こまごま》した昔の噂話なんかを話しだすんです」

「そんな人がいるのか！　ぜひ、ザドックさんのお話を聞いてみたいな」

「いや、それもやめた方がいいです。実際、爺さんの言うことは根拠《こんきょ》もなく、何一つ信用に値《あたい》する情報はないです。およそありえないような話を断片的に口にするだけで、結局、酔っぱらいの妄想にしか過ぎない。

それに、この町の連中は、酔っぱらった爺さんがよそ者と話すのをひどく嫌がっている。爺さんと話しているところを見られると、あなたたちが危険な目に遭う可能性もあります」

最後の一言は、ほとんど脅しのようだった。

「なんで町の人たちは、それをそんなに嫌がるのかな？」

「この町について色んな噂がよそでささやかれているけれど、その中の荒唐無稽な話のほとんどの出どころが、爺さんだからでしょう。

実際、ここで妙なものを見たというよそ者の話と連中の容貌と、それにザドック爺さんの話が合わさって、実《まこと》しやかな噂が広まってしまったみたいです」

あの〝インスマス面〟を見たら、そんな噂が広まるのも仕方ないだろうと、ぼくは思った。

「そうだったの。わたしたちもニューベリーポートの町で、夜のインスマスの町は危険だからって、強く言われたわ」

ニーナがそう言うと、オリバーはニーナを見つめ、

「この町の夜が薄気味悪いのは事実です。でも、どんなに安全な町でも、あなたのように可憐《かれん》な方は、

気を付けないと危険ですよ」

「まあ、可憐だなんて……」

ニーナは嬉しそうに頬を染めた。反対にぼくは一気に不機嫌になり、割って入った。

「それでこの町の人たちは、一体なんで生計を立てているの？」

「この町の近海は、周りの町に比べると異常なくらい魚が豊富に獲れます。でも、最近は、単価が下がった上に競争も激しくなって、魚を獲る人間もかなり減ってしまいました。

だから、いま町を支えているのはマーシュ精錬所です」

やっぱり、そうなのか。それじゃあ、マーシュ家はこの町で相当の権力を持っているにちがいない。

「広場の東側、ここから二、三ブロック離れた四つ角にあるのがマーシュ精錬所の事務所だよね？」

「そうです。精錬所の持ち主であるバーバナス・マーシュ氏――マーシュ老人は、あるときから全く姿を見せなくなり、その後はぴったりカーテンを閉めた車に乗って、時々、工場に出かけているそうです。

以前はマーシュ老人の息子たちが広場の事務所に出勤していましたが、最近はまったく見かけなくなりました。今は、さらにその息子――マーシュ老人の孫に経営を譲ったようです」

「マーシュ老人がいま一体どういう姿になってしまったのか、様々に噂されています。

かつて彼は大変おしゃれで、エドワード王朝式のフロックコートを好んで着ていました。きっといまは、あの奇妙な体形に合わせて着ているだろうと、人々は言っています」

「やっぱりマーシュ老人も年をとるにつれて、顔や身体が変わっていったんだね」

「それはもう、かなり……。マーシュ老人だけでなく、彼の息子たちや娘たちはみな、だんだんと醜くなり、体調も崩していったらしいです。中でも長男の変わり方がひどかったそうで」

「娘たちというと……あんな顔つきに女性までもなってしまうのか。それはなんて気の毒な」

「ええ、インスマス面は男性に限ったものではありません。

マーシュ老人の娘の一人は爬虫類《はちゅうるい》そっくりの顔立ちで、思わず目をそむけたくなるほどですよ」

「その女性は外に出ることもあるの？」

「ええ、たまに。ぼくも何度か見かけたことがあります。いつも異国の不気味な装飾品を、山のように身に着けています」

不気味な装飾品と言えば、あれしかないと頭に浮かんだ。

「ぼくたち、ここに来る前にニューベリーポートの歴史協会で変わった冠を見たんだが、それと似たようなデザインのものかな？」

「そうです、どちらも同じ国の文化に属しているものだと思います。ここの連中は海賊か悪魔の秘密の宝物だと言ってますがね。

〈ダゴン秘密教団〉の牧師――だか祭司だか、なんて呼ばれているか知りませんが――も、同じ類の装飾の冠を着けていたようです。ようです、というのはそれを見かけた人がほとんどいないので」

さっき、バスの窓からちらりと見かけた奇妙な僧服の人間が思い浮かんだが、とりあえずぼくは黙っていた。

オリバーは続けた。

「マーシュ家は――いや、マーシュ家だけでなく、この町で名家と言われるウェイト家、ギルマン家、エリオット家の者も、みんな、かつての面影もなく家に閉じ籠もっています。

彼らはワシントン通りにある広大な屋敷に住んでいるんですが、中にはその形相《ぎょうそう》のせいで人前に出ることを禁じられ、死亡届を出された親戚を密かに匿っている家もあるみたいです」

そこまで徹底《てってい》しているとは……、単に醜い以上によほど何か隠したいことでもあるのだろうか？

いずれにせよ、かなり話しこんでしまった。そろそろほかを回らないと日が暮れてしまう。

「いろいろとご親切にありがとうございました。危険な地域は行かないように注意して観光します」

「ちょっとお待ちください。町の中の標識はほとんどなくなってしまっていて、迷いやすいと思います。いま簡単な地図を描いて差し上げますから」

オリバーはぼくたちのために、概略《がいりゃく》ではあるが、主要な情報を記《しる》した地図を丁寧に描いてくれた。

そして、「気をつけて」と爽《さわ》やかな笑顔とともに、ぼくの隣に立っているニーナに手渡した。

4

「すごく親切な人で良かったね」

ニーナが上機嫌でぼくを見上げた。

ぼくは、オリバーがニーナの気を明らかに惹こうとしていたのが、大いに不満だった。

地図をもらったあと、ぼくたちはオリバーの店で昼食代わりのチーズ・クラッカーとしょうが入りウエ

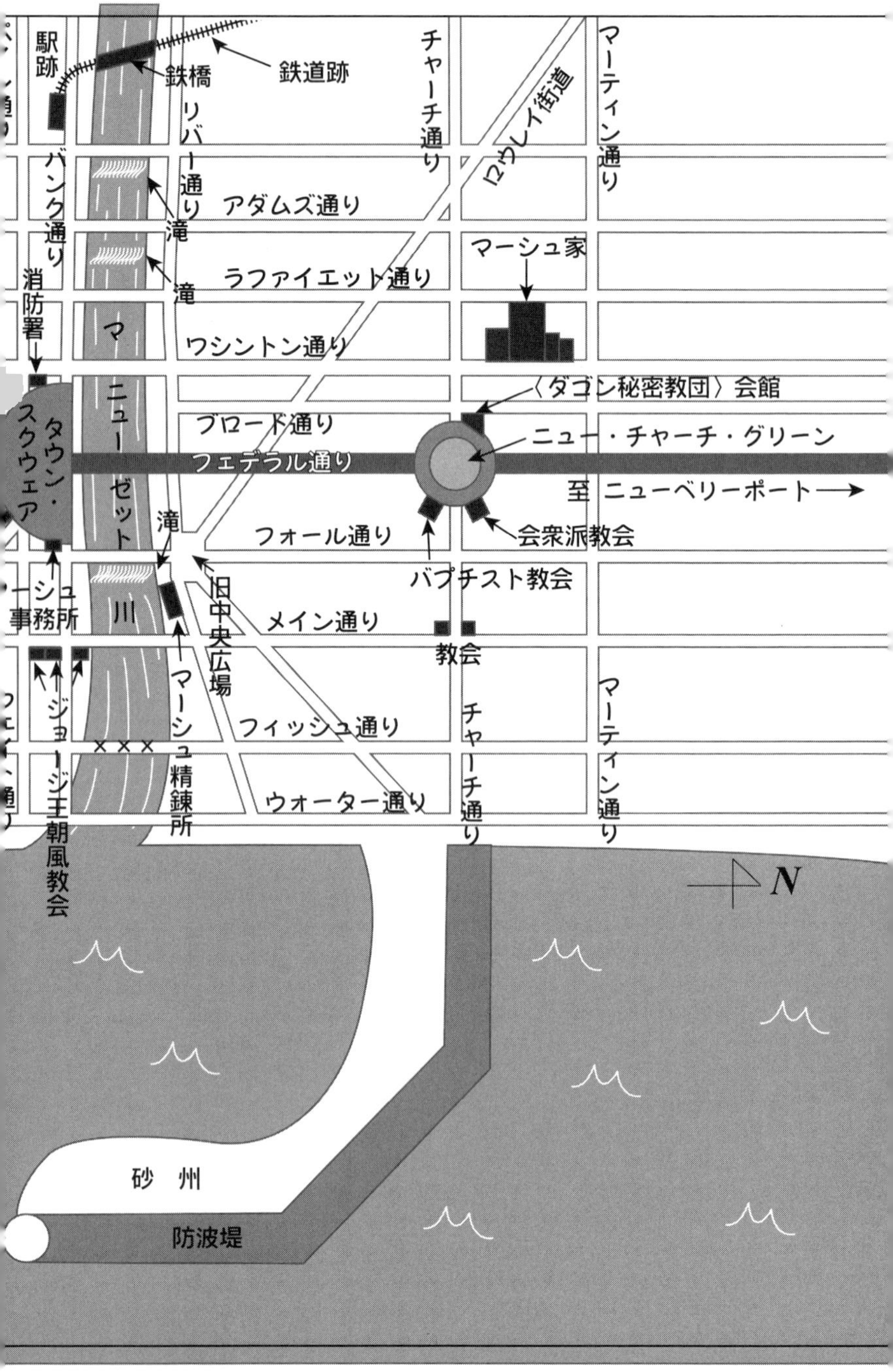

駅跡
鉄橋
鉄道跡
チャーチ通り
ロウレイ街道
マーティン通り
リバー通り
バンク通り
アダムズ通り
滝
滝
マーシュ家
ラファイエット通り
消防署
マニューゼット川
ワシントン通り
〈ダゴン秘密教団〉会館
タウン・スクウェア
ブロード通り
ニュー・チャーチ・グリーン
フェデラル通り
至 ニューベリーポート→
滝
フォール通り
会衆派教会
旧中央広場
バプチスト教会
マーシュ事務所
メイン通り
教会
マーシュ精錬所
ジョージ王朝風教会
マーティン通り
チャーチ通り
フィッシュ通り
ウォーター通り
N
砂州
防波堤

←至 イプスウィッチ
バブソン通り
サウス通り
エリオット通り
ラファイエット通り
雑貨店
（密造酒販売）
ワシントン通り
←至 アーカム
ファースト・ナショナル食料雑貨店
フェデラル通り
食堂
マーシュ通り
ステート通り
ウォーター通り
波止場
崩れた倉庫
〈悪魔の岩礁〉

ハースを大量に買った。さっき見かけたレストランがいかにも不潔で、そこで食事をしたくなかったからだ。

「これからどうするの？　ロバート」

「そうだなあ。はじめは町の中の主な通りを歩き回って、よその町の人間がいたら話を聞いてみようと思ってたんだ。そして八時になったらアーカム行きのバスに乗ろうと。

インスマスが、衰退《すいたい》した一つの町の事例として、社会学的にもかなり意味のある町だというのがよくわかったよ。でもぼくは社会学者じゃないから、これ以上そこを突っ込んでもしかたがない。

この町は残っている建物だけでも興味深いものばかりだ。とりあえず、細かく観察するのはそこに絞ろうかと思う」

「そうね、わたしもその方がいいと思うわ」

ぼくたちはインスマスの狭く、荒れて翳《かげ》りを帯びた通りを、ただひたすら――半分やみくもに歩きはじめた。

橋を渡って町の北側に出たあと、、リバー通りを滝の音が轟く下流へと進んだ。

しばらく行くと前方にマーシュ精錬所が見えた。

「近づいても大丈夫かしら？」

「いまはまだ昼間だし、精錬所が動いている音が何も聞こえてこないから、さっと通り過ぎれば大丈夫だろう」

精錬所は切りたった崖の上にあり、崖の下は川が流れていた。崖には橋がかかっており、近くにいくつも道路が合流している広場があった。

「この広場は昔、インスマスの中心だったのかしら」

「たぶん、そうだろう。広場の形が四角形のコロニアル様式だから、きっと植民地時代に作られて、そのあとにいまの中央広場に移ったんだ」

「広場の形を見ただけで、そこまでわかるなんて、博識ね！　尊敬しちゃう」

「いや、たまたまそう思っただけだよ……」

と言ったが、褒められてかなり嬉しかった。


メイン通りの橋を通って再び谷間を渡り、町の南側に戻ってくると、すっかり打ち捨てられた一帯が広がっていた。

あまりの荒廃ぶりに、気づくと身体に鳥肌《とりはだ》が立っている。

そこには倒れかけた切妻屋根の家々が、まるで空に向かって鋸の歯が立っていると錯覚《さっかく》するように並んでいた。その向こうに、尖塔の先が崩れた古い教会が、不気味にそびえ立っている。

とりあえずぼくたちはメイン通りをさらに進んでいった。

「家も窓もみんな釘《くぎ》で板が打ち付けられている……。この通り沿いにはもう、誰も住んでいないのかしら？」

「いや、何軒かはまだ住んでいる家もあるようだよ」

よく見ると、閉ざされた家の合間にかろうじて人の気配がする家が混じっている。

気づくとぼくたちは未舗装の脇道に入り込んでいた。

荒れ果てた廃屋が建ち並び、ガラスがなくなった窓が、ぽっかりと暗黒への入り口を開けている。

多くの建物の基礎が地面に沈んだせいで、ありえない角度で傾《かたむ》き、いまにも家が崩れそうだった。

「ニーナ、危ないからもっとこっちへ」

震える肩をそっと抱き寄せる。

「荒れ果てた家って、それだけでどうしてこんなに怖いのかしら」

「たしかに。それが一軒だけじゃなくてこんなふうに何軒も集まると、その恐ろしさは数に比例するんじゃなくて、等比級数的に二乗三乗と増してくる感じだ」

「あの窓、まるでわたしたちを見つめているみたいで気味が悪いわ」

「大丈夫だよ。確かに廃墟と化した街並みを見ていると恐ろしい気持ちになるけど、別に怪物が住んでいるわけでも、ここで人が殺されたわけでもない。

ただ単に、人がほかの場所へ移り住んだというだけだから」

だが、ぼくの言葉が耳に入らないかのように、

「魚の眼のように虚《うつ》ろで、何もかもが死に絶えたような通りを見ていると、果てしない闇に落ちていきそう……」

そうつぶやくニーナの表情こそがあまりに絶望的だったので、ぼくはそっと肩を抱いた。

「虫に食われ、蜘蛛《くも》の巣が張りめぐらされ、過去の思い出に捧げられたこの街全体を見ていると、心の

中に傷痕《きずあと》のように残っている恐れと嫌悪感が湧きあがってくるの。どんなに優れた哲学も、この気持ちの前では消し飛んでしまう」

ニーナはうっすらと涙さえ浮かべ、抱いた肩は震えていた。

「大丈夫だよ、ニーナ。ぼくもついてるし」

「ありがとう、ロバート。その言葉、信じていい？　本当についていてくれる？」

その質問の真意がわからず、ぼくは一瞬詰まった。

だが、返事は一つだった。

「もちろんだとも」

もう一度強く抱きしめて肩を離すと、うるんだ眼でニーナがぼくを見上げた。顔を近づけるとニーナが眼を閉じる。

今度は失敗しなかった。

「さあ、行こう」

ニーナの手をとると、驚くほど冷え切っていた。

「こんなに冷えて、かわいそうに」

ニーナはおおげさなほどびくっと肩を震わせて、手を引っ込めようとしたが、ぼくはそのまま握りしめ、

「大丈夫、手をつないでいたら、すぐに温まるから」

そう言って、歩き出した。

メイン通りを左に曲がり、フィッシュ通りを横切るときに、様子をのぞきこむと、メイン通りと同じように荒れ果ててはいたが、それでも石造りやレンガ造りの多くの倉庫が、かろうじて形を留めていた。

海沿いのウォーター通りに出て、また左に曲がり北上する。

こっちもまた似たような状態だったが、波止場があった場所は、海に向かって大きな断層がいくつもできていた。

「防波堤の向こうに人影が見えるよ。たぶん、漁師だろう」

「でも街の中は、まったく人の気配がないみたい」

確かに聞こえてくるのは、繰り返し港に打ち付ける波の音と、マニューゼット川の三つ目の滝の轟きだけだった。

それにしても、ここまで人を楽しませないインスマスという町は大したもんだと、改めて思った。

決して廃墟ばかりだからというわけではない。

昼間の廃墟というのは、苔《こけ》むした悠久《ゆうきゅう》の時間の流れが感じられたり、アンティークな趣があったり、それはそれで良さがある。田舎の人間が不愛想なのもこの町に限ったことではない。

けれど、このインスマスは、何から何まで人を暗い気分にさせ、神経が逆立《さか》つような思いにさせる町だ。ぐらぐらと揺れるウォーター通りの橋を再度北側へ渡りながら、ちらりと振り返って街を眺め、改めてそう思った。

オリバーが描いてくれた地図によると、フィッシュ通りの橋は壊れているらしかった。

川の北側には、ゴミゴミとして、明らかに人が住んでいると思われる気配があった。

ウォーター通りには魚の缶詰工場がいくつかあり、煙が出ている煙突や修理された屋根、どこからともなく聞こえてくる様々な音や、まれにうら寂しい通りや未舗装の路地をよろよろと歩く人影も見られた。

「人はいるけど……、南側で見てきた廃墟よりこっちの通りの方が、ずっと切ない気分になるな……」

つぶやいてしまったと思ったが、ニーナは聞き逃さなかった。

「どうして、ロバート？」

「いや……、ここに住んでいる人たちの顔が、町の中央付近で見た人の顔よりずっとひどいからさ」

ぼくはしかたなく正直に答えた。

「そうね……」

ニーナもぽつりとつぶやいた。

口には出さなかったが、ぼくは悍ましい悪夢のような考えが何回も浮かんできていた。

もしこの〝インスマス面〟が本当に病気ではなく、異国の種族との交わりによるものだとしたら……、インスマスの住人の中でも、この海岸沿いの人たちは内陸部の人たちに比べて、よりその血が濃いということになる。

そしてもしかしたら、もっともっとその血の影響を受けた姿の人間が、この海岸地区のどこかに匿われているのかもしれない。

——そんなことを考えていた。

そのとき、ぼくは微かな物音を耳にした。

「ニーナ、何かの音があちこちから聞こえてこないかい？」

ニーナが少し首を傾げ、

「家の中で話している声かしら？」

「いいや、そう考えるのは至極当然だけど、そうじゃないみたいだ。どうも、表を板で、固く打ち付けている家のあちこちから、よりはっきり聞こえてこないか？」

それは、みしみしと軋むような音だったり、ちょこちょこと走るような音だったり、しゃがれた声だったりしたが、どれもこれも何かはっきりわからない、奇妙な音だった。

「もしかして、これがオリバーの言っていたトンネルから聞こえてくる音かな？」

そして、ということは、この近くに、最も〝インスマス面〟が進んだ人たちが集められて隔離されているということだろうか？

そういえば、〝インスマス面〟の人間は、どんな声をしているんだろう？

これまではバスの運転手のサージェントの声しか聞いたことがなかったが、彼はきっと重度の人間と比べればまだまし な方だろう。顔や骨格が大きく変わると、声も変わるだろうか？

「……ト、ロバートってば！　何を考えているの？」

ニーナの声で我に返った。一体ぼくは、何がそんなに気になっているんだ。

そのあと、ぼくたちはチャーチ通りとの交差点にある、古い、りっぱだけれど廃墟になってしまった二つの教会を立ち止まってじっくり眺めた。

「次はどこへ行くの？」

「地図の順番からいうとニュー・チャーチ・グリーンだけど……」

　ぼくの頭には、あの奇妙な冠を頭に載せた祭司――だか牧師だかわからない――をちらりと見たときの不可解な恐怖が甦《よみがえ》り、ニュー・チャーチ・グリーンにふたたび行こうという気にはどうしてもなれなかった。

「教会は、〈ダゴン秘密教団〉と同じくらい旅行者が近づくのは賢明な場所じゃない、とオリバーも言っていたから、やめておこう」

　そこでぼくたちはメイン通りをさらに北上し、この不快な海岸地区の貧民街を急いで立ち去った。

　マーティン通りを左に曲がって内陸に向かい、ニュー・チャーチ・グリーンの北側で、フェデラル通りを何事もなく通過した。

　地図によれば、この先はブロード通り、ワシントン通り、ラファイエット通り、アダムズ通りが南北に走っており、今は朽ちた旧家の家が並ぶ界隈《かいわい》らしい。

　とりあえずそのままマーティン通りを進み、各通りを横切りながら様子をうかがう。

「この古い通りも、今は舗装も傷んで雑草が生えているけど、きっと昔は立派な通りだっただろうね。あの大きなニレの木を見ると、その名残を感じるよ」

「ええ、それはもう本当に美しい通りだったわ……」

「え？」

　ニーナの返事に違和感を感じて振り返った。

「あ、いいえ、きっと美しい通りだったんだろうなあって、わたしも思って……。言い間違えちゃった」

ペロリと出したニーナの舌に、思わず口元がにやけてしまった。

建ち並ぶ屋敷は、どれも目を引くほど見事な造りだったが、ほとんどが荒れた敷地の中で老朽《ろうきゅう》化して板張りされていた。

人が住んでいる気配があった屋敷は、ワシントン通りを除けば、それぞれの通りで一、二軒ほどだった。

ワシントン通りのみ、きちんと修理がなされた屋敷が四、五軒並んでいるのが見えた。

「ワシントン通りまで戻ってみよう」

「賛成！」

ぼくたちはマーティン通りを東に戻り、ワシントン通りを右に曲がった。

先ほど見えた家々は、芝生や庭の手入れも隅々まで行き届いていた。

「人が住んでいるのは間違いないね」

「ええ、そうね！」

ニーナは嬉しそうに言った。

その中に一軒、特に豪華な屋敷が建っていた。

「テラスのついたパルテール（幾何学的にデザインされた庭）が、裏のラファイエット通りまで延びている。

きっと、精錬所の持ち主のマーシュ老人の屋敷にちがいない」

そこでふと、気づいたことがあった。

「この町では、人間以外の生き物の姿をまったく見ないね。犬も猫もいないんだろうか？」

「町の人が、動物が好きじゃないんじゃないかしら？」

それにしても野良猫くらい、いても良いような気がするが……。

「それに、明らかに人が住んでいる家でも、三階と屋根裏の窓がどれも固く閉ざされていたのは、なんでだろう？」

「きっと……老人ばかり住んでいて、上の階に上がるのが大変だからじゃないかしら？」

それは、まあ納得がいく解釈かもしれないが、なんとなくもっと別の理由があるような気がしてならなかった。

とにかく、人目を忍ぶ秘密主義めいた静寂が町の隅々まで充満していた。

そしてぼくが一番気になっていたのは、異様な死の影が支配するこの町のすべての方向から、あのずる賢い眼で密やかに見つめられているような気がしてならなかったことだ。

あの――決して閉じることのない眼で――。

ぐぁーん　ぐぁーん　ぐぁーん

突如、左にある鐘楼から割れるような音《ね》が三つ響き、ぼくは飛び上がった。

「どうしたの？　ロバート」

ニーナが心配そうな表情を浮かべている。

とても、その旋律《せんりつ》から、あのずんぐりとした石造りの教会を見たときの嫌な気持ちを思い出したとは

言えず、

「いや、なんでもない。頭に響く音だなあ、と思って」

とだけ答えた。

川沿いのリバー通りまで来ると、向こう岸には新しい景色が広がっていた。

「どうやら川の向こうは、かつての工場や商業地域だったみたいだね」

そこにはいくつもの工場の廃墟が建ち並んでいた。

リバー通りを右に曲がり、川沿いを内陸に向かって歩いていった。

「あの建物は何かしら？」

ニーナが川向こうを指さした。

「きっと、鉄道駅の痕だと思う」

その痕から廃止になった鉄道が延び、右手の峡谷の鉄橋に続いていた。

ぼくたちはそのまま工場の廃墟、鉄道駅の跡を左手に見ながら、鉄橋のたもとまで進んだ。

「あの橋、渡れないかしら？」

「いや、見るからに危なっかしいよ」

近づいてみると、やはり警告が掲示されている。

「ねえ、思いきって向こうに行ってみましょうよ」

正直、気乗りしなかったが、ニーナに腕を引っ張られると断れない。

「じゃあ、少しずつ……。危ないと思ったらすぐに引き返そう」

そしてぼくたちは特に怖い思いもせずに無事に橋を渡りきり、ふたたび峡谷の南側に降り立った。

「どうやら、この辺にも人が住んでいるみたいだね」

と言い終わらないうちに、バンク通りをよろよろと歩いている住人に出くわした。

「なんであんなに、人目を避けるみたいにこそこそと歩いているんだろうね、ここの人たちは——」

しかしそれでいて、こっそりとではあるが、明らかにぼくたちの行く手を見つめているのがわかった。

さらに、通りから何人も人が出てきた。

今まで見かけた住人と比べると、かなりまともな顔つきの人間たちだったが、冷たく物珍しげな視線をあからさまにぼくたちに投げかけた。

「はあ……。本当にぼくたちは嫌われているみたいだね」

ぼくは溜め息をついた。

「……そうね」

なぜかニーナが申し訳なさそうにつぶやく。

「これ以上、もうこの町にいるのもいたたまれない気がしてきたよ」

「でも、バスの発車時刻まではまだまだ時間があるわ」

「あのバスも薄気味が悪いしなあ。たまたまアーカムまで行く車がないか、中央広場まで戻ってみよう」

「……わかったわ」

5

ぼくたちはペイン通りに左に曲がり、中央広場に向かった。

広場が見えてくると、左手前方に崩れかけた消防署が建っていた。

消防士が二人、消防署の前のベンチに腰を下ろした老人と話している。

「ねえ、あの人がザドック爺さんじゃないかしら？」

赤ら顔であごひげは伸び放題、うるんだ目つきのこの老人は、着ているものも言葉にできないほどボロボロだった。年齢も九〇歳は超えていそうだ。

消防士二人もだらしない恰好《かっこう》ではあったが、普通の顔立ちだった。

「きっと、そうだ。かつてのインスマスについて、悍ましいほら話ばかりしている酔っぱらいのザドック爺さんに違いない！」

とりあえずぼくたちは中央広場に向かって歩き続けていたが、その歩調は急いでいたさっきとはうってかわって、遅くなっていた。

「ねえ、やっぱりザドック老人の話を聞いてみないかい？」

「そう言うと思った」

ニーナはくすりと笑った。

「さっきはあんなに急いでこの町を出たがっていたくせに」

「いや、あれはだね、名状しがたい暗黒の深淵から嘲弄《ちょうろう》するような力がだね――まあ、ちょっと天邪鬼《あまのじゃく》な気分になってたってことだ」

そう言って片目をつぶってみせると、ニーナは笑い弾けた。

「オリバーは、ザドック爺さんの話は、荒唐無稽で、信じられないような怪談をとりとめもなく話すだけだと言っていたけど、このインスマスの町が没落するのを実際に見てきた人だ。船や工場で栄えていた昔のことも覚えているだろうし。

そう考えると、やっぱり、どうしても話を聞きたいと思うんだ」

「そうね、それにどんな神話や伝説も――、それがどんなに奇妙で狂気のような話でも、その底にはその物語を生み出した事実が隠されているのは、よくあることだもの。

ザドックさんがこの九〇年のインスマスの生き証人であることは、紛《まぎ》れもない事実だわ」

「ぼくもそう思う。ストレートのウィスキーを飲ませれば、思いつくままのとんでもない話の中にも、きっと歴史の真実を物語る核心的なエピソードを拾えるかもしれないし」

「でも、いま話しかけるのは、得策じゃないと思うわ。きっと消防士の二人がよく思わずに、邪魔してくるかもしれないし」

「確かに。善は急げ――と言いたいところだけど、まずはオリバーが話していた密造酒を大量に売っている店に行って、ウィスキーを仕入れてこよう。

オリバーの話では、ザドック爺さんはいつも落ち着きなく歩き回っているということだったから、一時間もすればこの消防署の前から移動するだろう」

「つまりウィスキーを買ったあと、またここに戻ってきて、何げなくまたこのあたりをぶらついて、歩いているお爺さんに声を掛けるという算段ね！」

「そういうこと！」


密造酒は中央広場からエリオット通りを少し入ったところにある薄汚れた雑貨屋で売っていた。

店に入ると若い店員が出てきた。店構え同様、薄汚れた様子で、顔つきもやや〝インスマス面〟の特徴が表れていた。

「いらっしゃいませ。何をお求めで？」

見た目の予想に反して、対応は丁寧だ。

「ウィスキーを一瓶、欲しいんだけど」

「一クォート（〇・九五リットル）しかないですよ。五ドルです」

あっさり買えたのは助かったが、都心の密造酒価格に比べると一ドルほど高い。

でも、ここでケチるわけにもいかないので、ぼくは五ドルを出して、ウィスキーを受け取った。

「ありがとうございました」


「意外と丁寧な店員さんだったね」

「きっと、トラックの運転手とか金の買い付けに来た人とかのよそ者が、密造酒を買いにここを訪れるんだろう」

さて、準備は万端《ばんたん》だ。

もう一度中央広場に入っていくと……やった！　ついてる！

ペイン通りからよろよろ出てきて、ギルマン・ハウスの前を通りかかった老人は——まさに痩せてボロボロの服を着たザドック爺さんだった。

「これ見よがしにウィスキーをぶら下げて、もう少し人気の少ないところに誘い出そう！」

人気のないところ……で、とりあえず思いつくのは、オリバーに作ってもらった地図をもとに先ほど訪れた海岸地区の中で、一番寂れたところだった。

そのあたりで見た人影は、遠くの防波堤にいる漁師だけだったし、さらに二、三ブロック南へ進めば、その漁師たちの眼にもつかないだろう。打ち捨てられた波止場に腰を下ろせば、きっと誰にも見とがめられずに何時間も爺さんの話が聞けるはずだ。

ウィスキーを片手に下げ、何げないふりをして歩き出すと、ウェイト通りに入ったところで、爺さんがよろよろと、ついてくるのがわかった。

「お爺さん、瓶をじっと見ながらついてくるわ」

ニーナがちらりと振り向いて、小声でささやいた。

「大成功だ！」

メイン通りに入らないうちに、ぼくたちはザドック爺さんに後ろから声をかけられた。

「よお！　旦那！」

ぼくたちはすぐに立ち止まり、振り向いてザドック爺さんが追いつくのを待った。

「何のご用でしょうか？　お爺さん」

「その、あんたが持っている瓶の中身を一杯だけ飲ましちゃあ、くれないか？」

「どうぞ、おやすいご用です」

ぼくは瓶を差し出し、ザドック爺さんは瓶に口をつけて、ごくごくと飲んだ。

一息ついたところで、握りしめる瓶を奪い取り、ぼくたちは歩きはじめた。

よろよろとザドック爺さんもまた、ぼくたちの後をついてきた。

ウォーター通りに向かって歩き続けると、やがて道行く人間もまったく見なくなり、あちこちに荒廃し、狂ったかのように傾いた廃墟が現れた。

そこを右に曲がったところで、ぼくはまたザドック爺さんにウィスキー瓶を渡し、今度は話しかけた。

「お名前はなんておっしゃるんですか？」

「……ザドック。ザドック・アレンてんだ」

ザドック爺さんはまたごくごくと飲んだあと、低い声でぼそぼそと答えた。

「お年はお幾つなんですか？」

「……」

今度は返事がなかった。――なかなか手ごわいかもしれないぞ。

さらに進んでいくと、崩れた煉瓦《れんが》の壁と壁の間に海の方に向いた、雑草の生い茂る空き地が見えてきた。その向こうをニーナが指さし、

「あそこの波止場なら座れそうよ」

その先に、土と石でできた波止場が海に突き出ており、端から端まで草が生えていた。その上に苔むした積み石がいくつかあり、申し分ない椅子になりそうだった。

「うん、ここなら崩れかけた北側の倉庫のおかげで、どこからも見られそうにないね」

ぼくは小声でニーナに返した。

確かにここは、長い間秘密の会話をするには絶好の場所だ。

「ザドックさん、あそこでゆっくり飲みましょうよ」

ぼくたちは小道を下り、苔むす石が並ぶ中で、座り心地の良さそうな場所を選んで腰を下ろした。

しかし、そこは……、立ち込める死と荒廃の空気に鳥肌が立ち、鼻をつく魚のにおいは耐えがたいほどだった。――もちろんそんなこと、おくびにも出さなかったが。

アーカム行きの八時のバスまでに、まだ、約四時間、残っている。ゆっくり話を聞くには十分だろう。

「さあ、ザドックさん、ここでゆっくりお飲みになってくださいな。ぼくたちは昼ごはんを食べますから」

そう言って、オリバーの店で買ったチーズ・クラッカーとしょうが入りウエハースを広げた。

ご馳走《ちそう》とは言いがたいが、贅沢《ぜいたく》は言ってられない。

「ロバート、あんまり飲ませると、酔っぱらい過ぎて眠っちゃうかもよ」

ニーナがささやく。

「うん、わかってる。気を付けるよ」

――一時間もすると、人目をはばかるように寡黙だった彼の口が、少しずつほぐれてきた。しかし、饒舌《じょうぜつ》にしゃべるのは最近のニュースについてばかりで、肝心《かんじん》のインスマスやその闇に覆われた歴史につ

いては、はぐらかされるばかりだった。

「あんた、今、スイスのジュネーブじゃあ『海軍軍縮会議』なんちゅうものが、開かれているのは知っとるかね。クーリッジもイギリスの顔色ばかり気にしおって。だいたい、補助艦だろうとなんだろうと、自国の軍隊を増強するのに、一々、外国に口を出されるなんざ、馬鹿げとる。

そもそも人間が戦をするのは本能で、誰にも止めることはできん」

身なりとは裏腹に、あまりにアカデミックな話題にぼくは驚いた。

「お詳しいんですね」

「そりゃあ、今日日《きょうび》、新聞もよく読まん奴ぁ、ただのろくでなしさね」

どうやらザドック爺さんは新聞を隅から隅まで、それも、もしかしたら何紙も読んでるようで、そんな話が延々続いた。その哲学者めいた訓示は、残念ながら田舎の人間の発想ばかりだったが。


二時間近くがたつころ、クォータ―瓶はそろそろ空になりそうだった。

「もしかしたら一クォーターじゃ足りなかったかもね」

「こんなに大酒飲みで、しかも口が堅《かた》いとは思わなかった。場合によったら、もう一瓶買ってくるか……。その間、ニーナ、爺さんの相手をしていてくれるかい？」

ひそひそと相談していたとき、

「おまえさんたち、とっておきの話をしてやろう」

突如、ザドック爺さんの口調が変わり、ぼくは驚いてザドック爺さんを見つめた。

これまでの、ぜいぜいと息を切らし、とりとめもなかった口調が別人のように変わり、ぼくは思わず前のめりになって、耳を傾けた。

気がつくと、ザドック爺さんのさまよっていた視線は、ピタリと沖を見下ろしていた。

ぼくは魚のにおいから少しでも逃げたくて海に背を向けて座っていたのだが、振り向くと、視線の先には〈悪魔の岩礁〉が、まざまざとその妖しげな姿を波の上に横たえていた。

その光景は、爺さんを不快にさせたらしく、弱々しい声で毒づいた。

「ふざけやがって……。畜生……！　俺だって、本当は……。くそったれ……」

だが、最後には、ぼくの心を見透かしたようにうすら笑いを浮かべ、

「あんたたちの知りたいことはわかっている。いいだろう。話してやろう」

と、さも親しげに話しかけてきた。

「あの、それは……」

突然の変貌ぶりに言葉を失っていると、爺さんはぼくに寄りかかり、上着の襟《えり》を取って、ささやいた。

「すべてがあそこから始まったんじゃ……。あの、何もかもが邪悪で冒涜的なあの場所でな……。あそこから、急に海が深くなる。まさに地獄の門じゃ。あの切りたった海底には、どんな測鉛線《そくえん》（糸の先に鉛の重りをつけて水深を測定するもの）も、届きゃしない。

オーベッド老船長は、うまくやったもんだ。南洋の島ではだいぶ儲《もう》けたらしいが、こっちじゃあ、もっと金になったんだから……」

そう言って老人は、昔話をはじめた。

第三章　深き血の交わり

1

一八二八年。エスドラス・マーチンの三本マストのマラディ・ブライド号が、インスマスの港から出港した。

「やっと、エスドラスも貿易に乗り出したか――」

オーベッド・マーシュはインスマスの港から、遠ざかる船を見送りながら一人ごちた。

彼は町の有力な貿易商で、三隻の船――二本マストのコロンビア号とヘティ号、それと三本マストのスマトラ・クィーン号を所有しており、自身も船長として船に乗っている。

オーベッドの片腕である、一等航海士のマット・エリオットが言葉を返した。

「この不景気で商売は上手くいきませんし、工場は新しくできた所でさえ仕事がないときてますからね。危険を承知で、船を出すことを決意したんでしょう」

マットは、フフッ、とおかしそうに笑い、

「こんなご時世《じせい》に、東インド諸島や太平洋に船を出していたのは、オーベッド船長くらいでしたからね。無鉄砲さに町の人も呆れていますよ」

オーベッドは、強面に笑みを洩らし、

「お前だって、その怖いもの知らずな男に、いつもついてきているじゃないか」

「そういえばそうでした。無謀《むぼう》なのはお互いさまですね」

オーベッド船長は、利益のためなら人を利用し、猪突猛進《ちょとつもうしん》に危険も顧《かえり》みず行動するので、誰もに好かれる性分《しょうぶん》ではなかった。

しかし、マットは船長の心根《こころね》にある、少年のようなやんちゃさと、何事にも動じない豪胆《ごうたん》さを敬愛していた。また、オーベッドはマットを異例の若さで一等航海士に抜擢《ばってき》していた。海上の色の、ささいな変化をも読み取る勘の良さと、運気の強さを買われたのだ。

あまり、人に心を開くことがないオーベッドだが、なぜかマットにだけは、本来の自分を見せることが出来た。彼らは上司と部下でありながら、一番の友人でもあったのだ。

マラディ・ブライド号が地平線へと去っていくのを眺めながら、オーベッドは話を続けた。

「一八一二年の戦争で、働き盛《ざか》りの者たちが政府に集められ、民間の武装船に乗って殺された。あれから、多くの貿易商が海に出なくなったな」

マットが痛ましげに、眉間に皺を寄せ、

「ええ。その後、ギルマン家が思い切って出港させた、二本マストのエリズィー号や、平底運搬《うんぱん》船のレインジャー号が、あっけなく海の藻屑《もくず》になって、いよいよ誰も彼もが貿易をやめてしまいましたね」

「その方が、こちらにとっては商売を独占《どくせん》できてありがたいがな」

オーベッドが不敵な笑みを浮かべた。マットは苦笑し、

「そんな不謹慎なことを言うから〈悪魔みたいな男〉と陰口を叩かれるんです」

「ハハハ。否定はしまい」

しかし、マットはこの時、オーベッド・マーシュ船長が、本当に悪魔に身を堕《お》とすことになるとは、まだ想像もしていなかった。


オーベッド船長率《ひき》いる、スマトラ・クィーン号がタヘイティ（現タヒチ）の東にある島に上陸したのが破滅への道の始まりだった。

初めて足を踏み入れる島。マット・エリオットは砂浜を踏みしめながら、新妻ローラと出航時に交わした会話を思い返していた。

「必ず、生きて帰ってきてね」

「安心しな。君たちを残して死ぬことを神がお許しになるわけがない」

ローラの少し膨《ふく》らんだ下腹に手を当てながら、マットは言った。

「この子のために、たんまり稼《かせ》いで帰ってくるさ」

おどけたようにニッと笑うと、ローラは耐えかねたかのように涙をこぼしてマットにキスをした。ローラを安心させるよう抱擁《ほうよう》し、大丈夫、大丈夫、と優しい声音で繰り返しながら、しかしマットの表情は固かった。

海の男の第六感だ。今回の航海はよからぬことが起こるだろうと、胸がざわついた。

「マット、我々は島の探索《たんさく》に出かけるぞ」

船長がマットに声を掛けた。

「はい！」

マットは乗組員に諸々の指示を出し、自身はオーベッド船長と連れ立って探索を開始した。

「これは⁉」

海岸から密林に入り少し歩くと、多くの石造りの遺跡《いせき》が現れ、マットは驚きの声を上げた。

「ずいぶん古い建造物のようですが、一体誰が何のために作ったのでしょう」

オーベッド船長は遺跡をしげしげと眺めながら、

「分からんな。カロリン諸島のポナペ島にあるものに似ているが……とりあえず中に入るぞ」

遺跡には人間の顔の形が刻み込まれていた。その顔は、イースター島にある、あの巨大なものにそっくり同じであった。

二人は謎の遺跡を出てまた歩き出したが、磁場が特殊《とくしゅ》なのか、方位磁石《じしゃく》が狂って密林から出られなくなってしまった。日もすでに落ちている。やむを得ず、今夜は野営《やえい》を行うことにした。

二人が準備をしていると、突如《とつじょ》、黒人の男が現れた。

「先住民か」

船長が冷静に呟いた。

マットは男が手に構えている鋭利な石槍《いしやり》に恐れを抱いた。

男は自然の中で美しく鍛《きた》え抜かれた半裸《はんら》の肉体に、金製らしき豪奢な装飾品を頭や首回りに着けていた。

オーベッド船長は怯《ひる》むことなく男に歩み寄り、何かを身振り手振りで伝えていたかと思うと、

「彼らの村はあっちだそうだ」

先住民が大きく手招きをしていた。

マットは驚きながらも船長と男の後ろをついて行った。オーベッド船長は人の心を読み取ることに長《た》けており、言葉が通じない異民族の心をも開かせたようだ。武器を持つ相手も恐れぬ彼の豪胆さに、マットはさすがと感じた。

到着すると、集落の長《おさ》の家に連れて行かれた。長はかなり高齢ではあったが、エネルギーに満ちており、皺にまみれた瞼の奥で、黒い瞳が狡猾《こうかつ》な光を放っていた。マットと船長を見据《みす》えながら、

「老酋長《ろうしゅうちょう》のワラケアだ」

マットと船長は、老酋長が流暢《りゅうちょう》な英語を話したことに驚いた。

「英語がお上手ですね」

船長が感心しながら言うと、

「儂《わし》が子供の時に、この島に漂流してきたアメリカ人がおっての、その者から言葉を習ったのだ。なにか国に帰れないようなことをやらかしたのか、集落にずいぶんと長い間留まっておったな」

ワラケアは懐《なつ》かしそうに眼を細めた。

「ところで、あなた方はどちらからいらっしゃった？」

「アメリカのインスマスという港町から参りました」

オーベッド船長が答える。

「ほお、どのような目的で？」

「交易のためです」

それを聞いたワラケアは、

「ほうほう、そうですか」

そして、口元に狡《ずる》そうな笑みを浮かべ、

「長旅でお疲れでしょう。食事を用意させたので召し上がっておいきなさい。夜が明けてから若い者に森の外まで案内させます」

老酋長が身に着けている金の装身具をよく見ると、気味の悪い、化け物の彫刻が施されていた。

それは魚のような蛙か、蛙のような魚が人間のような様々なポーズを取っていた。

「そのアクセサリー、先ほど案内して下さった男性も着けていましたね。見事な品ですが、どちらで入手なさったのですか？」

抜け目なく船長が問いかけると、老酋長はとぼけた顔で、

「さあなあ」

と鷹揚《おうよう》にはぐらかした。

これが彼らカナカ人との最初の出会いであった。

それから、数年をその島を拠点《きょてん》に活動し、オーベッド船長一行はカナカ人に関する不可思議な事象《じしょう》を数々発見した。

乗組員の一人が、すぐ近くの島を偵察に行った時のことだ。

「いやあ、ひどい不漁で島民たちみんな腹を空かせてましたよ。こちらの島はいつだって大漁だと話したら不思議がってやしたね」

マットはどこかその話に不吉なものを感じて、船長に意見を求めようと振り返った。しかし、オーベッド船長は何か天啓を得たかのように目を爛々と輝かせていたので、マットは何も言うことができなくなってしまった。

オーベッド船長は、たびたびマットを連れて老酋長の元を訪れた。安っぽいガラス製のアクセサリーをたっぷりと持参しては、例の黄金とみられる装飾品と交換していたのだ。

その度にオーベッドはワラケアを質問攻めにした。

「この黄金の品はどれもこれも素晴らしい。一体どこで入手なさったのですか？」

「さあな」

「もっとたくさん手に入れることはできないのですか？」

「知らんな」

いくら聞いても煙に巻かれるばかりであった。しかし幾度にも重なる来訪の末に、船長の執念が功を成し、ついに老酋長は口を開いた。

「古き邪悪な者からの授かり物じゃ」

マットはそれを聞いて放心した。

(この年寄りは呆けているのだろうか?)

しかし船長はそれを聞き、たたみ掛けるようにワラケア老酋長に質問をした。

「この集落《しゅうらく》には、年寄りがほとんど見当たりませんね。それに、美しい顔立ちの若者が毎年数多く姿を消しているように見受けられますがそれはどうしてでしょう?」

「ホホ、気づいておったのか」

老酋長は一本取られた、とばかりに軽薄《けいはく》に笑った。

「ええ。それに……」

一呼吸置き、

「あなた方の中に、異様な顔立ちの者がおりますね」

鋭い目つきで老酋長をにらむ。マットはその様子を見て怯んだ。船長が人の心を読み取ろうとしている時に見せる、突き刺すような眼差《まなざ》しだ。

ワラケアはその眼の光を前にしても、平然としている。

「この島の近くに、小さな火山島があるのをご存知か?」

「はい。上陸したことはありませんが、船で通りかかった時に見かけました」

オーベッドのその答えを受け、老酋長は飄々《ひょうひょう》と言った。

「儂はそこで魔神と会ったのだよ」

魔神？

マットの頭の中に疑問符がいくつも浮かぶ。

（呆けを通り越して狂っているんじゃないか？）

マットの心が冷めるのと対照的に、オーベッド船長は熱く興奮した。

「その魔神が金や魚を与えてくれるのですか？」

老酋長はその質問には答えず、

「あの火山島には古くから伝説がある」

「伝説？」

オーベッドは身を乗り出した。

「海底都市が存在して、小さな火山島はそこから盛り上がってできたという伝説だ。火山島が海面を突き破って浮かび上がった時、石造りの建造物の中に、生きている者が数人いるのが目撃されたという」

マットは空虚な笑いを放った。

「ハハハ、馬鹿馬鹿しい。その海底都市の住民が魔神だと言うんですか？」

彼にはワラケアの話が狂人の戯《ざ》れ言《ごと》としか思えなかったが、隣にいるオーベッド船長は完全に老酋長の話す伝説の虜になっている様子だった。

「まあまあ、若さ故の視野の狭さで信じがたいのは分かる。しかし、これから儂が話すのは全て真実。遠い昔、儂らの部族は、その建物の中で生きていたという者たちと出会い、今も交流を続けている。儂らはその者たちを〝深きもの〟と呼んでおる」

〝深きもの〟たちとは言葉は通じない。しかしジェスチャーで意思を伝え合い、取引は成立した。

「〝深きもの〟の好物は人間の生け贄《いけにえ》だった。大昔はそれを味わっていたこともあるようだが、すぐに陸上とは縁が切れてしまったようでな。儂らの部族と出会ったとき、奴らは交渉に嬉々《きき》として乗ってきたそうだ」

マットは骨の髄《ずい》までも冷えるような思いがした。

〝深きもの〟たちが生け贄をどうしたのか問い詰めたかったが、悍ましさに言葉が出てこなかった。

「友情の証として、我々の儀式を行う晩に、火山島まで連れて行ってやろう」

オーベッド船長は感激した様子で、老酋長の手を固く握りしめた。

儀式の日は奇《き》しくも五月祭《ごがつさい》の前夜であった。オーベッド船長とマットは老酋長を始めとするカナカ人たちと共に漆黒《しっこく》の海を何艘《なんそう》ものカヌーで渡り、小さな火山島へと向かった。

カヌーには特別に美しい妙齢《みょうれい》の男女がかなりの人数乗っていた。その美貌には諦観《ていかん》が浮かんでいる。

火山島に着くと、全員で列になり、ジャングルの中を進んでいった。

しばらくすると目の前が開け、巨大な石造りの遺跡が姿を現した。

建物には、怖気《おぞけ》が走るような化け物が隙間なく刻み込まれており、また、海の底に長年沈んでいたかのように表面が摩耗《まもう》し、老朽化していた。

「あの彫刻……、カナカ人たちが身につけている装飾品にそっくりですね」

ささやくマットにオーベッドが無言でうなずく。

「そこにいるがいい。〝深きもの〟はよそ者がいると姿を隠してしまうからな」

そう言うと、老酋長たちは遺跡へと厳《おごそ》かな足取りで向かった。

一行が近づくと遺跡から人影のようなものが出てきた。月明かりを頼りに眼をこらし、マットは思わず吐き気がした。

蟇《ひきがえる》!?

遠目ではっきりとは見えないが、まるで魚と人間が合わさったような姿だ。ふいに人魚伝説をマットは思い出した。もしかすると連中が原点になっているのかもしれない。

マットは身動きひとつできずに、船長とともに岩場の陰に隠れ、遺跡の前で儀式を行う様子を呆然《ぼうぜん》と眺めていた
カナカ人たちが、まず自ら作った小装身具《しょうそうしんぐ》を魚人たちに差し出し、魚人から、あの金のような品物を受け取る。美しい男女を全員その場に置いて一礼すると、元来た道を戻って来た。男女は魚人たちに引き連れられて、遺跡の中へと吸い込まれてゆく。

「マット。私たちはとんでもない光景を目撃しているぞ」

オーベッド船長がマットにひっそりと、しかし興奮気味に声をかけた。船長のその表情には恐怖心は微塵《みじん》もなく、むしろ新しい儲け話を得たときのようにつやつやと輝いていた。

「船長、あの、魚のような人間は一体？」

「あれが〝深きもの〟だ」

確信を持った口調だった。

「遺跡の中に連れていかれた人たちは、どうなるのでしょう？」

「分からん。しかし、生け贄にされたのは間違いあるまい」

マットは血の気が引いた。

「なぜ彼らは同胞《どうほう》を犠牲にできるのですか？」

こちらに近づいて来るカナカ人の列を、船長は侮蔑《ぶべつ》の目で見ながら答えた。

「奴らは野蛮な未開人《みかいじん》だからな。暮らし向きを良くするためなら、手段はいとわないんだろう」

船長が立ち上がった。マットも、生け贄の人々を見捨ててしまう罪悪感を抱えながら、船長に続いた。二人はカナカ人たちの後に付いて歩き出した。

マットは前をゆくオーベッド船長の背中から邪悪なものが漂うのを感じた。

カヌーに乗り込み、火山島から元の島に近づくにつれ、海が白い波でさざめき立ってきた。大量の魚が跳ねまわっているのだ。

「ホホ、さっそく祈りが通じたようだの」

老酋長が顔中を皺で埋めながら笑った。

ほかのカナカ人もカヌーの上で踊りださんばかりにはしゃいだ。彼らの首や腕には新たな金らしき装身具が着けられていて、月光を白く反射していた。

「もしかすると、装身具の彫り物は〝深きもの〟の姿でしょうか？」

オーベッド船長が率直に訊くと、ワラケア老酋長は意味深に笑いを浮かべながら、

「そうなのかもしれんな」

とだけ答えた。

オーベッドはそれ以上は質問せず、ワラケアが首に着けている装身具の彫り物をじっと見つめていた。


オーベッドたちは、何度か島への航海を繰り返した。その内、航海士たちは先住民の言葉を理解できるようになり、現地語でやり取りをするようになった。

例の〝深きもの〟の儀式は年に二度行われ、毎回かなりの数の若者が生け贄として捧げられた。万聖節《ばんせいせつ》の前夜にも儀式は行われ、船長は大喜びで同行したが、マットは悍ましさに耐えられず、ついてはいかなかった。

「〝深きもの〟たちがこの島に来たがっておる」

ワラケア老酋長が、そう楽し気にマットと船長に伝えたのは万聖節の翌日のことだった。

「今まではこちらの島に連中が来ることはなかったはずですが？」

マットは訝《いぶか》し気《げ》に眉《まゆ》をひそめた。

「その通りだ。儂は奴らに忠告した。お前たちがこの島にいる噂をほかの島の先住民が聞きつけようものなら、お前たちを亡き者にしようとするだろう、とな。そしたら連中、身振り手振りを

使ってこう言ったのだ」

《お前たち人間ごとき、一人残らず始末《しまつ》できる》

「連中を斃《たお》すには、今は滅びた〈古《いにしえ》のものたち〉が使っていたというなんらかの〝印〟が必要で、いまやそれを持っているものは、どこにも存在していないらしい。〈古のものたち〉が、どんな種族なのかは、儂も知らんがの」

「ようするに〝深きもの〟に敵なしということですか？」

マットが恐る恐る訊く。

「そういうことだ。その泰然《たいぜん》とした様子から、〝深きもの〟にとって儂らなど赤子も同然だということはわかった。しかし、連中も、厄介ごとは避けたいらしく、これまでよそ者が来たときは姿を隠していたものだ。なのに、どういう風の吹き回しかな」

そう言いつつも、老酋長は〝深きもの〟の魂胆《こんたん》を見抜いているようで、意味深《いみしん》に口元を歪めた。

「これからは日常的に、この島で〝深きもの〟を見かけることになるだろう」

老酋長の予言通り、〝深きもの〟は島のいたるところに出没するようになった。長時間、海に潜っていたかと思うと平気で陸上を歩き回っている。いわゆる両棲類《りょうせいるい》というのだろうか。

ある星の美しい夜、マットは生涯で最も醜悪な光景を目にすることになった。

彼が夜の海岸を散歩していると岩場の陰から男の呻《うめ》き声が聞こえてきた。何事かとのぞいてみると、カナカ人の屈強《くっきょう》な男と、雌《めす》と思われる〝深きもの〟が荒々しく交わっていたのだ。

カナカ人に組み敷かれた〝深きもの〟の瞳が見開いた。マットはそれと目が合い、叫びを上げながら猛烈《もうれつ》に駆け出した。

老酋長の家に駆け込み、目撃した物凄《ものすさ》まじい行為《こうい》の様子をまくし立てたが、ワラケアは微笑みを浮かべるだけだった。錯乱するマットをなだめるよう、肩に手を置き、

「儂らもな、最初はちょっと相手にするのをためらったものだ。なにしろ蟇じみた容姿の魚人だからな。

しかし考えを少し変えたのだ。人間も元を辿《たど》れば水の中から出現したもの。そうであろう？」

「ええ、そうですが……」

老酋長が何を言わんとするのか理解しかねた。

「生きとし生ける者は皆、太古《たいこ》の昔に海から出て来た。つまり、海に戻るにはわずかに身体が変化すればいいだけなのだ。要するに――」

村の中で少数見かける、異様な姿のカナカ人の姿がマットの脳裡《のうり》をよぎった。その顔はうっすらと蛙に似ていた。

「まさか――」

あまりに涜神的《とくしんてき》。マットは現実のことだと認めることができなかった。

「〝深きもの〟どもはこう教えてくれた。自分たちと混血すれば、生まれて来た子供たちは、最初の頃は人間のような見た目だが、成長するにつれて〝深きもの〟に似てくる。その末には、海底に

いる大勢の〝深きもの〟たちと共に暮らすことができるようになるだろう、とな」

「やめて下さい。悪趣味な冗談で若輩者《じゃくはいもの》をからかうのは」

「冗談じゃあない」

ワラケア老酋長は大仰《おおぎょう》に息を吐き、

「今から最も大事なことを伝える。混血して〝深きもの〟どもと似たような姿になった者はな、不死になるのだ」

「死ぬことがない、ということですか？」

「そうだ。暴力で殺害される以外はな」

良いものを見せてやろう、とワラケアは立ち上がり表へ出た。森の中を進むと大樹《たいじゅ》に突き当たり、その根元には木の葉で隠された石板《せきばん》の蓋《ふた》があった。

マットは開けるよう促され、重い石の蓋を持ち上げた。その下には石造りの、底が見えないほど長く続く階段があり、二人は地下へと降りて行った。

「疑り深いお前に、とびきりの秘密を教えてやろう」

階段を降りきると、老酋長は鉄製の頑丈な扉に手をかける。

「実は我々カナカ人はな――」

扉が開き、マットの目に信じがたい光景が飛び込んで来た。

「深海に棲んでいる〝深きもの〟たちと、はるか昔から交わりを持っており、〝深きもの〟の血を引く子供たちが数多く生まれているのだ」

そこは広大な広間になっており、地上で暮らしているカナカ人と同じくらい大勢の、〝深きもの〟によく似た者たちが暮らしていた。ワラケア老酋長が広間に足を踏み入れると、彼らは一斉にひれ伏した。

「年を取り、〝深きもの〟に似た姿に変化した者たちだ。陸上の生活を離れて、水中で暮らせるようになるまでは、ここで姿を隠している」

老酋長が、彼らに頭を上げるよう指示すると立ち上がり、食事の用意をしたり、会話をしたり、平常の様子に戻っていった。

「よく見ろ。あの者などほとんど〝深きもの〟と同じ姿であろう。そちらにいる者はまだ人間らしい見た目でそこまで変化していない。

それぞれ差はあるが、ほとんどの者は〝深きもの〟が言ったように水中に順応《じゅんのう》していく。それができるほど変化しない者も時にはおるがな。

生まれつき〝深きもの〟の姿に似ているほど早く変化を遂げる」

「嘘だ、嘘だ。そんなことがあるものか！」

まるで悍ましい白昼夢《はくちゅうむ》を見ているかのようだった。取り乱しながら、これが夢であることの証拠を見つけようと、周囲を見回した。

「ああっ、あの人は人間ではないのですか⁉」

広間の隅に、純血の人間のように見える老人がうずくまっているのをマットは見つけた。

「あの者はなあ、何度も海に入って生活ができないか挑戦したのだが、元々が人間らしく生まれついたために上手くいかなかった。齢《よわい》七〇過ぎだが海中で暮らすことも出来ずここに留《とど》まっておる」

「ワラケアよ、久しぶりだな」

突然、後ろから威勢《いせい》の良い声をかけられた。ふり向いたマットは小さく悲鳴を上げた。顔は蟇で、全身が脂《あぶら》ぎったようにテカっている、〝深きもの〟そのものと見紛《みまが》う姿の男だったのだ。

「おお、ゴン。海から戻っておったのか」

いつも感情が読み取れないワラケア老酋長が、嬉しそうに相好《そうごう》を崩し、その男と抱擁を交わした。

「マットよ、紹介しよう。ゴンだ。二〇〇年以上前に島を離れた、今より五代も前に生まれた者だぞ」

〝深きもの〟のように見えるが、この男も人間との混血らしい。手を差し出されてマットが握手をすると、蛙の皮膚のようなぬめりがあり寒気がした。

「海中で暮らせるようになっても、陸が恋しいのに変わりはなくてな。子孫たちと話がしたくなってよく戻ってきてしまう。儂のような者がいるから、みんな死ぬってことを考えなくなったわ」

そう言って、ゴンは快活な笑い声を上げた。

「まったくその通りだ。完全に身体が変化しないうちは、油断大敵だというのにな」

ワラケアが言うと、ゴンは感慨深《かんがいぶか》げにうなずき、

「まあ、早め早めに水中生活ができるようになることじゃ。そうなる前に、よその島の先住民とカヌーに乗って戦闘をしたり、〝深きもの〟どもへの生け贄に選ばれちまったり、毒蛇《どくへび》に噛まれたり、流行り病に罹ったり、急性の病気が進んじまったりするとお陀仏《だぶつ》じゃからな。だが、そんなことでもない限り、死ぬってことがねえわけだ。若かった頃は、死を怖れることがねえ身体に変化するのを楽しみに待っていたもんじゃ」

「不死は何物にも代えがたいものだからな。あらゆるものを犠牲にしてもなお、お釣りがくる」

ワラケアも目を細めてうなずく。

マットはふと疑問を抱いた。

「ワラケア老酋長も不死者なのですか？」

「いや。儂は〝深きもの〟の血は一切入っていない。数少ない純粋な人間の一人だ。酋長というものは、ほかの島の酋長の直系《ちょっけい》とお互い縁組みをするものなのだ。若い時分《じぶん》は、この島に生まれながら、自らに死があるのを呪ったものよ。今となっては、終わりあるのもまた楽《たの》し、てなものだ」

ホホ、と老酋長は愉快そうに笑った。

そうしてマットは信じられない思いのまま、老酋長と共に地上へ続く長い階段を上がった。

明け方の陽の光が木々の間から眩《まぶ》しく差し込んでくる。どうやら一晩中、地下深い混血たちの隠れ家にいたようだ。

マットは石蓋《いしぶた》を元の位置へ戻し、それを入念に木の葉で隠した。

「それでは、オーベッド船長によろしくな」

ワラケア老酋長は熱帯植物が密集する森の中を軽やかに去って行った。

マットがオーベッド船長に昨晩起こった出来事を報告すると、船長はワラケアの元へ一目散《いちもくさん》に出掛けて行った。

丸一日経ってオーベッドは戻って来たが、昨日と同じ人間とは思えないほど狂気を帯びた顔つきに様変わりしていた。

「これを見てみろ」

オーベッドが震える手で取り出したそれは、鉛《なまり》かなにかでできている奇妙な代物であった。

「一体何に使うものですか？」

「大漁をもたらす魔法の道具だ」

「大漁？　もしかすると、この島が魚がよく獲れるのと何か関係があるのですか？」

オーベッドはうなずき、狡猾な笑みを浮かべた。

「ワラケアが言うにはだ。これを使えば、魚の巣窟《そうくつ》がある海であればどこでも、巣窟ごとごっそり頂くことができるそうだ。ある呪文を唱えて、海中にこれを投げ込めばよいだけだ。その気になれば誰だって大収穫することができるぞ。魚は世界中の海にいるんだからな」

マットは、船長が詐欺《ペテン》にでもかけられているのではないかと訝し気な顔をしていたが、オーベッドは構わず話を続けた。

「マットが招待された地下の隠れ家に俺も呼ばれた。人間とは思えないほど変わりきった連中にも何人か会ってきた。

そして、〝深きもの〟どもに関わりのある儀式やまじないまで披露《ひろう》してくれたのだ。そこまで秘密を打ち明けられて親しくなったが、ただひとつだけ、こちらの頼みを断られた」

船長は手の中で、鉛の道具をなでながら言った。

「危険を冒《おか》して、こんな辺鄙《へんぴ》な島までやってきたんだ。

俺は、とにかく莫大《ばくだい》な儲けを獲得《かくとく》しないと気が済まない。そのために、小さな火山島にいた〝深きもの〟にぜひ会いたいとワラケアに頼み込んだ。〝深きもの〟は金みたいな装飾品をたんまり持っているようだし、大漁をもたらす不思議な能力まである。

しかし、連中に会わせることはできないと突っぱねられたのだ。代わりにと、これを貰ったわけさ」

マットに鉛の道具が放り投げられた。受け取ると、大きさの割にずっしりとした重みが掌《てのひら》にのしかかった。

「マットよ、漁に出るのが楽しみだな！」

奇妙な鉛の道具の力はまがいものではなかった。

船長が人間の言語とは思えないような呪文を唱えて、道具を海に投げ込むと、魚の群れが、海面を覆いつくさんばかりに飛び跳ねながら姿を現した。

地引網《じびきあみ》から溢れんばかりに掛かった魚群を見て、マットは嬉しくなるどころか、禁忌を破っているという罪悪感に苛まれた。

「オーベッド船長。これは邪神《じゃしん》に魂を売るに等しい行為です。すぐに島を引き上げましょう」

マットは何度も進言《しんげん》したが、船長はそのたびに狂ったように激高《げきこう》して耳を貸さなかった。

オーベッドは完全に、邪《よこしま》な欲望に心を呑まれていた。

カナカ人からは安っぽい装飾品と引き換えに、その鉛のような大漁の道具を貰っていた。それと、金のような装飾品も。

オーベッドは抜け目がなく、その金を専門に、商売を始めれば儲かるとふんだ。それから何年も取引は続いて金のようなものは大量に手に入った。

「しかしな……そのままの形で売れば世間からあれこれ詮索されるに違いない」

そうオーベッドは考え、ウェイト・ストリートの潰れかけたフェルト工場を金の精錬所にして操業を始めた。船員たちもその装飾品を少しは持っていたが、

「酒代《さかだい》に困ってあの金ぴかのアクセサリー売っちまったよ」

「馬鹿！　船長に、外の奴らには渡すな、絶対黙ってろと釘を刺されたじゃねえか」

「平気、平気。バレやしねえよ。ほれ、極上のウィスキーだ。お前も呑むか？」

そんな会話が、オーベッドの知らぬ所でたびたび交わされていた。

「それによう、船長自身だって、奥さんや娘たちに、金の装身具の中でも、人間が使ってもおかしくないやつを身に着けさせていたじゃねえか」

「人間が使っても、てなんだよ」

二人の間で笑いが起こった。

「あのおかしな細工や形は、人の手で造ったようには見えねえよな」

続けて、思いついたように言った。

「まるで、サタンがこしらえたみてえだ」

その言葉に、一瞬空気が凍った。装身具で買った酒が、急激に悍ましいものに思えて来た。しかしそれもほんの数秒のことで、

「そんなわけねえだろ！　ほら、まだまだ呑むぞ！」

「おお、そうだな、狂人みてえなこと口走っちまったよ」

二人は気を取り直し、愉《たの》しい酒盛りを再開した。


一八三八年、オーベッド船長一行はスマトラ・クィーン号でカナカ人の島へと何度目かの航海に旅立つ。

「マット、今回も断ることはできないのね……」

妻のローラが周囲に聞こえないようなささやき声でマットに訊いた。

「ああ。オーベッド船長はあんな風になってしまったが、僕は彼の片腕で、かけがえのない友人に違いはないんだ。こんなときだからこそ一緒にいなくては、邪悪な道に進むのを止められる人

間がいなくなってしまう」

急に、マットの服の裾が引っ張られた。

「パパ、今度はいつ帰って来るの？」

一〇歳になる愛娘《まなむすめ》アンリ・エリオットが、寂し気にマットを見上げていた。一回目の航海の時は、まだローラの腹の中にいたのに大きくなったものだ、とマットは感慨深く思う。

「すぐに帰って来るさ。お土産をたくさん持って帰って来るからな」

「いらない。パパとずっといる方がいい」

眼の中にみるみる涙が溜まり、もう少しでそれが零《こぼ》れ落ちるというところで、

「やーい、アンリがまた泣いてんのか」

ひょろりと細い身体の少年が、アンリの周りを走り回ってからかった。

「うるさい、ザドック！　三つも年下のくせに生意気なのよ！」

オーベッドの部下である、スマトラ・クィーン号に乗り込む航海士の息子、ザドック・アレン少年であった。

二人の子供は人であふれる港の中、元気に追いかけ合いを始めた。

「それじゃあ、アンリをよろしく」

マットは妻に背を向けた。

ローラは叫ぶ。

「あなたの正義に反することがあれば、すぐに戻って来て！」

ローラの言葉を身体に受けながら、マットはスマトラ・クィーン号に乗船した。

何かが大きく変わったのが島に降り立った瞬間に分かった。見た目には何も変化はない。波音は静かにさざめき、白い砂浜を濡らす。すぐ先には濃密な熱帯雨林が広がっていて、草木と潮が入り混じった匂いがした。

「船長、なにかが――」

「分かっている。静かすぎるな」

お馴染《なじみ》のカナカ人の集落へ向かったが、人間がひとり残らず消えていた。

「一体、何が起こったのでしょう？」

「……わからん。もしかしたら、ほかの島の先住民たちにこの島で何が行われているのか嗅ぎつけられて、身を隠したのかもしれん。とにかく何か役に立つものが少しでも残ってないか、探すんだ」

しかし、その島にも、隣の火山島にも、金に似たものだけでなく、住民の痕跡《こんせき》すら残っていなかった。大きすぎて破壊できなかったと思えるようなものだけが、かろうじて残っていた。

「〝深きもの〟が、なにか古い時代の魔法の力をもつようなものを残していって、それを周りのカナック族が手に入れている可能性はないだろうか……」

オーベッドは諦めきれずに呟いた。

「どうでしょう。でも、もし海の底からノアの洪水より古い遺物がいっぱいの島が浮き上がってきたりしてたら……、お宝を手に入れる絶好のチャンス到来と、あちこちで噂になっていることでしょう。残念ながら、相変わらず、この付近の島は貧しいままです」

「……」

オーベッドは口を歪めて押し黙った。

「それより船長、ここに落ちている欠片を見てください。これまでこの島では見たこともなかった〝卍〟の印が刻まれてますよ」

マットは足元に落ちていた小さな石の欠片を拾い上げた。

「もしかして……、これが、ワラケア老酋長が言っていた、〝深きもの〟を斃《たお》すという〈古のものたち〉の印でしょうか？」

しかしオーベッドは絶望のあまり、マットの言葉も耳に入らないようで、頭を抱えながらくずおれた。

「これからどうすりゃいいんだ。昔からやっていたほかの国との商《あきな》いは、今にも赤字になりそうなほど経営不振に陥《おちい》っている。この島で交易《こうえき》する、金のようなものの莫大な儲けを当てにしてたっていうのに。あの鉛の道具が手に入らなければ、魚だって獲れなくなるぞ」

この事件はオーベッドだけでなく、インスマスの町全体にとっても大きな痛手であった。港町というものは、船長が儲ければ船乗りにも利益のおこぼれが入ったからだ。

悲惨な不景気に見舞われたインスマスの連中は惨めな生活を送ることになった
「また工場がひとつ潰れたらしいぞ」

「新しくできたばかりだっていうのにね。その上、魚もさっぱり獲れなくなったじゃないか。悪いことは重なるものだねえ」

「こんな未曽有《みぞう》の不景気は、ご先祖だって体験したことがないんじゃないか」

「まあ、生まれた時代が悪かったと思って諦めるしかないね」

道行く人々がそんな愚痴をこぼしているのを、すべての事情を知るマットは、複雑な思いで聞いていた。

(これでよかったのだ。今こそが邪神に頼らない、本来のインスマスの姿なのだ)

マット自身も貧困に苦しんではいるが心は安堵《あんど》に満ちていた。〝深きもの〟に関わりはじめてから心に抱いていた罪の意識から、ようやく解放されたからだ。

ところがオーベッド船長は違った。何かに憑《つ》かれたように、所かまわず呪詛《じゅそ》を吐き散らすようになった。

「愚鈍《ぐどん》な羊どもが。キリストなんてビタ一文《いちもん》にもならない神に祈りを捧げやがってよう」

酒場で呑んでいる時に、馴染の客たちを相手に悪態《あくたい》を吐《つ》きはじめたオーベッドを、マットは必死で止めようとした。

「船長、お客さんに絡《から》むのは止めてください！」

「うるせえ！　お前だって知っているだろう。欲しい物ならなんでも与えてくれる神様を信仰《しんこう》している、奴らのことをよ」

「こんな所で、その話は――」

オーベッドはおもむろに立ち上がり、カウンターの上に土足であがると、

「よく聞け！　俺はな、お前たちみんなが手を貸すなら、たっぷりの魚と金を入手できるような力を持っているんだぞ！」

マットだけがオーベッド船長の言わんとすることを理解していた。今さら〝深きもの〟とお近づきになりたいなんて微塵も思いはしなかったが。

客たちは皆、オーベッド船長に注目していた。大抵すぐに自分たちの談笑《だんしょう》に戻ったが、中には心を動かされて話に興味を示す者もいた。

「面白いじゃねえか。しかし話だけじゃ信用できねえ。それなりの証拠を示して貰おうか」

オーベッドは言葉に詰まった。

「いいだろう。そのうち見せてやる」

苦し気に言うと、酒場を立ち去った。

「ありゃあ、不景気でイカれちまったな」

「昔はずいぶん羽振りが良かったのに、哀れなもんだ」

オーベッドの醜態《しゅうたい》を酒の肴《さかな》に、客たちは会話に戻った。

マットだけが沈痛《ちんつう》な面持《おもも》ちで下を向き、カウンターをただ見つめていた。

2

ザドック老人の声はだんだんとか細くなっていった。

「どう聞いても、酔っぱらいの妄想だ」

ぼくはニーナにこっそりと耳打ちした。

「でも、すごく真に迫っているわ。もってまわった言い方もゾクゾクする」

老人は何か小声で呟きはしたものの、不安気に黙りこんでしまった。

「ザドックさん、どうしました？」

ザドックはハッと顔を上げると、緊張したように後ろを振り返った。

その目は、はるか沖合の真っ黒い岩礁に惹《ひ》きつけられたかのように、遠くを見つめていた。

「返事をしないわね」

「仕方ない、残りのウィスキーを全部飲ませるか」

ぼくはザドック老人の話に興味をかきたてられていた。

「インスマスの話そのものも異様だけど、ザドックさん独自の想像力もすごいわ」

「異国の伝説を織り込んでいて、まるで寓話《ぐうわ》みたいだな。かといって、信じられるわけじゃないけど」

そう言いながらも、カナカ人の島の奇妙な装身具の話を聞き、ニューベリーポートで見た冠を思い出して、なぜかぞっとしたのは認めざるを得ない。

いや、どうせその装身具だって、どこか外国から手に入れたものだろうが――。

「きっと、このよく出来た悍ましい話も、ザドックさんが考えた物語というよりかは、すでに亡くなったオーベッド船長が、ザドックさんに吹いたホラ話なんじゃないかな」

ぼくは自分に言い聞かせるように言った。ニーナは何も答えず考え込んでいる。

「ザドックさん、もう少しどうぞ」

ウィスキーを瓶ごと渡すと、ザドックは一滴残らず飲み干した。

「なんで九〇代のお爺さんがこんなにお酒が強いのかしら？」

「さあ……」

酒をたっぷり飲めば、息をぜいぜいと鳴らしながら出す高い声が、咽にかかった低い声に変わるはずなのに、その気配さえ感じられない。老人は瓶の口を舐めてから、それをポケットの中に入れた。

なにか一人でうなずいて、小さな声で言葉を発しはじめた。

ぼくらは一言も聞き漏らすまいと、老人に耳を近づけた。その時、汚れて伸び放題の頬ひげに、冷笑《れいしょう》が浮かんだように思えた。

「なにか、言おうとしている」

ニーナがささやく。

「ああ」

ぼくにも、老人が意味あることを言おうとしていることがはっきりと分かった。

「あんたもひとりだけで見晴台にのぼって、人間じゃない生き物を目撃してみたらどうだい？　……

ひっひっひっ」

ギラついた目でぼくを見ながら、気味の悪い笑い声を放った。

「ん？　あんたの目は似てるなあ」

「何の話ですか？」

酒臭い息がぼくの鼻を襲った。

「オーベッドの目にそっくりだよ。人の心を読み取る鋭い目だねえ！」

老人のヒステリックさがひどくなり、寒気がしはじめた。急に、鉤爪にも似ている節くれだった指で、肩を掴《つか》まれ驚いた。その手は震えていた。笑いの振動が伝わってきているのかと思ったが、そんな理由で震えているわけでもなさそうだった。

「なんだか、ザドックさん疲れているみたいね」

ニーナが言うとおり、彼の全身からは疲労と恐怖が醸《かも》しだされていた。ぼくはしばらく、何も質問しなかった。

「時間が心配だな」

腕時計を確認する。

「海が満潮《まんちょう》になっているわ」

「……魚のにおいがひどくなくなってきたな」

ぼくはうれしくなった。おそらく高潮《たかしお》のためだろう。

波の音が響き渡り、ザドック老人が我に返った。ぼくらはふたたび、彼の物語に意識を集中した。

3

カナカ人たちが姿を消してから七年の年月が流れ、インスマスの町はますます寂れていた。一八四五年のある日、オーベッドが空恐ろしいほど明るい表情で、マットの前に現れた。

「今晩、暗礁に行くぞ」

「突然どうしたんですか？」

彼に何かよからぬ出来事があった、とマットは直感的に気付いた。

「ついて来ればわかる。インスマスを復興《ふっこう》に導く儀式を行うのだ」

オーベッドの眼は不気味に光り輝いていた。「もしかすると〝深きもの〟と何か接触があったのですか？」

マットに訊かれ、オーベッドは嬉しそうに目元を歪めた。

「何があったかは秘密だ。ただ言えるのは、黙って暗礁についてくれれば、町は元通りの好景気に戻るということだ」

その船長の言葉に、マットは決意を固めた。

「僕は、行きません」

きっぱりと、そう告げた。船長は虚《きょ》を突かれたようだった。今までマットが彼の命令に背《そむ》いたことはなかったからだ。

「本当に来ないつもりか？」

「はい」

マットの返事を聞いて、船長の眼が少しだけ正気の色を取り戻したように見えた。

「そうか、ならば仕方あるまい」

船長はマットに背を向け、

「これで決別《けつべつ》だな」

マットはその言葉を聞いて、胸にこみ上げてくるものがあった。これまで船長とくぐり抜けて来た冒険の数々が、頭を駆け巡る。しかし彼は船長を追わなかった。

オーベッド船長とマットの友情は、その時をもって終わった。

その晩、オーベッド船長の部下である船乗りの息子ザドックは、家の見晴台《みはらしだい》にのぼって夜の海を眺めながら、旧約聖書《きゅうやくせいしょ》の言葉を呟いていた。

「メネ・メネ・テケル・ウプハルシン――」

「ザドック！」

後ろから突然声をかけられて驚いた。マットの娘アンリである。

「呪文を唱えてたの？」

「呪文じゃない。〝ダニエル書〟にある言葉で、バビロンの崩壊を予言しているんだ」

「ふうん。よく分からないけど不吉な言葉ね」

アンリにそう言われて、ザドックは何となく背筋が寒くなった。なぜ、無意識にその予言の言葉が口から出たのか、自分でもよく分からなかったのだ。

「そんなことはどうでもいい。こんな夜遅くに何でここに来たんだ？」

「ザドックが、町の人の噂話を確かめるって言ってたから、来ちゃった」

地獄耳《じごくみみ》のザドックが、大人たちの噂話を聞いたところによると――オーベッド船長はたくさんの仲間を集めて悪魔の暗礁に出掛けようとしている、しかもその目的が悪魔の召喚《しょうかん》らしい。

都合のいいことに、ザドックの自宅にある見晴台からは、悪魔の暗礁が見える。

彼は真実を確かめることにしたのだが、好奇心旺盛《こうきしんおうせい》なアンリに、その計画を話したのが間違いだった。

「こんな時間に家を出て来て、親父に怒られねえのか？」

「とっても叱られるけど、平気よ。こんなに面白そうなこと滅多にないわ」

アンリが蒼《あお》い瞳を輝かせた。

「デマだと思うけどな」

「いいわよ、それならそれで」

彼女のことは、子供の時から知っている仲だ。言い出すと聞かないのは分かっていた。

「分かった。勝手にすればいいだろ」

そっぽを向いて、ザドックの父親が船で使う望遠鏡をのぞいた。

「ねえ、私にも貸して！」

望遠鏡が、華奢《きゃしゃ》な手に突如奪われた。

「俺が先に見るんだから返せよ！」

口では言うものの実際に強くは出られない。彼女の方が年上ということもあってか、ザドックはどうもアンリには敵わなかった。

「どんな光景が見られるのかな。ワクワクする！」

「悪魔を召喚するんだ。お前なんか怖くて泣いちまうぞ」

「ふふん。ザドックこそおしっこ洩らさないでよ」

「もう、子供じゃねえよ！」

アンリは応酬《おうしゅう》を無視して望遠鏡をのぞいた。そして何かに気づき、

「あっ、ボートが見えた。オーベッド船長だわ！」

「なんだって、貸せ！」

ザドックが望遠鏡を奪い取って見てみると、ボートの上に確かにオーベッド船長が見えた。

「大勢の連中が乗ってるな——二〇人くらいか」

海風が町へ、二人の方に吹き抜けた。

「何か、聞こえる」

「これは、歌？」

それは何者かを讃えるような歌で、その声は町中に響き渡るようであった。ボートはさらに沖に出るとある地点で止まった。

「あそこには暗礁があって、その向こう側は海の底が想像もつかないほど深い断崖絶壁《だんがいぜっぺき》になって

いると、親父から聞いたことがある」

「みんな、悪魔の暗礁と呼んでいるわね」

夜が深まり、月は高く昇る。

ザドックがアンリの横顔を見ると、月光で彼女が蒼白く照らされているのが幻想的《げんそうてき》で、うかつにも見とれてしまった。

艶《つや》のある巻き毛の金髪、無垢《むく》にきらめく蒼い瞳。華奢な体だが、襟ぐりの深いワンピースからのぞく胸元からは豊かな谷間がのぞいていて、ザドックは思わず視線を吸い寄せられた。

それにアンリが気付き、

「あら坊や、どこ見てるの？」

ザドックは赤面《せきめん》して、狼狽《ろうばい》しながら、

「なにも見てねえよ！　勘違いすんな、男女!!」

アンリは楽しそうに笑う。ザドックがいくら唾を飛ばして言い返しても、完全にアンリのペースだった。

しかし、そんな自分たち二人の、弟と姉のような、友達のような、恋人のような、なんともいえない曖昧《あいまい》な関係が、ザドックにはもどかしくも心地よく感じられた。

「よけいな話は終わりだ！　観察に集中したいから話しかけんなよ！」

望遠鏡の中のオーベッドは、カナカ人の島で使っていた、あの鉛のようなものでできた奇妙な道具を取り出した。そしてそのずっしりと重い品を海に投げ込んだのだ。

「何のためにあんなことを……あ!!」

ザドックは息を呑んだ。暗礁に、何かわからない生き物がうようよいて、オーベッドと、身振り手振りで交渉をしているのが見えた。生き物の手は、まるで人間のもののようである。そいつが海の中に飛び込むのが見え、暗礁の向こう側——深海から、それきり二度と浮かんでこなかった。

「何が見えたの？」

「——悪魔だ」

望遠鏡を構えたまま呆然としていると、さらに驚愕《きょうがく》すべき光景が目に飛び込んできた。ボート上で、オーベッドの仲間が二人がかりで重そうなものを運んでいるのが見えたのだ。

(運ばれているのは、人間!?)

高性能な玄人仕様《くろうとしよう》の望遠鏡は、ものの形が何であるかを判別できるほど拡大して、彼に見せつけていた。

ものが海に投げ込まれようとしたその時——

「ザドックばっかりずるいよ。私にも見せて！」

止める暇もなかった。アンリが軽やかに望遠鏡を取り上げてのぞいた。

しばらく、アンリは微動《びどう》だにしなかったが、次の瞬間、町中に彼女の悲鳴が響き渡った。

初めてインスマスに生け贄が捧げられた場面に、二人は蔭ながら立ち合ったのだった。

「ハイアラム・ギルマンを知りませんか？」

翌朝、町の若者の一人が行方不明《ゆくえふめい》になり、その両親が情報を求めて通行人に声をかけていた。努力の甲斐《かい》もむなしく、その後、彼が戻って来ることは永久になかった。

それからも、ザドックは見晴台からオーベッド船長のボートを観察する日々を続けた。

悪魔の暗礁の裏側に、またしてもずっしりと重そうなものが投げ込まれた翌朝は、必ず若者――ニック・ピアーズ、ローレイ・ウェイツ、アドニラム・サウスウィック、ヘンリー・ガリソン、そのほかにも大勢――が行方不明になった。

オーベッドがたびたび、悪魔の暗礁に船を出しているという噂は、航海士仲間からマットの耳に届いていた。そしてマットは、船を出した夜に限って、翌朝、失踪者《しっそうしゃ》が出ているという法則に気づいていた。

「船長、お聞きしたいことがある」

マットはオーベッドの家を訪問し、その関連について説明を求めた。オーベッドはニヤニヤと嫌な笑みを浮かべ、

「一緒にカナカ人の島に行った仲だ。分かるだろう」

「まさか――」

マットは信じがたい気持ちで、

「船長、あなたはカナカ人の行いを野蛮だと軽蔑《けいべつ》していたではありませんか」

「こんなに町民が貧しさに喘《あえ》いでいるのでは、背に腹は代えられまい。大勢を救うためなら、多

あなたという人は、本当に邪神に魂を売ってしまったのだな!!」

「多少ですって！　人の命を何だと思っているんだ！　多少の犠牲は仕方がないことだ」

それからマットは、オーベッドの邪悪な行いを止めるために活動を始めた。町の人々を自分の味方に引き入れようと努力したり、牧師の所へ赴いて長い時間話し込んだりした。

組合協会派の牧師はマットの訴えを深刻に受け止めて、彼に賛同した。

「マット、話してくれてありがとう。なんて悍ましいことが行われようとしているんだ。人間は欲深い。〝深きもの〟によってインスマスに利益がもたらされれば、人心《じんしん》は容易《たやす》くそちらへ流れるだろう。町の者を味方に引き入れるのは、今しかない」

「ご協力感謝します」

ザドックが日曜礼拝《にちようれいはい》に行くと、マットが声もかけられないほど真剣な面持ちで、祈りを捧げているのを見かけた。

（アンリの親父、何かあったのかな……）

ダゴン、アシュタロス、ベリアル、ベルゼブブ、黄金の犢《こうし》にカナン、バビロニヤの偶像――

ザドックは牧師の話を意識の遠くで聞きながらも、マットの一心不乱《いっしんふらん》な様子が気になって仕方がなかった。

その牧師が、突如インスマスから消えた。マットは事情を知る修道女に詰め寄ったが、

ることを余儀《よぎ》なくされた。

「何者かに追い出されたそうで」

ただそれだけしか理由が分からなかった。

それからマットは何人もの牧師に協力を仰ぎに行ったが、彼らはことごとくインスマスを離れることを余儀《よぎ》なくされた。

メソジスト教会の神父は辞職。

バプデスト教会の堅物《かたぶつ》の牧師バブコック神父に至っては、失踪したまま二度と見かけることがなかった。

「イェホヴァの神の怒りに触れたのだろう」

と町民たちから噂されていたが、真偽《しんぎ》は誰にもわからない。

(みんないなくなってしまった。きっと僕も同じように——)

マットは、自身に間もなくふりかかるであろう運命を思い、心の底から戦慄した。

しばらくすると、オーベッドの金の精錬工場の煙突から、また煙が出はじめるようになった。

「オーベッド船長は、また景気が良くなったみたいじゃねえか」

「私見たわよ、あそこの三人の娘さんが、金の飾り物を着けているのを。あんなの見たことがない代物だわ」

大人たちがそう羨《うらや》まし気にオーベッドの噂話をするのをザドックは耳にした。

「羽振《はぶ》りが良くなったのはオーベッドだけじゃねえよ。船乗りだって運気が上がって来てる」

「そうだわね。魚が、捕まえてくれと言わんばかりに群れを成して港に押し寄せて来るんだものね。不思議なこともあるもんだわ」

「ありがたいが、ニューベリーポートやアーカム、ボストンにどれだけ船荷《ふなに》を出したらいいのかわからんくらいだ」

「贅沢な悩みだねえ」

ほかにも、オーベッドがもうすぐ、昔の鉄道の支線《しせん》を開通させようとしているなど、好景気の話題は尽きなかった。

船乗りたちが薄気味悪そうに話すには、

「キングズポートあたりの漁師どもが、最近こっちに侵入して来ただろ？」

「ああ、インスマスで魚がわんさか獲れるからって、スループ帆船に乗って来てたな」

一人が声を落として告げた。

「あいつらな、みんな船ごと行方不明になったらしい」

単純に嵐で遭難したのかもしれない。しかしザドックは、何か底知れぬ恐怖を感じた。


ある晩、オーベッドとその仲間たちは、酒場で贅の限りを尽くした宴を開いていた。

高価な酒や煙草が次から次へと振る舞われ、みなが上機嫌になった頃に、一人の船員がオーベッドに問いかけた。

「船長は一体、何をお考えなのですか？」

彼はかつて、カナカ人の島の航海に同行した船乗りだった。

「ハハハ、急になんだ。私に深い考えなどないぞ」

オーベッドは愉快そうに笑った。船乗りはかなり泥酔《でいすい》していて、いつもなら恐ろしくて、訊けないような疑問を次々と船長に投げた。

「もしかすると、カナカ人が島でやっていたのと同じことを、何から何まで真似しようと目論《もくろ》んでいるんじゃありませんか？」

「何を言いたいんだ？」

オーベッドは笑うのをやめ、厳しい声で返した。

船乗りはためらいがちに――しかしはっきりと疑問を口にした。

「もしかすると、あの魔神どもと混血したり、海中で暮らせる魚人に変化する不死者の子供を育てたり――などと、お考えなのでは？」

「そんなことして、なんの得がある」

オーベッドは、今度は鼻で笑った。

「俺はな、単純に儲けるのが大好きなんだ。やつらがくれる金塊《きんかい》が欲しくて、ずっしりと重いものを海中に投げ込んでいる。それだけのことさ」

〝深きもの〟たちにしても、しばらくはものだけで満足していた。しかしそれも長くは続かなかったことを、この目先の物欲にとことん弱い船長は、予測することができなかった。

その数日後、ワシントン通りにあるオーベッドの豪奢な邸宅に、かつての友が来訪した。

「なんだ、お前か。まあ、そこに座りたまえ」

オーベッドに、ソファに掛けるよう促されても、マットはそれには応じず、立ち尽くしていた。彼の全身から、憤怒《ふんぬ》の感情が立ち昇っていた。

「町の人たちから聞きましたよ。〈ダゴン秘密教団《ひみつきょうだん》〉という新興宗教《しんこうしゅうきょう》を始めたそうですね」

静かな声でオーベッドに問いかける。

「それが何だ？」

マットの心中を見透かしたように、オーベッドはとぼけた口調で訊き返した。マットの顔が怒りで朱《しゅ》に染まる。

「カルヴァリ支部が使用していた、フリーメイソン会館を買い取るって、どういうことですか？」

オーベッドは、いま気付いた、とばかりに手を打ち鳴らし、

「ああ、お前はフリーメイソンの会員だったたな」

「その通りです。一体何の目的があって――」

オーベッドはゆったりとした動作で葉巻《はまき》に火を付け、一服すると、

「会館を〈ダゴン秘密教団〉の本部にするのだ」

その言葉を聞いたとたん、マットはオーベッドに向かって拳を振るっていた。瞬時に、オーベッドが軽く顔をよけ、マットの拳は、ソファの背もたれを打ちつけただけだった。その拳に葉

巻の火を押し付けられ、マットは短い叫びを上げて退いた。

「買収《ばいしゅう》したものを、持ち主が何に使おうと勝手だ。ましてや、赤の他人のお前に意見される筋合いはない」

オーベッドは冷たく言い放ち、新しい葉巻に火を付け、紫煙《しえん》をくゆらせた。マットは焼痕《しょうこん》が付いた手を固く握りしめて、

「会館を邪教の信仰に利用するなんて許せない！　必ず阻止《そし》してみせるからな‼」

激情に突き動かされるように、邸宅を飛び出し、夕闇《ゆうやみ》に包まれたインスマスの町の中を、マットは足早に帰路《きろ》についた。かつての友人オーベッドに、もはや人間の心はない。

（フリーメイソンを邪教で穢《けが》すなんて、見て見ぬふりできるものか！）

マットは怒りに燃えながら、しかし心の片隅には恐怖もあった。

突然、黒い塊が前を通り、心臓が大きく跳ねる。猫だった。

（神経質になっているな。情けない。家長《かちょう》である僕が怯えていてどうするんだ）

マットは自分の小心《しょうしん》さに苦笑《くしょう》した。

自宅に到着し、窓からいつも通り温かみのある光が溢れているのを見て、マットは安堵を覚えた。玄関を開けようとドアノブに手をかける。

「ただい――」

後ろから強い衝撃を受け、彼の意識は永遠に無と化した。

その翌朝、アンリから、彼女の父親が行方知れずになっていることを、ザドックは涙ながらに

知らされた。

それから、マットの姿を見た者はいない。


オーベッドが悪魔の暗礁に生け贄を捧げ出してから一年ほど経った、一八四六年。

「最近、インスマスも物騒《ぶっそう》になってきたもんよね」

ザドックはいつもの地獄耳を発揮し、買い物中の女たちが話す町の噂話に耳をそばだてた。

「ほんと、行方不明になるもんがあんまりに多くて、どうなっているんだろうね。物騒なもんだから、娘にも夜遅くまで出歩くのをやめさせてるよ」

女の一人が声を落とし、

「オーベッド船長の噂、知ってるかい？　風の吹く夜にボートで出て、あの気味の悪い悪魔の暗礁に、何か大きなものを沈めているんだってさ」

女たちは不安げに顔を見合わせた。

「五月祭の前夜と万聖節の前夜にも、暗礁に出ていたそうじゃないか。聞いたかい？　ぞっとするような合唱を」

「もちろんさ。町に響き渡るような大声だったからね。あれは、合唱というより、祈りの声じゃないかい？」

「まるで、キリスト教への嫌がらせじゃないか」

「去年たくさんの牧師が失踪したり辞めたりしてさ、代わりに入って来た新入りの牧師が、元船乗りよ。着ているローブも妙ちくりんだし、悪趣味な金の装身具を着けているんだわ」

「牧師がおかしくなっているのも、オーベッドが邪神を信仰している影響かもしれないね。景気を良くしてくれたのはありがたいけど、後ろ暗いことが多そうなやつだわ」

女が口元に指を立てて、

「これ以上話すのはやめておこう。誰に聞かれているかわかりゃしないわ」

「そうだね、オーベッドにこんな話をしているのを知られちゃ、私らも行方知れずにされちまう」

ザドックは、自分が見晴台から眺めてきたことを、女たちに暴露《ばくろ》したい衝動を必死で抑えた。彼の精神は限界だった。あの、初めて生け贄が捧げられるのを目撃した夜に、誰かに打ち明けていれば、その後の犠牲者は出なかったのではないか。毎日、そんな悔恨《かいこん》に心が支配されていた。

彼が女たちを見ながら、道端に立ち尽くしていると、

「ザドック、どうしたんだ？　こんなところで突っ立って」

父親と親交がある行政委員《ぎょうせいいいん》のモウリイに声をかけられた。

「いやいや、ちょっとボーっとしちまったんです。何でもありま――」

滂沱《ぼうだ》たる涙が流れだした。

ザドックの中で抑えていた罪の意識が噴出し、モウリイに、自分が知っているすべてを洗いざらい吐き出した。モウリイは最初こそ信じがたいといった様子であったが、ザドックの話に信ぴょう性があると確信すると、

「ザドック、話してくれてありがとう」

モウリイは泣きじゃくる彼の肩に、優しく手を置いた。

ザドックの涙で濡れた顔は、何かを決意した面持ちに変わり、こう言った。

「こんなに、たくさんの命が奪われたのは俺のせいです。もっと早くこの事を誰かに話していれば……必ずオーベッド船長を止めてみせます」

しかし、モウリイは首を横に振り、

「この話は大変に危険だから、これ以上は関わるな。あとは私たち大人に任せろ」


ある晩、オーベッドの邸宅でパーティが開催された。

その日も、ザドックがいつものように望遠鏡をのぞいていると、オーベッド船長とその仲間が例の暗礁に向かっている姿が見えた。いつもと違うのは、その後方からもう一艘のボートが、オーベッド一味には気付かれないように後を付けていることだった。オーベッドの船からものが海へ投げ落とされた瞬間、銃声が鳴り響いた。

「動くな！」

モウリイであった。夜空に向けた銃口からは硝煙《しょうえん》が立ち昇っている。

「何だお前たちは⁉」

オーベッドが叫びながら、懐から銃を取り出し、モウリイに突きつけた。オーベッド側は三〇二人。モウリイと、今日のために特別に招集された精鋭《せいえい》たちは、合わせて一〇人。オーベッドの優勢《ゆうせい》かと思いきや、追手の者たちは強かった。オーベッドが、モウリイの心臓目がけて弾丸《だんがん》を放ったが、彼はそれを無駄のない動きで躱《かわ》すと同時に、オーベッドの右肩を射ち抜いた。船長の手の力が抜け、銃が甲板《かんぱん》に重い音を立てて落ちた。

「くそ！　こんなところで終わってたまるか!!」

オーベッドが毒づきながら左手で銃を拾おうとした瞬間、両脚に灼熱《しゃくねつ》の痛みが走った。モウリイが発砲《はっぽう》した弾丸が射ち込まれたのだ。

「確保!!」

モウリイが悪魔の暗礁で高らかに叫んだ。

その翌日、インスマスの町は朝から騒然としていた。

「大変だよ、オーベッド船長が捕まったんだってさ！」

「ええ!?　そりゃまたなんでだい？」

「分からんが、お仲間も含めて、三二人も牢にぶちこまれたらしい」

「大捕《おおと》り物《もの》じゃないか。何をやらかしたのか公にならないのが不思議だね」

町の人間もわけが分からず、奇妙に思うばかりであったが、モウリイや警察も、オーベッドたちをどう処理して良いのか分からず、途方に暮れてしまった。罪の証拠である生け贄は、モウリイたちが彼らを捕《とら》えようとしたのと同時に、深い海溝《かいこう》の底に沈んでいる。とりあえず牢に入れた連中はそのまま閉じ込めておくことになった。

しかしそれは大いなる過ちであった。誰かがその結果を予想できたなら――その二週間後にふたたびまた何かが海底に投げ込まれることもなかっただろう――それも永遠に。

その日の晩、ザドックはいつもの見晴台にいた。

「ここに来るのも一年ぶりかしら」

潮の匂いが混じる夜風を受け、隣にいるアンリのブロンドに輝く巻き毛が揺れた。父親が失踪してから塞ぎこみがちになった彼女が、久しぶりに見晴台に来たいと言い出したのだ。

「望遠鏡は貸さないぞ」

ザドックは釘を刺す。もう、牢に入っているオーベッドの船を見かけることはないが、悪魔の暗礁にいつ怪物が現れるかはわからない。いまだ精神的に不安定な彼女に余計なものを見せるわけにはいかなかった。

「いらないわよ。ザドックと海を眺めたかっただけだから」

蒼く澄んだ瞳で真っすぐに見つめられた。からかわれているとわかっているのに、ザドックは動揺させられてしまう。

「へっ。そりゃあ良かった」

海の方へ向き直ると、彼は異常に気付いた。

「あ、あ、悪魔の暗礁が……!!」

ザドックの様子に気づいたアンリもそちらの方を見た。二人は絶句した。暗礁が、おびただしい数のあの生き物――〝深きもの〟でびっしりと埋め尽くされていたのだ。

た。

「あそこを見て！」

〝深きもの〟は港を泳ぎ、インスマスの町の中心を流れるマニューゼット川にも侵入して来ていた。

「ねえ、どうしよう、ザドック！」

うろたえるアンリをなだめ、

「この調子じゃ奴らは町の方へ押し寄せて来る。とにかく家の中に入るぞ」

室内に入ると、ザドックの両親がソファに腰かけてくつろいでいた。

「親父、大変なことが起こった！」

ザドックが見晴台から見た状況を説明し、もう一度、父親と一緒に見晴台へ上った。

「信じられない――」

父親は呆然と洩らした。ザドックが通りを眺めると、

「すでに、通りが化け物で埋まっている……！」

ザドックは狂いそうな思いだった。父親が下を見て驚愕した。

「いかん、家の周りにも化け物が来ている。早く中へ戻るぞ！」

戻ると、ドアを激しく叩く音がして、母親が玄関を開けようとしていた。

「開けるな!!」

父親の剣幕《けんまく》に、皆が制止した。暴力的なノックの音は執拗《しつよう》に聞こえてくる。父親が覚悟を決めたように部屋の中を歩き出し、

「モウリイに、どうしたら良いか相談してくる」

「俺も行く！」

ザドックも立ち上がったが、

「だめだ」

父親の有無を言わせない口調であった。

「いいか、全員ここから動くんじゃないぞ」

そして、マスケット銃を持つと、ザドックに向かって、

「母さんと、アンリちゃんを頼むぞ」

そう言い残し、台所の窓から外へ出て行った。

ノック音はずいぶんと続いたが、やがて静かになった。ザドックたちはじっと息を潜めていた。

表からは絶え間なく、銃声や悲鳴が聞こえてきた。時間の感覚もわからなくなるほど長い時を、押し黙って過ごした。

「私、帰るわ」

アンリが立ち上がる。

「馬鹿！　町が化け物で溢れているのを見ただろう！」

ザドックが止めるが、

「ママが心配だもの。一人で帰宅できるわ。私がケンカ強いの知ってるでしょう？」

強気な発言とは裏腹《うらはら》に、彼女の声は震えていた。

「仕方ねえ。俺もついていってやるよ」

「結構よ。一人で大丈夫」

頑なに拒否されたが、ザドックは半ば無理矢理アンリについていった。

外に出ると、まだ夜も明けておらず暗かった。すぐにザドックは、彼女を家の中に留まらせることができなかったのを後悔した。アンリは、通りを目にしたその瞬間に嘔吐《おうと》した。道路には死体や死にかけた者が、折り重なって倒れていたのだ。

「アンリ。俺がローラおばさんが無事か見てきてやるから、家の中に残っていろよ」

とザドックが諭《さと》すが、アンリは頑なに拒んだ。こうなったら、彼女を無事に自宅に送り届けるしかない、とザドックは腹をくくる。アンリの手を取って走り出した。

家の前のマーシュ通りを駆け抜け、

「中央広場を通るのが近道よ！」

アンリに促されたが、ザドックは立ち止まった。地獄耳によからぬ声が入って来たのだ。

「人の叫び声⁉」

ザドックの耳に、中央広場の方から数多くの絶叫が聞こえた。

「だめだ。遠回りになっちまうが、メイン通りから行こう！」

橋を渡ると左手に旧中央広場が見える。そこを横断して時間短縮を図ろうとしたが、ザドックはまたしても顔をしかめ、

「あそこも危険だ、たくさんの絶叫が聞こえる！」

そのままメイン通りをまっすぐ走りチャーチ通りを左に曲がろうとするが、今度はニュー・チャーチ・グリーンから一際激しい苦悶の声が上がっていた。

町ゆく人達の間では、様々な情報が錯綜《さくそう》して、狂乱状態であった。

「牢獄《ろうごく》の扉が破られた！」

「宣戦布告《せんせんふこく》がなされたぞ」

「裏切りだ！」

ザドックは、人々が放つ断片的《だんぺんてき》な言葉を耳に入れながら、アンリの手を引いて、阿鼻叫喚《あびきょうかん》の惨状と化したインスマスを駆け抜けた。

「ママ！」

マーティン通りからワシントン通りを左に曲がり、彼女の家に到着した。母のローラは地下に避難していたため無傷であった。母娘《おやこ》は力強く抱擁した。

「ザドック、ここまで連れてきてくれてありがとう。あなたのおかげで、ママにまた会うことができたわ」

アンリは泣きながら、ザドックの胸に顔をうずめた。ふだんは強気で敵《かな》わないアンリに、初めて一人の男として感謝をされた気持ちだった。

ザドックは、一人残して来た母親のことが心配で、急いで帰宅した。母親は無事だったが、父親はあれからまだ戻っていなかった。

朝になり、ようやく状況が落ち着いて、午後近くにザドックが家から出てみると、

「馬鹿な――」

夜間の大惨事《だいさんじ》が嘘のように、何者かの手で全てが片づけられてしまっていた。もっとも、恐ろしいことが起こった痕跡は、心の中にはまざまざと残ってはいるが。

昼には、住民からの通報を受けたマサチューセッツ州警察が、インスマスを訪れた。対応をしたのはオーベッド――騒動の間に牢が破られ、脱獄したのだ――であった。

「昨夜何が起こったのだ。ざっと調査しただけでも、住民が半分になっているではないか」

オーベッドは沈痛な面持ちで答えた。

「疫病のせいです」

「疫病？　そんな報告はないぞ」

「ここ最近、猛威を振るい出したばかりの病で、上にお伝えするのが、間に合わなかったのです。やっと流行が下火になって参りました。これからは街の復興と、身内を亡くした町民たちの支援に尽力《じんりょく》したいと思います。私にとってインスマスの人たちは、家族も同然ですから……」

オーベッドの田舎芝居に、州警察はすっかり騙されて帰って行った。

「流行《はや》り病だなんて、嘘っぱちじゃないか！　俺はこの眼で、化け物の群れや町の人の死体をたくさん見たんだぞ！　なあ、あんたたちだって事実を知っているだろう！　どうして黙っているんだ!?」

人づてにその話を聞いたザドックが、町中で怒りも露に道行く人に声を上げていると、後ろから口を塞がれた。

「小僧、黙ってろ。余計なこと言うとオーベッドに何されるかわかんねえぞ」

通りすがりのおやじが、ザドックの身を案じてそう耳打ちした。町で生き残った者は、そんな、声を上げないおとなしい人々、そして、オーベッド船長とその仲間、例の化け物だけであった。

ザドックの父親も、あれ以来、消息は分からない。

壊滅《かいめつ》し、絶望に打ちひしがれた町で、オーベッドが民衆の音頭《おんど》を取った。

「これはインスマスの終末ではない。この未曾有の危機があったからこそ、町の情勢はこれから変化していくのだ！」

彼の言う通り、インスマスは変わった。町民に虐殺《ぎゃくさつ》の限りを尽くした化け物たちが、当たり前のように町を出歩くようになった。オーベッドは連中を追い払うどころか厚遇《こうぐう》した。その上、町の者全員が〈ダゴン秘密教団〉へと改宗《かいしゅう》を迫られ、第一の誓いを立てさせられた。

さらに悍ましい事件は起こる。オーベッドの元に、品の良い中年の女性が蒼白《そうはく》の顔で現れた。彼女は名家と呼ばれるウェイト家の奥方であった。オーベッドと同じワシントン通りに居を構えていた。

「どうしました、ウェイトさん？　顔色が悪いようですが」

オーベッドが訊くと、ウェイト婦人は唇をわななかせながら訴えた。

「あなたが、町に化け物が蔓延《はびこ》るのを許しているせいで、娘が――」

昨晩、屋敷の窓から侵入した化け物が、眠っていた一七歳の娘に襲いかかった。

「あの半分魚のような、汚らわしい怪物に、娘は純潔《じゅんけつ》を奪われたのです！」

オーベッドは、眉間にしわを寄せた哀切《あいせつ》の表情で、

「なんと非道な――お気持ちお察しします」

婦人はたぎる感情を抑えながら、努めて冷静に、オーベッドに訴えた。

「あなたは今やこの町で一番の実力者です。あなたのお力で、あの化け物を町から追放して頂きたいのです。娘のような悲劇が二度と起こらないように」

「分かりました。尽力しましょう」

翌朝、ウェイト家の屋敷はもぬけの殻になっていた。その後、一家の行方を、誰も知る者はない。化け物は、相変わらず町を闊歩《かっぽ》していた。

野放しにされている化け物の、欲望の犠牲になった町の若者は数知れず、ウェイト婦人のようにオーベッドに訴え出る者も何人かいたが、その者たちは、ことごとく家族ぐるみで消えた。

また、オーベッドは、何軒かの家を選び、この化け物のもてなしをさせた。そしてその家族の働きによって、化け物はその家族に特別な報酬を与えた。

「お父さん、それ、金の塊!?」

幼い息子が歓声を上げた。父親が、輝く物体を持ち帰ってきたのだ。

「どこで手に入れたの？」

「ああ、ちょっとな」

「ちょっと、じゃわからないよ、誰かから貰ったの？」

父親の顔には疲労の色が濃く出ていた。

「――蛙おじさんからの、お土産だ」

「いつも遊びに来るおじさん？」

「ああ、お母さんと、お姉ちゃんが、蛙おじさんと仲良しだから、特別にくれたのさ」

父親は金塊を抱えて床にうずくまり、嗚咽《おえつ》した。彼の妻は精神を病み、娘の下腹は日に日に膨らみを増していた。

オーベッドの仲間の一人である美男子にも、もてなし役の白羽の矢が立った。

「私の家に〝深きもの〟をお招きするのですか？」

「ああ、〝深きもの〟がお前を気に入ってな」

美男子は戸惑いを隠せなかった。

「しかし、私は世間知らずで、大したおもてなしはできないかと存じますが……」

「いいんだ。ことは〝深きもの〟が進めてくれるさ」

オーベッドは意味深に笑った。〝深きもの〟はカナカ人の時と同じように、人間と混血しようとしており、オーベッドもそれを止めようとはとくに考えていなかった。

「連中が魚や宝をもたらしてくれるなら、お返しに向こうの欲しがるものを与えなければな」

彼がこのことに関して、頭の捻子《ねじ》が飛んでいるのは間違いない。

ザドックはアンリと共にオーベッドの邸宅に呼び出された。暴君《ぼうくん》からの突然の招集に警戒したが、ザドックは諦め混じりで従うことにした。

「君たちは、まだ第一の誓いすらも立てていないそうだな」

「それがなんだ？　信仰は俺たちの自由だろう」

ザドックが反抗する。アンリも唇を真っすぐに結んで、気丈《きじょう》な表情を崩さない。

「クク、やんちゃな奴だな。しかし、この町では自由というわけにもいかんのさ」

柔和《にゅうわ》な顔をしていたオーベッドが、急に冷徹《れいてつ》な目付きに変わってザドックを見据え、

「君たちは、私の秘密を知っているな？」

ザドックとアンリの心臓が、弾けそうに脈打った。見晴台から目撃した、オーベッドたちが重いものを海に投げ入れる様子をありありと思い出す。

「知らねえな」

「白《しら》を切っても無駄だ。調査は済んでいる」

アンリが絶望感で硬直しているのが、ザドックに伝わって来る。自分たちも生け贄にされた若者と同様、海の底に消されてしまうのだろうか。

「今も失踪者が増え続けているのは、お前の仕業《しわざ》か？」

ザドックは訊いた。今、最も訊きたくはないことだが、そうせずにはいられなかったのだ。

平然とオーベッドは答えた。

「生け贄と、住民たちの飾り物をたっぷりくれてやって、望みどおりにゆっくりと町で寝泊まり

できるようにしてやれば連中はおとなしくしているからな」

ザドックの隣でアンリが十字を切り、口の中でお祈りを唱えはじめた。こんな悍ましい話をお祈りもせずに平気で聞いていられる者は、一人だっているはずがないだろう。

動揺する二人の様子を見て、オーベッドが面白そうに笑った。

「そう緊張しなさんな。君たちがここを生きて出るための手段は、まだあるんだぞ」

ザドックは目を見開いた。オーベッドの次の言葉が早く聞きたかった。

「条件は一つ。〈ダゴン秘密教団〉に、第一の誓いと、第二の誓いを立てることだ」

オーベッドにそう告げられ、ザドックは怒りのあまり立ち上がった。護衛がアンリの頭に銃口を突きつけた。アンリは小刻みに震えながらも、心を奮い立たせ、

「ザドック、自分の信心《しんじん》に従って」

そう、毅然《きぜん》と言い放った。ザドックの頭の中には様々な記憶が駆け巡っていた。町を埋め尽くす、蛙のような魚のような化け物の群れ、血にまみれた積み重なる死体、絶叫、号泣、台所の窓から出て行く父の姿――〈ダゴン秘密教団〉に入信するということは、それらの惨劇すべてを肯定することになる。

アンリを見た。目の光は強く、少し微笑んでいた。

ザドックは息を大きく吸い――

「分かった。誓いを立てる」

ザドックとアンリは、オーベッド邸から解放され、ワシントン通りへと出た。見張りに連れら

れながら、少し歩いて、マーティン通りを左に曲がると大きな白い会館が現れた。そこが教団本部であった。黒と金色の文字で〈ダゴン秘密教団〉と看板が出ている。入り口で、二人は十字を切り、内部へと入って行った。

ザドックは、そこで見聞きしたことが真実に起きたことのように思えなかった。まるで白昼夢のように鮮明ながら、現実感を欠いていたのだ。


子供たちだけは、ぜひとも生かしておき、大昔に私たち人間を生み出したといわれる、母なるヒュドラと、父なるダゴンの元に還さねばなりません――

イア！　イア！　クトゥルフ・フタグン！

フングルイ・ムグルウナフー・クトゥルフ・ルルイエ・ウガフ・ナグル・フタグン――


そして彼らは、第一の誓いを立て〈ダゴン秘密教団〉の団員となった。

「第二の誓いは、後日だ」

見張りは言い残すと、オーベッドの邸宅に戻って行った。ザドックたちは虚脱《きょだつ》した。

二人は無言で、当てもなく町を歩き出した。メイン通りからマニューゼット川に差しかかったところで、オールド・スクエアから響き渡る、オーベッドのおためごかしの演説が聞こえた。

「彼らは海底に何百万と存在しています。その気になれば、高い能力を持つ彼らは、人間を絶滅させることだって可能です。インスマスで共に暮らしている彼らは、そのようなことは考えてはおりませんが、我々人間が期待を裏切ればそこまでやりかねません。双方の幸福のために、人類と海の民《たみ》の友好を築こうじゃありませんか！」

「〝深きもの〟を殺す方法はねえかな」

ザドックが、どす黒い声音《こわね》で呟いた。

「そういえば、パパから聞いたことがある」

「何か知っているのか⁉」

思わぬアンリの答えに、ザドックは詰め寄った。

「パパが交易していた南洋のカナカ人は、化け物を殺せるまじないを知っていたそうよ。ただ、外部の人間に教えることはなかったようだけど……」

「なんだ……そのまじないがわかれば、化け物も、あの船長も一網打尽《いちもうだじん》にしてやるのに！」

ザドックは空に拳を突き上げた。

その後、オーベッドとの約束通り、二人は第二の誓いを立てた。これで、わざと秘密を漏らすようなことがなければ、命を狙われることはない。

誓いを立てた帰り、二人は夕暮れのインスマスの町を歩いていた。

「アンリ、この誓いは生きるために形だけやったことだ」

「分かってる。心まで、邪神に奪われてはいない。でも――」

もし、第三の誓いを立てろと言われたら？　彼女がザドックに問いかける。

「その時こそ、俺は死ぬ」

アンリがザドックの手に、柔らかな指を絡めた。夕暮れのインスマスの町が紅《あか》く染まっていた。

ザドックは彼女の手を、強く握り返した。


一八四六年に、オーベッド船長は二回目の妻を娶《めと》る。最初の妻はというと、何年か前に死んでいた。

内情を知る航海士たちは誰かに聞かれることがないよう、ひっそりと噂話をしていた。

「オーベッド船長は、結婚式をやらないんだね」

「お前、新しい女房の顔を見たことあるか？」

「ない。お前もか？」

「ああ。隠している理由はおそらく――」

「みなまで言うな」

二人の間に重い沈黙が流れた。

「船長は、後妻《あとめ》を貰うつもりはなかったそうだ。しかし例の連中に求められて、仕方なしに結婚したとか、人から聞いたことがある」

「あの人は、ちょいと深入りし過ぎたな」

ザドックは相変わらずの地獄耳で、波止場でヒソヒソと話す、航海士たちの会話に聞き耳を立てていた。

（あいつ、化け物の女と結婚したのか！　早くアンリに教えてやろう！）

第二の誓いの後、ザドックとアンリは結婚の約束をした。まだ双方の親には話していないが、いずれあいさつをするつもりであった。

「アンリ！」

アンリの家の呼び鈴を鳴らすが返事がない。

（この時間はいつも家にいるはずなのに）

訝しく思いながら、玄関のノブを回すが鍵が掛かっている。どうも引っかかり、裏庭に回ると、窓が開いていた。そこから聞こえる、呻くような、すすり泣くような、不穏《ふおん》な声がザドックの鼓《こ》膜《まく》を震わせた。ためらいはなかった。窓から室内に入り、声の元を探した。声は、一階の、台所の方から聞こえて来るようだった。ひと際大きな悲鳴が上がり、それは確かに許嫁《いいなずけ》の声だった。

「アンリ！」

ザドックは、言葉を失った。

四つん這いになった、灰緑色《かいりょくしょく》の鱗に覆われた脂っぽい背中が、前後に淡々《たんたん》と運動していた。その醜い身体の下にあるのは、彼女の肢体《したい》であった。水掻きの付いた醜い手に押さえつけられた、小さく柔らかな手。白く滑らかな脚は大きく開かれ、太腿《ふともも》には純潔の証である血が流れていた――。

彼女と眼が合った。その蒼眼《そうがん》は絶望に染まっている。

ザドックは、獣の咆哮《ほうこう》にも似た叫びを上げながら〝深きもの〟に殴りかかった。〝深きもの〟は振り返り、白濁《はくだく》した目玉で彼を一瞥《いちべつ》すると、水掻きの手で彼を突き飛ばした。それは〝深きもの〟にとってはほんの軽い力だったが、ザドックは床に頭を打ち付けて失神《しっしん》してしまった。

目が覚めると、こと は終わっていた。アンリは死んだように、冷たい台所の床に伏していた。

「帰って」

堅い声でアンリは言い放った。その声は氷のように冷たく、ザドックは帰るしかなかった。

翌朝また訪問したが、母親が暗い顔で出て来て、

「今は誰とも会いたくないそうよ。何が起きたのかひと言も話してくれないのだけど、昨日から、部屋を一歩も出てこないの。ザドックくんはなにか事情を知らない？」

ザドックは一瞬押し黙ったが、

「――いえ、何も知りません」

それから毎日彼女の家に足を運んだが、アンリが会ってくれることはなかった。

半年後の満月が輝く夜。ずっと自室に籠もっていたアンリが波止場に出掛けた。

「産みたくない、産みたくない――」

潮風に吹かれながら、切なる願いが口から溢《こぼ》れ落ちる。彼女は血の気がなく、ひどくやつれていたが、大きく膨らんだ腹だけは、彼女本人と別物のように生命力に満ちていた。

「産みたくない、産みたくない――」

ふいに、潮風に乗って言葉が耳をかすめた。

子供たちだけは、ぜひとも生かしておき、大昔に私たち人間を生み出したといわれる、母なるヒュドラと、父なるダゴンの元に還さねばなりません――

どこかで聞いた言葉であったが思い出せない。彼女にとっては、もはやどうでもよいことだったが。

アンリはまん丸く膨らんだお腹を抱えながら海に身を投げた。そして早朝に、漁業用の網に引っかかった亡骸《なきがら》が発見された。

それから、二〇年が経過した。

南北戦争の頃には町の事態はさらに悪化の悪化の一途《いっと》を辿った。一八四六年以降に生まれた子供が、その頃に一人前になりだしたのだ。子供の中には〝深きもの〟と同じような姿をした者もいた。

固いベッドの上で、ザドックは一人眠っていた。

アンリの死以来、彼は神に祈りもしない。〝深きもの〟の姿を眼に入れないように家にこもり、血の通わない冷たい生活を送っていた。

ザドックは、この町で起きた全てのことから逃げ出したかった。そんな時、戦地への招集がかかったのだ。

(知らない土地で、戦争に熱中していれば、その間だけは何もかも忘却することができるな)

それに、インスマスから離れるきっかけにもなる。

「もう、二度とこの町には戻らないかもしれない」

出征《しゅっせい》の日、ザドックは母親に告げた。

「どうしてだい？」

母親は驚いた表情でザドックを見た。

「この町では、色々なことが起こり過ぎた。戦争から還ったら、どこか遠くで暮らそうと思う」

「そんな寂しいこと言わないでちょうだい。お父さんだって――あの日以来戻ってこないし、お母さん本当に、一人ぼっちになっちゃうじゃない」

ザドックの目頭《めがしら》に熱いものがこみ上げる。

「母さんと、アンリちゃんを頼むぞ」

父親の最後の言葉を思い出した。自分は結局、誰のことも守ることができないまま終わるのか。

しかしこれ以上インスマスにいることは、彼にとって耐えがたいこととなっていた。

ザドックは、母親に涙を見られる前に、インスマスを後にした。

赴任先《ふにんさき》にも母親から便りが届いた。

「町の状況は良くなっている、か」

あれほど町に跋扈《ばっこ》していた〝深きもの〟がまったく姿を見せなくなった、と母親からの手紙に書いてあったため、ザドックは戦争が終わった後、インスマスに帰ることにした。

実際に戦争中は町の様子は良好だったらしいが、しかし終戦後は、またひどい状態に逆戻りした。

おそらく戦争中の一八六三年から後は、政府の徴兵《ちょうへい》担当者が町にいたから、化け物たちも息を潜めていたのだろう。そして戦争が終わって役人が去ると、また欲望のままに暴虐《ぼうぎゃく》に走り、町を荒廃させるようになったのだ。

町の人々は落ちぶれ、工場や商店も活気をなくし、魚は獲れてはいたが単価が安くなってしまい、鉄道は廃線――しかし、そんな中でも、

「あの、海の連中だけは調子がいいもんだな。悪魔の暗礁から現れ、マニューゼット川を出入りしてやがる。いつ襲われるかわかったもんじゃないから、呑気《のんき》に出歩けやしない」

「家の中だって安心なものか。恐ろしいのは屋根裏部屋の窓から入り込むことだよ。うちは窓を板で塞いでいるよ」

「空き家だったはずの部屋で、物音が聞こえるようになってきたのも、奴らの仕業だな」

「まったく、あいつらのせいで気が休まるときがないよ」

その鬱々《うつうつ》とした世間話を立ち聞きし、ザドックは全ての窓に板を打ち付けようと固く誓った。


夜、人気のないフェデラル通りを一台の車が走っていた。

「いやあ、ここまで乗せて頂けて本当に助かりました」

頭が禿げ上がっていて、顔中吹き出物だらけの助手席にいる男が、運転手に声をかけた。

「気にすんな。顔を見て同じ町の者だと思ったんだ。立ち往生して困っているのを、見過ごせるわけねえだろ」

運転手は魚を彷彿《ほうふつ》とさせる容貌をしていて、その顔立ちは助手席の男とよく似ていた。

「オーベッド様と大事な約束をしているものですから、危ないところでした」

「そりゃ遅れるわけにはいかねえな」

「ええ、バスを乗り過ごしてしまって困りましたよ。何しろ本数が少ないものですから。乗合馬《のりあいば》車《しゃ》も、この街の名前を出すと断られますしね」

男はよその町からインスマスへ移動する途中で立ち往生しているところを、運転手に声を掛けられたのだった。

「馬車なんて乗らなくてよかったぞ。馬はこの町では使い物にならないからな」

「ああ！　そうでしたね。動物たちは彼らの姿を見ると、怖がって一歩も動けなくなってしまうから」

「馬よりたちが悪いのはラバのほうだけどなあ、ハッハッハッ」

運転手は表情を変えないまま笑い声を上げた。

「昔はそのせいで交通が滞って参ったもんだよ。馬に取って代わって、車に乗るようになってからはそんな困り事はなくなったけどな」

話をしていると、前方で誰かが手を大きく振っているのが見え、車は停車した。運転手が窓を開けて応対すると、町の見回りの者であった。彼は運転手に、威圧的《いあってき》な口調で詰問《きつもん》した。

「何の用事があって、こんな夜中に表にいるのだ？」

「おいおい、よく見ろ。同胞の者だぞ」

運転手の瞬きをしない目がギョロリと動いた。自分の顔を指しながら見回りに抗議する。

「あっ。失礼しました！」

「いいってことよ。この人をオーベッド様のところに連れて行く途中なんだ」

「それはそれは、お引き止めして申し訳ありませんでした。お気をつけて！」

見回りに見送られながら、車はまた走りだした。

「よそ者が夜中にこの町のことを嗅ぎまわっているから、見回りも大変だよな」

「ええ。しばらく周辺の町にいたのですが、インスマスのことは噂になっていました」

「ほう。どんな噂だ？」

興味深そうに運転手が訊く。

「下らない話しか流れていませんよ。例えば、たまたま化け物を見た人間が、半分魚で半分人間の化け物がいる、と言いふらしたり」

「そりゃ、当たらずとも遠からずだな」

運転手が小馬鹿にしたような口調で言う。

「あとは、入手先が不明でまったく溶かすことが出来ない奇妙な飾り物があるという話から、それは海賊の隠していた財宝に違いない、などという話に飛躍していました」

「海賊か！　外のやつらは想像力が逞《たくま》しいもんだ」

「まだまだありますよ。インスマス出身者は、外人の血が流れているだとか、頭の外れたところがあるだとか」

二人の大笑いが車内に響き渡った。

「結局のところ外に漏れている情報は断片的で、いまだにはっきりしたことは知られていないようですね」

「まあ、外の連中が真実を知ったところで、信じることもないだろうがな」

感情が分かり辛い運転手の顔に、うっすらと笑みを浮かんだ。

やがてマーティン通りからワシントン通りに入り、間もなくオーベッド邸に到着するところであった。


オーベッドが応接間で男を出迎えた。ソファには少女がちょこんと腰掛けていた。

「待っておったよ。アリスだ」

少女は無言で品の良いおじぎをした。

「私は二回目の妻との間に三人の子供を作ったんだがな、そのうち二人は早くに手元を去った。残ったのはこの娘だけなのだ」

「ええ。私をお嬢様の後見人《こうけんにん》にご指名頂いて光栄です。責任を持ってお世話いたします」

オーベッドはただ一人残った娘を、手放そうとしていた。その理由を知る者はいないが、かわいらしい少女の顔にうっすらと魚の面影があることに関係があるには違いなかった。

「アリスが成人する頃には、お前の身体も連中と同じように変化するだろう。その時は――」

「ええ。身を隠すように致します」

オーベッドは男に手を差し出し、二人は握手を交わした。

「頼んだぞ」

一人娘を手放したというのに、玄関前で見送るオーベッドの顔に哀しみはなく、ただ、策略家《さくりゃくか》の狡猾な表情を浮かべていた。遠い未来を見据えているかのように。男と少女はフランスへと旅立った。

現地に着くと、少女は後見人の男と、もう一人フランス人女性の家庭教師に面倒を見られた。フランス人の女は聡明《そうめい》であったが、口数は非常に少なかった。

一八六五年、アリスが一八歳の時に、三人はフランスからニュー・イングランド地方のアーカムに引っ越した。

どこか気を惹かれる、とベンジャミンは思っていた。毎日、喫茶店の決まった席で静かに本を読んでいる女性。その不思議な目付き――どこか魚を思わせるような大きく、少し飛び出た――や、物静かでどこか頼る人がいないような孤独な雰囲気に美しさを感じていた。

ベンジャミンは本を読むふりをして、いつも女性を見ることができる位置に座っていた。ある日、女性と目が合った。恋焦がれていたその瞳に彼は魂ごと吸い寄せられる思いがした。

女性は上品に立ち上がると、青年の元へしずしずと歩いてきた。彼の全身の毛細血管《もうさいけっかん》に至るまで大きく脈打った。

「あの――」

初めて聞く彼女の声は、か細く高貴《こうき》であった。それがアリス・マーシュとベンジャミンとの出会いである。

しばらくして、アーカムの市場の前で、年配の女達が噂をしていた。

「知っているかい？　ベンジャミンさんが婚約したって話」

「もちろんだよ。あの、素性《すじょう》のよく分からない女とだろ」

「ニューハンプシャーの名家・マーシュ家の出だって本人は言ってたらしいけど、調べたらあの町にそんな名前の人物はいなかったんだってさ」

「さすが、情報通だね」

一人の女が身震いしながら、

「おお、怖い。アーカムに嫁入りするんだろ。そんな女絶対に町に入れるものか」

「ああ、町中総出で反対してやる！」

そしてアーカム中が騒ぎになるほど反対され、ベンジャミンも再三《さいさん》説得をされたものの、

「ぼくは彼女の出自と結婚するのではありません。アリス自身と結婚するのです」

と言い張って、結婚を押し通した。

一八六七年、アリスは第一子を出産したものの、産後が悪く、そのまま帰らぬ人となった。ベンジャミンは哀しみに暮れたが、残された女の子の赤ん坊が彼の希望となった。

「アリスの分まで、ぼくが愛を与えるからな」

ベンジャミンはまだ、娘に〝深きもの〟の血が流れていることを知らない。


一八七八年、オーベッド・マーシュ死去。

インスマスが騒然となる最中、全ての窓に板を打ち付けて閉ざした家の中で、ザドックは膝を抱えていた。床には酒類の瓶が無数に転がっている。

「イア！　イア！　クトゥルフ・フタグン！」

オーベッドの私利私欲《しりしよく》のために狂わされた人生を思うと、葬儀で踊りだしても良いくらいだが、そんな元気は彼にはなかった。まだ四〇歳前だというのに、ザドックは、すでに現実を直視する気力が尽き果て、宇宙を思わせる世界へと精神が飛んでいた。

「フングルイ・ムグルウナフー・クトゥルフ・ルルイエ・ウガフ・ナグル・フタグン――」

彼の人生には、あまりに多くのことが起こりすぎたのであった。

第四章　悪夢の逃避行

1

ザドック老人は呼吸が乱れ、大汗をかいていた。感極《かんきわ》まったように涙ぐみながら、またぼくの肩に手を伸ばして力強く掴み、

「大丈夫、儂は大丈夫だ。オーベッドに言われてダゴンの誓いを二度も立てているんだ。わしがこうやって町の秘密を暴露したって、わざとやったということを陪審員《ばいしんいん》が証明できなけりゃ、無罪放免《むざいほうめん》だ。だがな、三度目の誓いをたてる気はねえ……そんなことするくらいなら……死んだほうがましだ」

満潮の音が、うるさいほど響き渡るようになっていた。

「いまでは、あのバーバナスも、まばたきができなくなって、連中の姿に変化しかけている。まだ服は着ているらしいが、海に潜るようになる日も近いだろう――もう試したのかもしれんな」

少しづつ、老人が何かに怯えて警戒したような様子になってきて、後ろを何度も振り返る。

「どうしたのですか？」

ぼくが問いかけても、話を途中のままにして、岩礁の方を神経質そうに見つめている。

「なにかに怯えているみたい……」

ニーナがぼくにひっそりと言う。

馬鹿馬鹿しい話だと分かっているのに、ザドックの不安感がこちらに伝染してくるかのようだ。

「おい、お前さんも何とか言ったらどうなんだ！」

老人が突如甲高《かんだか》い声を出した。まるで、大声を出すことで恐れを吹き飛ばそうとしているかのようだ。

ぼくは急に怒鳴られてびっくりしてしまった。

「どうだ、こんな町に住んでみたくはないかね？　なにもかもが腐りきって、くたばっている所よ。〝深きもの〟どもが陸に上がってきちゃあ、あんたが通るどの道にも這い回り、暗い地下室や屋根裏からすべての場所で、鳴いたり、吠えたり、ピョンピョン跳ね回ったりする。

こんな町に住みたくはないかね？」

詰め寄られたが、老人の気迫《きはく》にたじろいでしまい、何も答えることが出来なかった。

「毎夜のように、教会や、〈ダゴン秘密教団〉の会館から響いてくる唸り声を聞きたくはないかね？　五月祭の前夜や、万聖節の前夜に、あの呪われた暗礁から聞こえてくる声に耳をそばだてたくはないかね？

おい、何も答えないが、この老人の頭がおかしいとでも思っているんだろう！」

ぼくがなにか返事をする間もなく、ザドックは気が狂ったような、金切り声を上げた。

「どうなんだ！　面白くもない話だろうが、もう少し喋ってもいいじゃないか！」

ぼくとニーナは正直、もう帰りたいくらいだったが、圧倒されてそうは言えなかった。

「畜生め、そんな見透かすような鋭い目で見るのはやめてくれ――オーベッド・マーシュは地獄に堕《お》ちた。それも永遠にそこにいなきゃいけない。ひっひっひっ……わしは何もやらかしていやしないし、誰にも話を洩らしちゃいない……ああ！」

急にぼくの顔を見て、何かに気づいたように叫ぶ。

「なんだ、あんただったのか。まあいい。今まで誰にも秘密にしていたことをこれから教えてやろう。黙って座っておれ」

言われた通り、ぼくらは座りながら聞いていた。もううんざりではあったが……。

「本当の恐怖というものがあんただって知りたかろう？」

「はい――」

「あの夜以来な、もうわしは詮索するのは止めていた――それにもかかわらず、あいつらのことを突き止めてしまったのだ。真の恐怖はな、あの〝深きもの〟どもがこれまでに犯したことじゃないぞ。連中がこれからしようとしていることなのだ」

急に目がさめるような思いがして、ぼくは老人の言葉に耳をよく傾けた。

「連中は、何年もかけて自分たちの棲《す》み家《か》から、あるものをこの街に持ち込んでやがる。最近は作業を休んでいるようだがな。ウォーター通りと中心街の間の、川の北側一帯の家の中は、連中が運んできた物で一杯になっているんだ」

「もの、とはなんですか？」

老人はぼくの質問など聞こえていないようだった。焦点《しょうてん》の定まらない目でまた岩礁の方を見やり、

「〝深きもの〟の準備が整ったらな――お前さんは〈ショゴス〉の噂は知っているか？」

こちらの返事を待つ間もなく、ザドックはさらにまくしたてた。

「おい、話を聞いているのか！　わしはそいつの正体を知っているんだぞ――ある夜更《よふ》けに見たんだ、わしは奴らを――イー……アアアアー……アー！　イヤアアアー……！」

ぼくらは気絶しそうになった。老人が人間の声とは思えない、恐怖に満ちた悲鳴を上げたのだ。

顔はギリシャ悲劇にでも使うような、恐怖の仮面さながらの表情であった。その狂気に染まった目玉は今にも飛び出しそうになっていて、ぼくの後ろの、ひどい悪臭がプンプンしている海へと向けられていた。

「痛い！」

思わずぼくは叫びを上げた。老人の骨ばった指が、肩に荒々しく食い込んだからだ。

「一体、海に何があるっていうんですか？」

背後を振り返るが、ただ満潮の白波が寄せるばかりだ。長く伸びる白波の中に、小さなさざ波が連なっている。

「お爺さん、怖がるようなものは何もありませんよ」

ニーナが優しくなだめるが、この狂乱状態の老人がそんなことで落ち着くわけもない。

ぼくはザドック老人に大きく揺さぶられた。

彼の方へ向き直ると、恐怖の仮面の面持ちがゆるみ、瞼がぴくぴくと動いて、歯肉《しにく》ががくがくと揺れるような、とんでもない表情に変貌《へんぼう》していた。

「この町から早く離れろ」

老人の口からささやくような声が出た。

「早く！　奴らに見つかってしまった」

ぼくらは、また老人の狂言《きょうげん》が始まったのかと思い、どうしていいか分からずにいた。

「一刻の猶予《ゆうよ》もない！　命がけで逃げるんだ！　早く、この町から逃げろ！」

かつて波止場であったゆるくなった石組に、もう一度、大波が押し寄せた瞬間、

「イ……ヤアアアアー……ヤアアアアアアー……！」

またしても、あの恐怖を凝縮《ぎょうしゅく》したような悲鳴がザドック老人の口から放たれた。

老人は、ぼくの肩に固く食い込ませた手をゆるめると、内陸部《ないりくぶ》に向かって狂ったように駆けて行き、廃墟《はいきょ》と化した倉庫の壁を回り、北の方へふらつきながら去っていった。

ぼくらはしばらく呆然としていた。ニーナが振り返って海を見たが、

「やっぱり、何も見当たらないわ」

急いでウォーター通りに出て北の方を眺めてみたが、その近辺にはすでにザドック・アレンの姿は影ひとつ見当たらなかった。

戻ってきてニーナの顔を見つめたが、言葉を発することができなかった。まるでザドック爺さんの話に侵されたような気持だった。狂気と哀切に満ち、また奇怪と恐怖に覆われた、この悲劇の物語に——。

ニーナも、眼にいっぱいの涙を浮かべて震えていた。

オリバーからあらかじめ聞かされてはいたが、現実を前にして、驚き、戸惑わずにはいられなかった。

「行こう」

ぼくはニーナの手をそっと握りしめた。

はじめは黙りこくって歩いていたが、その沈黙にも耐えられなくなって口を開いた。

「荒唐無稽で、とても信じられるような話じゃないけど、ザドック爺さんの怯え方と執念《しゅうねん》はすさまじかったな……」

「……そうね」

ニーナはうつむきながら答えた。

「信じるわけじゃないけど、やっぱり、すっかりこの町が嫌になってしまったよ」

ニーナは無言だった。

歩きながら、ぼくはこの町の眼に見えない邪悪な影に押しつぶされてしまいそうで、不安でたまらなかった。

「もう少し時間がたったら、さっきの話をふるいにかけて、歴史的寓話として意味がある部分を取り出そう」

話しかけても、ニーナは黙ったまま、うつむいているだけだった。気にはなったが、いまは何もかも忘れてしまいたいと思っていたぼくには、ある意味都合がよくて、問いただそうとはしなかった。

「――もう、七時一五分だ。だいぶ長い間話していたな。アーカム行きのバスは八時に広場を出発するから、とりあえず急いでホテルに旅行鞄を取りに行こう」

ぼくはぽっかり穴が開いた屋根の並ぶ荒れ果てた通りを足早に歩きながら、努めて事務的、即物的《そくぶつてき》な考えで、頭の中を占めようとした。

午後遅くの金色の光が、古風な屋根や老朽化した煙突に射し、神秘的な美しさと平和の空気を醸し出していたが、ぼくは何度も後ろを振り返らずにはいられなかった。

ニーナが心配そうに見上げるのに気づき、

「一刻も早くここを――不快極まりないにおいと、死の影に覆われたこのインスマスの町を出たいよ」

と話しかけた。

「それにしても、やっぱり、あの不気味な顔をしたサージェントの運転するバスに乗るしかないのかなあ。何かほかに交通手段があればいいんだけど……」

「ロバートにとって、そんなにこのインスマスは嫌なことしかなかったの?」

そう言われてぼくは、はたと気づいた。今日一日、せっかく二人で旅行していたというのに、さっきからぼくは不満ばかり口にしていた。

もともと、ぼくがこの町で観ようと決めていたのは建築物だ。そして、この町には本当に素晴らしい建物があちこちにあった。そう考えると足早にこの町を出るのも惜しい気がしてきた。

「いや、そんなことないよ。せっかくだから残りの三〇分、まだ通ってない通りを通って、建物を観ながら行こう」

オリバーにもらった地図を広げ、

「タウン・スクエア(中央広場)に行くには……ステート通りはもう通ったから、マーシュ通りを通って行こう!」

フォール通りの街角近くに来たとき、ひそひそとささやいているグループをいくつか見かけたが、中央広場に近づくにつれて、だんだんとその数が増えていった。着いたときは、それまでにぶらついているのを見かけた人たちのほとんどが、ギルマン・ハウスのドアの周りに集まっていた。

「一体、なにごとかしら？」

「わからない。まさか、みんながバスに乗るわけでもないだろうし……。とりあえず旅行鞄を受け取ってこよう」

その間中、たくさんの彼らの眼が――決して瞬きしない、潤《うる》んで膨れたように見えるその眼が、じっとぼくを見つめているように思えてならなかった。


バスは、八時前に、早めにガタガタと広場へ到着し、ニューベリーポートからの三人の客を下ろした。サージェントが下りてくると、歩道にいた邪悪な顔つきの男がサージェントに近づいた。いくつかの言葉をささやいたが、聞き取れはしなかった。

サージェントは、郵便袋と新聞一束を投げ、ホテルに入っていった。

ニーナが下りてきた三人に眼をやり、

「あの三人、今朝、ニューベリーポートに着いたときに、バスから下りてきた人たちじゃない？」

「そうだ、ニューベリーポートから戻ってきたんだな」

三人は今朝見たときと同じようによろよろと歩きだすと、あたりをうろついていた男に話しかけ――

と思ったら、喉から奇妙な唸り声が聞こえた。

「なんだ、今の言葉は!?」

それは絶対に英語ではなかった。

「とにかくバスに乗ろう」

ぼくはニーナを促し、空になったバスに乗った。そして来たときと同じ座席に座った。

無事に出発できるのか気が気でなかったが、サージェントがふたたびやってきて、あの独特の、人を不快にさせるハスキーボイスで、もごもごと話すのを聞いたときは、やっと気分が落ち着いた。

しかし、残念ながら、それは悪運が訪れた知らせだった。

「お客さん、アーカムまで行きなさるですよね？」

「そうですが……」

嫌な予感がした。

「エンジンにトラブルがありましてね。とても出発できそうにないんでさあ」

「そんな……！　だって、さっきニューベリーポートから到着したばかりじゃないですか」

「はあ、ニューベリーポートからは快調なスピードで走ってきたんですがね。とても今晩中に修理ができそうな具合じゃないんでして」

「ほかに、アーカムでもどこへでも、インスマスから出る交通手段はないんですか？」

「残念ながら……。今晩は、お客さんたちはギルマン・ハウスにでも泊まるしかないこって。たぶん、宿《やど》賃《ちん》はいくらか負けてくれるでしょう。ほかにはどうしようも、ありませんで」

突然のアクシデントに呆然となった。

そして、身震いした。これから――この、朽ち果て、家々の半分にしか灯りが点らないこの町で夜を迎えることが、あまりにも恐ろしくて。

しかたなくぼくたちはバスを下り、ふたたびギルマン・ハウスのロビーに入った。

フロントの従業員は昼間とは交代しており、むっつりとした、あの奇妙な顔つきの男だった。

カウンターに立つと、すぐに鍵を出してきた。

「お部屋は四二八号室です。最上階からすぐ下の階で——広い部屋ですが、水道の設備はありませんから——一ドルです」

「二《ふた》部屋、必要なんですが……」

「お泊めできるのは一《ひと》部屋だけです」

こんな町で満室なんてことはないはずだ。文句を言おうと口を開けたところで、ニーナがぼくの袖をひっぱった。

「一緒で大丈夫だから。それに……一人で部屋にいるのも不安だし」

そう言われれば、確かにそれもそうだと思った。

「宿帳《やどちょう》の記載《きさい》は、お一人さまで結構ですから」

すかさずそう言われ、ぼくは宿帳に名前を書き、一ドルを払った。

男はフロントから出てくると、無言でぼくたちの旅行鞄を手にし、背中を向けて歩きはじめた。

「ニューベリーポートでここのホテルのことを聞かされていたのに、結局、泊まることになっちゃったなあ」

どうしても、ぼやきが口をついて出る。

「バスの故障じゃ、しかたないわ」

廊下にはまったく人気がなく、陰気で不機嫌なフロントの男は口を開こうともしない。

軋《きし》む階段を四階まで上ると、廊下が続いていた。東側は壁、西側に部屋がいくつか並んでいる。

「廊下の突き当たりがバスルームです」

男は視線を投げもせず、低い声でつぶやいた。

部屋の中に入ると旅行鞄を床に、鍵を飾り一つない安っぽい家具の上に置いて、無言で男は出て行った。

ニーナは所在なげに入り口のそばで立っていた。

こんな町じゃなければ、ニーナと二人で泊まるなんて降って湧いた幸運だと喜ぶところだが、とてもそんな気分にもなれない。

かける言葉も見つからず、気まずい雰囲気をごまかそうと、ぼくは西側に二つある窓の一つを開けた。

外をのぞくと、ホテルの裏側だった。

窓のすぐ下には、荒れた煉瓦で低く囲まれた、薄汚れた中庭があった。中庭を囲む隣の建物の老朽化した屋根が西に向かって突き出ており、さらにその向こうには人を飲み込む沼のような田舎町が広がっていた。

「ちょっとバスルームを見てくるよ」

ニーナを一人残して、バスルームに向かった。

ぼくたちが泊まっている部屋からバスルームに向かって、四二九号室、四三〇号室、四三一号室と表示がある三部屋が続いていた。

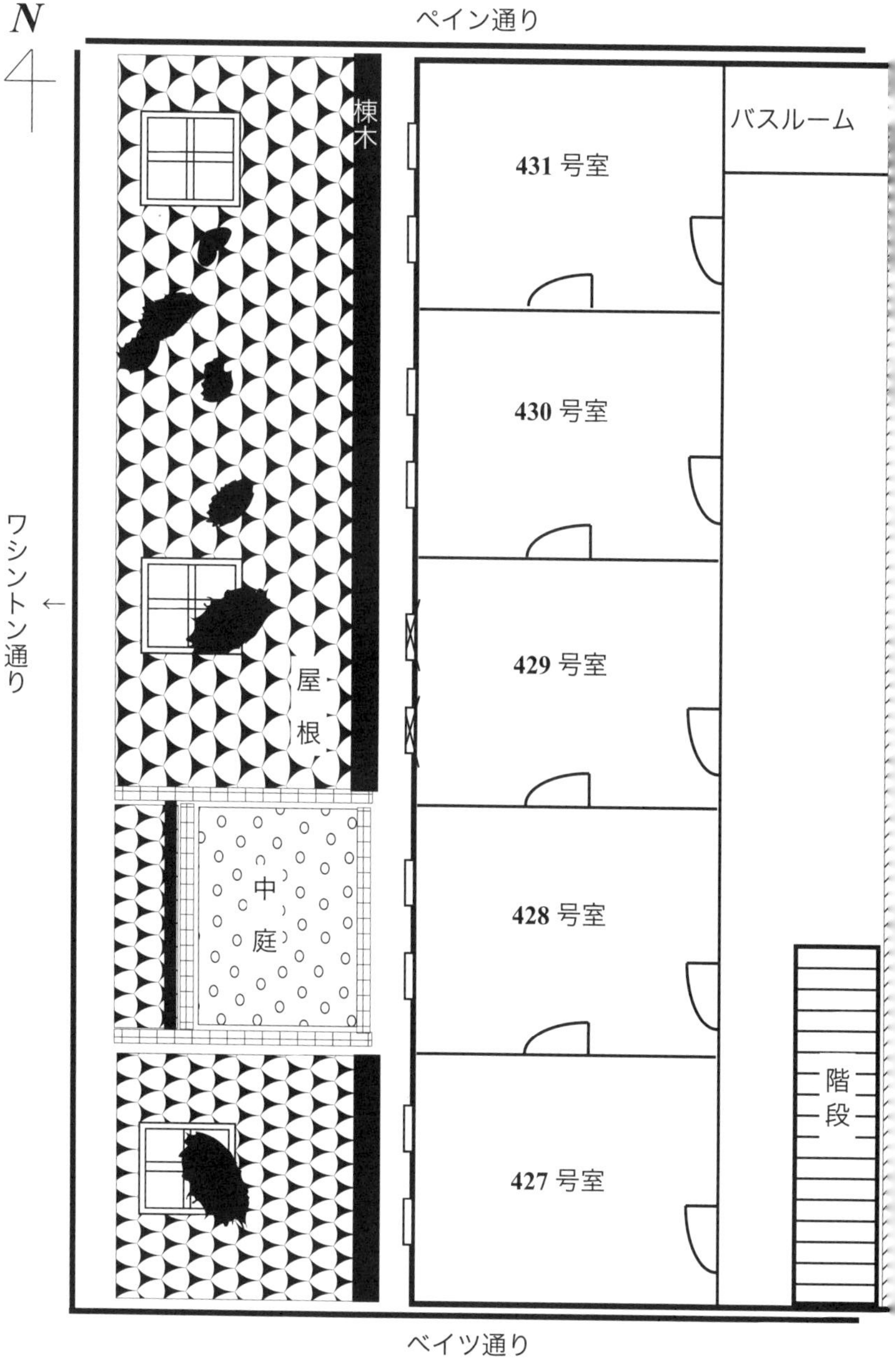
N
ペイン通り
棟木
バスルーム
431 号室
430 号室
429 号室
428 号室
427 号室
ワシントン通り
←
屋根
中庭
階段
ベイツ通り

バスルームは、遺跡のような造りで、あまりの古さに溜め息が出るほどだった。水盤《すいばん》はアンティークな大理石、浴槽はブリキでできており、室内には薄暗い灯りがついている。配管設備の周りの羽目板《はめいた》はかび臭かった。

部屋に戻るとニーナはベッドに腰を下ろしていた。

「バスルームはどうだった？」

「とても使いたいと思えるようなもんじゃなかったよ。今夜は風呂無しだ。ところでまだ外は明るいから、オリバーの店に晩飯でも買いに行こうよ」

「賛成！」

やっとニーナが笑みを見せた。

ホテルの外に出ると、さっきと同じように胡散くさい連中がうろついていた。

「どうして、あの連中はこんなにぼくたちのことを凝視するんだろう？　よそ者が珍しいっていう態度を超えていると思うよ」

ニーナは困ったような眼で、ぼくを見上げるだけだった。

オリバーの食料雑貨店に行くと、残念ながらもう閉店していた。広場を少し歩き回ってみたが、やはりこのインスマスの町に到着して、最初に見かけた食堂に入る以外の道はないようだった。

「どうする？　ニーナ。あの食堂でも大丈夫かい？」

「大丈夫よ、わたしのことは気にしないで」

店に入ると、猫背で額が狭く、瞬きをまったくしない男と、平べったい鼻の、驚くほど分厚く不格好な手の女が働いていた。入るなり、男はじっとぼくを見つめてきた。

サービスはカウンター式で、すべて缶詰や包装品を提供しているのを見て、とりあえずぼくはほっとした。とても彼らが調理するものを食べたいとは思えなかった。

「ロバートは何にする？」

「……ぼくは、クラッカーつきの野菜スープを」

「じゃあ、わたしも同じものを」

ぼくたちは無言で食事を終え、それ以上食べる気にもなれず、すぐにあの陰気なギルマン・ハウスに帰ることにした。

帰り際に、悪魔のような顔つきの男の机の横にがたつくスタンドが立っており、そこで夕刊と染みのついた雑誌を買った。

2

部屋に帰ると、もう夕闇が深くなろうとしていた。

「申し訳ないんだけど、わたし、なんだか疲れちゃって、先にそこのソファで寝ませてもらうわ」

とニーナが言った。

「いや、ぼくがソファで寝るから、きみはベッドを使いなよ」

「ううん、ロバートがソファに寝たら、手足を縮めて寝ないといけないわ。でも、わたしなら普通に横になって寝られるんだから、ロバートがベッドに寝るべきよ」

ニーナはそう言って譲らず、クローゼットから予備の毛布を出すと、クッションを枕にこちらに背を向け、着替えもせずに横になってしまった。

女の子をソファに寝かせるなんて、とも思ったが、ぼく自身も鉛のように疲れていて、これ以上話し合う気力が湧かなかった。

ぼくは部屋の灯りを消し、粗末な鉄製のベッドの上についている、電球のスイッチをひねった。弱々しい灯りがベッドを照らす。

「よし、読みかけの本でも読もう」

ぼくはニーナを起こさないように、小声でつぶやいた。

そうだ、この奇妙で暗い悪夢のようなインスマスを出られなかったからこそ、この町の異常についてあれこれ考えてたらだめだ。健全なことを考えて、時間を過ごすのが一番だ。

あの酔っぱらったザドック爺さんから聞いた物語なんかを考えてたら、絶対に悪夢を見そうだ。

ぼくは、あの狂気に満ちた、うるんだ瞳を頭から振り払おうと懸命に努力した。

――しかし、考えまいとすればするほど、不吉なことばかりが頭をよぎる。

ニューベリーポートの券売所の係員が言っていた、このギルマン・ハウスに泊まったという工場の査察官の話――夜、この旅館で奇妙な声を聞いたという――。

それに今日の昼間、教会の暗い入り口で見た冠を頭に載せた男。あの男の顔を見たとき、なんでぼくは、あんなに名状しがたい恐怖に震えあがったのか。

ああ、だめだ、だめだ！　こんなことを考えちゃ……。

この部屋がかび臭すぎるんだ。そうでなければ、こんなことも思い出さないし、こんな心細い気分にもならずにすむのに。

だが、現実にはこの部屋は異様にかび臭く、それが町全体を覆っている魚のにおいと相まって、さらに悍ましく耐えがたい、においになっていた。

それは――まさに〝死〟と〝滅び〟のにおいだった。

もう一つ、ぼくの心の平安を邪魔するものがあった。それは、この部屋のドアの内側に戸締まり用の掛け金がついていないことだった。このままだと、合い鍵があれば部屋が開いてしまう。

掛け金の痕はついており、明らかにそれは、最近取り外されたように見えた。

この老朽化した建物の中にある、ほかのたくさんの物と同様、使い物にならなくなったんだろう。

神経質に周りを見渡すと、洋服ダンスの上にある物を発見した。

「あれ？　これ、このドアの掛け金と同じじゃないか？」

ドアについている形跡と見比べても、明らかに同じサイズのように思えた。

「よし、この掛け金をドアに取り付けよう。神経が張り詰めているときは、こんな作業が一番だ」

ぼくはふだんから身に着けているキーホルダーを取り出した。そこには、ねじ回しにも使える便利な万能工具がついていた。

せっせと取り付けると、それはピタリとはまった。

「やった！　これで安心して寝られるぞ」

ついでに両隣の部屋に通じているドアの掛け金も確かめ、こちらは壊れずについていた鍵をしっかりと施錠《せじょう》した。

さて、これから、どうしよう。

寝間着は持っているが、どうしても洋服を脱ぐ気になれなかった。

「とりあえず、眠くなるまで本を読もう。眠くなったら、上着とカラーだけ外して、靴を脱いでベッドに横になろう」

ぼくは鞄から本と、そして万が一夜中に目が覚めたときに時計が見られるよう懐中電灯《かいちゅうでんとう》を取り出し、ポケットに入れた。

ベッドの脇の小さな椅子に座り、本を読みはじめたが、一向に眠くならなかった。

「だめだ。なんで、こんなに目が冴《さ》えてくるんだ……」

一体、自分は何がそんなに気になって眠れないのか、もう一度考えてみたが、特には浮かばなかった。

ふーっと息を吐いてリラックスしようとしたとき、ふと、自分が無意識に、耳を澄ましていることに気づいた。恐れながら、何かが聞こえてくるような気が漠然《ばくぜん》として、耳をそばだてているのだ。

「なんだ、馬鹿だなあ。よっぽど例の工場の査察官の話が、頭に残っているんだな」

それを振り払う努力をしながら、もう一度読書に没頭しようとしたが、まったく中身が入ってこなかった。

そのうち、階段や廊下で床が軋む音が何回か聞こえてきた。

「ほかの部屋にも客が泊まりはじめたのかな？」

しかし、それにしては人の声は聞こえず、足音にしては妙に人目を忍ぶような音で、ぼくはますます気になってしかたがなくなってしまった。

どうしよう、このまま眠ってしまって大丈夫だろうか？

この町には確かに奇妙な連中が何人かいるし、オリバーの話から、行方不明者がいるのも間違いないだろう。

ここも、所持金目当てに旅行者を殺してしまうような宿の一つだろうか？　――いや、そもそも、ぼくがそんなに金を持っているようには見えないはずだ。

それとも、町の連中が、好奇心旺盛なよそ者に腹を立てているのだろうか？　地図を片手にあからさまに観光してまわったことが、彼らの注意を不用意にかきたててしまったのだろうか？

いや、もしかしたら考えすぎかもしれない。妙な足音を何回か聞いたせいで、ますます神経質なって、こんな考えばかり、どっと浮かんできてしまったのかもしれない。

せめて何か武器でも持っていたら、もっと安心できたのに、と思わずにはいられなかった。

「やっぱり、もう横になろう」

まったく眠くはなかったが、すでに身体はだいぶ疲れていた。

ぼくはさっき取り付けた廊下に面したドアの掛け金をしっかり掛けて、灯りを消した。そして少し考え、結局、上着もカラーも靴も――何一つ脱がずに、堅くでこぼこしたベッドにもぐりこんだ。

しかし、真っ暗になると眠くなるどころか、微かな夜の音もますます耳障りで、また、これまであった嫌な気持ちが二倍になり、洪水のように襲いかかってきた。

「灯りを消すんじゃなかったな……」

だが、いまさら起き上がって灯りを点けるのも、疲れていて億劫《おっくう》だった。


長く、荒涼とした時間が過ぎていった。

階段と廊下で、また新たな足音が聞こえた。その忍ぶような足音は、明らかにぼくが懸念《けねん》してきた邪悪な行為を果たそうとする前触れに違いなかった。

なぜなら、それに続いて、明らかに、ぼくの部屋の入り口のドアを、鍵を使って開けようとする音が聞こえてきたからだ。——極めて注意深く、密やかに、ためらいながら……。

それまで、頭の中で漠然とした不安を抱いていたせいか、現実に危機に直面した今、思ったほど動揺しなかった。

具体的な理由はなかったにもかかわらず、ぼくは無意識に警戒していたのだ。これからどんな危険が起ころうとしているにせよ、それは、ぼくにとって有利なことだ。

漠然とした予感が即座に現実化したことは、やはり衝撃的であり、間違いなく精神的打撃も受けていた。だが、今、部屋の外の者が手探りで行っていることが、単なる部屋の勘違いとは、まったく考えられなかった。明らかに危険が迫っていた。

ぼくは懐中電灯を点けて、そっとニーナに近づき、屈《かが》みこんで揺り動かした。

「ニーナ……起きて……。ニーナ」

こちらを向いて眼を開けたところで、しっと人さし指を立てる。

「誰かがこの部屋に入ろうとしている」

ニーナは無言で大きく眼を見開いた。

ぼくはもう一度耳を澄まして、いまにも侵入しようとしている人間の次の動きを待った。

すると、やがて入り口のドアを開けようとする音はやみ、今度は北側の隣の部屋、四二九号室の鍵を開けて、誰かが入る音がした。そして、ぼくたちの部屋に続くドアをそっと開けようとしていた。

ニーナがひっと息をのみ、

「大丈夫、鍵は掛けてあるから」

とささやく。

やがて、部屋を出ていくように床が軋む音がした。

しばらくして、また微《かす》かな音が聞こえた。

「今度は南側の四二七号室に入ったみたいだ」

同じように、こちらへ続くドアの鍵を開けようとする音が、微かに響く。

そして今度は諦めたのか、廊下を歩き、階段を下りていく音がして、また静寂が訪れた。

「この部屋に通じるドアの鍵が全部閉まっていたから、諦めたのかしら？」

「とりあえず、いまのところはね。さあ、起きて、ニーナ」

「一体、何が起きてるの？」

「わからない。でも、漠然と危険なことが起こるんじゃないかと、この部屋に来てからずっと不安だった。だから、何時間も、万が一のときの逃げ道について、ずっと考えていたんだ」

ニーナはすぐに起き上がった。何よりもニーナが一番、すぐに行動できる状態だった。

「これから、どうするの？」

「この部屋に入ろうとした奴と顔を合わせるのは危険だ。姿は見てないが、やりあってかなう相手だとは思えない。つまり、するべきことは一つだ。一刻も早く、ここから、ロビーも正面玄関も通らずに逃げるんだ」

「わかったわ」

「いま灯りを点けるから、旅行鞄を持たなくてもいいように、身のまわりのものはなるべくポケットに入れて」

そう言って、懐中電灯を頼りにベッドの上の灯りを点けようとした。――が、点かなかった。

「なんてことだ……！　どうやら電源から切られているらしい。かなり大がかりな悪だくみが下で進められているとしか思えない」

点きもしないスイッチに手を掛けたまま呆然としていると、またしても、足音を忍ばせながら階段を上がってくる音がした。今度は、何か話し合っているような声もかすかに聞こえた。

しかし、耳を澄ませた瞬間、身体に怖気が走った。

「なんだ、あの声は――。とても人間の声とは思えない」

それは聞こえてくる二つの声の低い方の声だった。それは吼《ほ》えるようで、また音節さえもよくわからない、ガーガーと蛙がなくようなかすれた声だった。

もしかして、この声が、例の工場の査察官が聞いたという不気味な音じゃないか？　この朽ちた冒涜的な建物の中で――。ぼくは、券売所の係員から聞いた話を、まざまざと思い出していた。

ぼくたちは懐中電灯の光を頼りに、ポケットにいくつかの物を詰めこんだ。

帽子をかぶり、つま先立ちで窓に近づき、そこから下りることができないか、のぞいてみた。州の安全条例があるにもかかわらず、この旅館の裏側には非常階段がなく、眼下には切りたつ三階分の壁とその下の玉砂利を敷いた中庭だけだ。

中庭の両側にある傾斜した屋根の建物は、さっき食事に出たときに確認したら、旅館の裏側にある古い煉瓦造りの事務所のような三階建ての建物だった。

「どう、ロバート？」

ニーナも隣に来て、下をのぞきこんだ。

「あの隣の建物の屋根にならい、この高さから飛び降りられるかもしれない。だが、それにはこの部屋の北か南のどちらかの部屋に入らないと駄目だ。北の部屋から行く場合は、隣の四二九号室の窓が打ち付けられて開かないようになっているから、さらにその先の四三〇号室まで行く必要がある」

いったい、どのルートで逃げるのが一番、勝算《しょうさん》が高いだろう？　ぼくは必死に頭の中で画策《がさく》した。

廊下に出て隣の部屋に移るか？　だが、絶対に足音を聞かれるし、ドアに鍵も掛かっている可能性が高い。

直接、隣の部屋に行くには？　たぶん、向こう側の掛け金も下りているだろうから、こちらもすぐには開かないだろう。だが、建物も家具もかなり老朽化している。力任せに肩からぶつかれば、掛け金を壊せる可能性は高い。

だが、それにしても音を立てずにするのは不可能だ。奴らが物音を聞きつけてやってきて、この部屋のドアを合鍵で開ける前に、隣の部屋の窓まで行きつかなければならない。

「ニーナ、その大型机を廊下に出るドアの前に移動するのを手伝ってくれ。できる限り音を立てずに、静かに」

ぼくたちは二人がかりで、引き出し付きの大型机を少しづつ、少しづつ、最大限の注意を払ってドアの前まで移動した。

「これで少しは時間が稼げるだろう」

だが、とてもこれで十分とは思えなかった。仮にうまく屋根に飛び移れたとしても、そのあとどうやって地面に下りるのか、また下りたあと、どうやって町の外まで逃げ出すのか――二つの難問が、まだ控えていた。

苦悶《くもん》していたとき、ニーナが隣の屋根を指さして言った。

「ねえ、あの壊れた天窓《てんまど》から下りることができるんじゃない?」

隣接する建物はどちらもひどく荒れ果てている。屋根にある明かり取りの天窓がいくつも壊れており、ぽっかりと漆黒の穴をのぞかせていた。

「たしかに、あそこから下りられるかもしれない。そしてここを出られたら、オリバーの地図を見ると、南側に逃げるのが最良のルートのようだ」

まずは、隣の部屋のどちらに入るかだったが、できれば逃走ルートにも近い四二七号室の方から出たかった。

「ニーナ、きみは四二七号室のドアを調べてくれ。ぼくは四二九号室を見てみるから」

「了解！」

そして、お互いにそれぞれのドアに忍び足で近寄った。すぐにニーナが戻ってきて、

「四二七号室のドアは駄目だわ。ドアがこちら開きになっているの。押し開けるのは無理だわ」

「逆に四二九号室のドアは、向こう開きになっている。向こうから掛け金が下りているけど、このドアから出る以外に逃げ道はなさそうだ。よし、決まりだ。

——四二七号室へのドアもベッドで塞いでおこう」

そしてまたぼくたちは、できる限り音を立てないように注意して、ベッドを南側の四二七号室に通じるドアの前に置いた。

これで万が一、正面のドアから敵が入れずに南側の部屋に回ってこのドアを開けようとしたときは、時間が稼げるだろう。南側に回るか北側に回るかは、運に任せるしかないが。

そして地図を懐中電灯で照らしながら、これからの逃亡計画をニーナに説明した。

「運よく四三〇号室から隣の建物に飛び下り、さらに地面にも下りられたとして——そのあとはこの部屋の真下の中庭とさらにその先の建物を通り抜けて、ベイツ通りに出てからワシントン通りに出る。もしくは、この旅館と反対側の建物を抜けて、ワシントン通りに出たいと思っている。

とにかく、まずは一刻も早くこのタウン・スクエアから離れるんだ」

「北側の建物はペイン通りに面しているのに、どうしてペイン通りに出ないの？」

「それはペイン通りに消防署があるからだ。たぶん、消防署の連中は一晩中起きてるだろうから」

そして方角を確認するため、もう一度窓に立って外を眺めた。

眼下には満月に少し欠けた月の光が、朽ち果てた無数の屋根を、まるで汚怪な海のように照らしだしている。

右手には峡谷が、黒い傷痕のように眺望《せんぼう》を切り裂いている。その両側に、打ち捨てられた工場や鉄道の駅がフジツボのようにくっついていた。

その向こうには錆びた鉄道とロウレイ街道が、平らな湿地帯《しっちたい》を抜けて続いている。湿地帯には、ところどころに乾いた小島が点々とあり、藪《やぶ》が生い茂っている。

左手には、小川が糸のように流れる田舎の風景が広がっていた。イプスウィッチへの狭い道が月明かりに白くキラリと光る。

あとは、いつ行動を起こすか。一刻も早く逃げ出したいが、階下からは微かに物音が聞こえてくる。もう少し深夜まで待つべきか……。

躊躇《ためら》いながら思案していると、現実は大きくひっ迫した。階下の物音が消え、代わりに階段を上がってくる重い足音が聞こえてきたのだ。

早鐘《はやがね》のように心臓が鳴りはじめ、ニーナがぴったりとぼくに寄り添う。

ドアの上の明かり取りの窓から、きらめく光がゆらめき、廊下の床板は、どっしりと重い荷物を載せられてうめき声のように軋んでいる。

くぐもった声の持ち主が次第にドアに近づいて……、ついにぼくの部屋のドアが硬いノックの音を立てた。

身体が硬直し、息もできずに立ちつくした。かろうじて、ニーナの手を強く握りしめる。

気が遠くなるような長い時間が過ぎたかと思うと、突如、むかつくほどの魚のにおいが、部屋いっぱいに立ち込めた。

ノックの音は、途切れることなく激しさを増してくる。

「ニーナ、行こう。今すぐ、四二九号室のドアの掛け金を外し、ドアを押し破ろう」

ニーナが無言でうなずき、隣の部屋のドアに走っていく。掛け金を外すのを見届け、ぼくは体当たりをするために身構えた。

ノックの音はますます大きくなる。どうか、あの音がドアにぶつかる音を消してくれますように——。

そう祈らずにはいられなかった。

反動をつけて、左肩からドアに体当たりする。

気が遠くなるような衝撃が返ってくるが、ドアはびくともしない。

羽目板は薄いし、掛け金もガタが来ている。絶対外れるはずだ。そう信じて、衝撃も肩の傷みも忘れて、何度もぶつかっていった。

廊下の騒ぎはますます大きくなる。

ばぁーーん!!

大きな音を立ててドアが開いた。

その音が廊下の奴らにも聞こえたらしく、ドアを叩く音が激しく響く。

「ロバート、隣の部屋を開けようとしているわ――！」

ニーナの言葉通り、両隣の部屋の入り口の鍵を開けようとする音が、がちゃがちゃと聞こえる。

ぼくは急いで四二九号室に飛び込み、入り口のドアが開く前に、今開けたばかりのドアの掛け金を下ろす。

その瞬間、ぼくは凍りついた。四三〇号室から、その入り口の鍵を開けようとする音が聞こえてきたのだ。

どうする!?　窓から出られないこの四二九号室にいたら、袋のねずみだ。もしかしたら、罠だったのか？

外からの光が、埃だらけの床を照らし出す。そこには先ほどの侵入者がつけた足跡が、くっきりと残っていた。その、とても人間のものとは思えない悍ましい足跡に、身体中の毛が逆立つほど恐怖がこみ上げてくる。

もう、終わりなのか!?　――いや、そんなことはない！

ぼくは無我夢中で四三〇号室に続くドアに飛びついた。驚くほど幸運なことに、そのドアには鍵が掛かっていない――どころか、わずかに開いていたのだ。

急いで四三〇号室に飛び込だとき、ちょうど入り口のドアの鍵が外されたところだった。そのドアに飛びつき右ひざと肩を押し当てると、勢いよくドアが閉まり、その隙に急いで掛け金を下ろした！

一瞬の安堵も許されず、いままで二つのドアを叩いていた激しい音が消え、ベッドを置いたドアの向こうの四二七号室から、大勢の騒ぎ声が聞こえてきた。敵は側面からの攻撃を開始したのだ。

「ロバート！　隣のドアも開けようとしている!!」

ニーナが指さした先では、北側の四三一号室の入り口の鍵が、今まさに開けられようとしていた！

四三一号室へ通じるドアは開け放たれていた。だが、今から隣の部屋に飛び込み、その入り口の掛け金を下ろす余裕はもうない。

そう瞬時に判断したぼくは、四三一号室へ通じるドアを閉め、急いで掛け金を下ろした。

「ニーナ！　反対側のドアにも鍵を!!」

ニーナが四二九号室へ通じるドアに走っていき、掛け金を下ろす。

「バリケードを！」

と叫んで、ニーナと二人で、四三一号室に通じるドアの前にベッドを、反対側の四二九号室へのドアには大型机を、そして入り口の前には洗面台を置いた。

「これで、もつかしら？」

「わからない。でも、隣の建物の屋根にたどり着くまで、この即席《そくせき》のバリケードに運命を託《たく》すしかない」

そのバリケードは見るからに頼りないものだったが、ぼくが恐怖で震える身体を止められなかった理由は、そのせいではなかった。

ぼくたちを追っている連中の声が——悍ましいほどのあえぎ声や唸り声、時には押し殺したような吼え声で、とても人間が発しているものとは思えなかったからだ。

バリケードを設置し終わり、窓へ走りよったとき、南側から聞こえていた激しい音がやみ、大勢が廊下を走ったかと思うと、四三一号室になだれ込んだ。

そしてぼくたちと連中を遮っている、この、入り口よりも薄手のドアを開けようと、躍起《やっき》になってい
るのが伝わってくる。

窓から下をのぞくと、月の光が隣の建物の棟木《むなぎ》を照らしていた。これから飛び下りようとしている屋根はかなり急斜面で、このまま飛び下りたら屋根から転げ落ちそうだった。

「こっちの窓から下りよう」

ぼくは二つあるうちの南側の窓から下りることに決めた。

「ここから屋根の途中までおりて、左側に見える明かり取りの窓から下りる。そしてそこから、あの老朽化した煉瓦の建物の中に入るんだ」

ニーナは眉間に皺を寄せて、うなずきもせずにぼくの話を聞いている。確かに言うだけなら簡単だが、そもそも屋根に下りること自体が難しいだろう。だが、いざ下りはじめたら、もう打ち合わせている暇はない。ぼくは続けた。

「そこから先は連中が追ってくることも計算して動かないといけない。

建物から中庭に出る入り口が、ぽっかり空いた穴のようにいくつも開いているのが見えるだろう？

あの陰から陰へ身を隠しながら移動して、とにかくワシントン通りに出るんだ。そしてそこからは、ひたすら南に向かって町を出る」

最後にようやく、ニーナはかすかにうなずいた。

四三一号室に通じるドアがガタガタと凄まじい音を立て、薄い羽目板は今にも割れそうだった。

「ロバート……！」

ニーナが消え入りそうな悲鳴をあげる。

「あいつら、何か重い物をくいのように打ち込んで、ドアを壊そうとしてやがる……！」

しかし、ありがたいことにドアの前に置いた鉄製のベッドは、依然として強固な壁として奴らの侵入を阻んでいる。

「まだ、チャンスはある！」

窓の脇には、重いベロアのカーテンが、下がっていた。カーテンは、カーテンポールから真鍮《しんちゅう》の輪で吊られている。そして外壁には、外開きの木の鎧《よろい》戸を留めるためのフックが、窓枠の両側に突き出ていた。

「よし、これを使おう」

ぼくはカーテンを引っ張り、ポールごと力任せに引きずりおろした。

真鍮のリングを二つのフックにそれぞれ引っ掛け、裾を外に向かって投げると、重厚なカーテンが隣の建物の屋根までたっぷりと下りた。

「このリングとフックなら、ぼくたちの体重を支えられるだろう。ぼくが先に下りて下で受け止める、下り方をよく見ていて」

ぼくは急いで窓枠に上り、にわか作りの縄梯子《なわばしご》をそろそろと下りた。屋根に下り立つと、カーテンの裾を足で押さえながら、両手を広げ、

「おいで、万が一落ちそうになっても、下にぼくがいるから！」

上からのぞき込んでいたニーナは大きくうなずき、同じように窓枠によじ登る。そこで向きを変え、こちらに背を向けてしゃがもうとした瞬間、風がニーナのスカートを吹き上げた。

「きゃあっ！」

慌てて片手でスカートを押さえる。

「見てない？」

「見てないから早く！」

いや、ちょっとは見たけど……。

「絶対見ないでね！」

「見ないから大丈夫！」

幸いなことに一瞬、風はやみ、ニーナがするすると下りてきた。

「見た？」

ニーナの真っ赤な顔を、月明かりがほんのりと照らす。

こんな時でさえ、女の子ってそれが気になるもんなのかと感心しながら頭を撫でて、

「見てないよ」

と頬にキスした。

とりあえず、悍ましき恐怖の館、ギルマン・ハウスも脱出できたし、ニーナは可愛いし、ぼくは全身から力がみなぎってきた。

急斜面の屋根の瓦の上を、滑らないように慎重に歩き、黒い口をぽっかりと開けた明かり取りの窓に

たどり着く。

両足を踏ん張って片手を差し出し、

「ニーナ！」

と呼んだ。そろそろと歩くニーナがこちらに近づくまでの時間が永遠のようだ。手をつかんで胸に飛び込んできたとき、いままで誰にも感じたことのない愛しさがこみ上げた。

出てきた窓を見上げるとまだ暗闇に包まれていたが、崩れかけた家々が並ぶ遥か北の方角を見ると、三つの建物から、不気味な光が煌々《こうこう》と瞬いていた。

「あれは――〈ダゴン秘密教団〉とバプチスト教会、そして会衆派教会《かいしゅうはきょうかい》（英国国教会から分離《ぶんり》した一派で各教会の独立自治《どくりつじち》を主張するプロテスタント）か――！」

そう口にしただけで、鳥肌が立ち、身体が凍りつく。

大きく頭を振って恐怖を投げ捨て、反対側の中庭に眼を向けると、中庭にも人の気配はなかった。

「よし、町中に追っ手が広がる前に逃げ出そう」

懐中電灯で明かり取りの窓の中を照らすと、その下に下りるための足場は見当たらなかった。しかし、下までの距離は、そんなにあるようには見えない。

「仕方ない、飛び下りよう」

ぼくは明かり取りの縁によじ登り、一気に下に飛び下りた。

壊れた箱や樽《たる》が散らばる床に足音が響き、埃《ほこり》が舞う。

見回して安全を確認し、上からのぞき込んでいるニーナにうなずいて見せる。両手を広げると、ニーナがためらいもせずに、ぼくの腕の中に落ちてきた。

強く抱きしめたい衝動に駆られたが、それをすると逃げることすら忘れてしまいそうだったので、ぐっとこらえて、すぐに身体から離す。

改めて懐中電灯で周りを照らすと、そこはぞっとするほど荒れ果てていた。

しかし、そんなことを考えている場合ではない。部屋の隅には階段があった。

「あの階段で下りよう」

そうだ、今、もう何時だ？ 慌てて時計を見ると、午前二時を指していた。

足音を忍ばせて慎重に歩くが、それでも床はみしみしと悲鳴を上げた。

がらんとした二階を過ぎ、一階へと急ぐ。荒れ果てた室内にぼくたちの足音だけが響いた。

やっと一階のホールに到着すると、北側の荒廃したペイン通りに面する長方形の玄関口から、微かな灯りが入ってきていた。

「反対側から出よう！」

中庭へ出る裏口は開いていた。ぼくたちはそこから飛び出し、五段の石の階段を下りて、玉砂利《たまじゃり》を敷いた草ぼうぼうの中庭に身を潜める。

月の光は下までは届いていなかったが、かろうじて懐中電灯を点けなくても行く手の道は見えた。

ギルマン・ハウスのいくつかの窓がぼんやり赤く光っており、慌てふためく騒ぎ声が聞こえてくるようだった。

中庭の西側には、ワシントン通りに面した建物の戸口がいくつかあり、扉が開いていていた。

「あっちの建物からワシントン通りに出られないか、入ってみよう」

ニーナの手を引いて、一番手前の入り口に入る。中は真っ暗な廊下が続いていた。反対側にたどり着くと、ワシントン通りにでる扉は堅く閉ざされていて開けることができなかった。

「だめだ。違う建物を探そう」

手探りで廊下を戻り中庭への出口の近くまで来たとき、ぼくは眼にした光景に凍りつき、突如立ち止まった。後ろから歩いてきていたニーナの顔がぼくの背中にぶつかる。

「どうしたの、ロバート？」

ニーナが後ろから小声でささやく。

「奴らが中庭に出てる……！」

ギルマン・ハウスから中庭に出る扉は開いており、信じられないような姿をしたものたちがぞろぞろと出てきていた。

暗闇の中でランプをかざし、身の毛もよだつようなしわがれた低い声で、お互いに怒鳴りあっていた。

そしてその言葉は、明らかに英語ではなかった。

「見つかったのかしら……!?」

「いや、あの落ち着きのない様子を見ると、まだぼくたちがどっちに逃げたのかはばれていないらしい。

しかし――なんて、……悍ましい姿の奴らだ!!」

薄暗いランプの灯りで顔立ちまではっきりと見えないが、背中を丸めてよろよろと歩く姿に、嫌悪感がこみ上げてくる。しかし、最悪なのは、奇妙な法衣をまとい、いまや見慣れたあの背の高い奇妙なデザインの冠をかぶった一人だった。

追っ手の姿が中庭のあちこちに散らばっていく。

じりじりと恐怖が足元から這い上がってくる。もしこの建物から外に出る方法が見つからなかったら、万事休《ばんじきゅう》すだ。あたりには魚臭さが立ち込め、吐き気に気が遠くなりそうだ。

「とにかく戻ろう」

ニーナを手を引き、もう一度ワシントン通りの方向に手探りで廊下を戻り、玄関ホールに到着する。

「ほかに扉がないか調べてみよう」

連中の眼に入ると困るため、懐中電灯は点けられない。通りから入ってくる薄明かりを頼りに探していると、

「ロバート、こっちにドアがあるわ！」

とニーナが叫んだ。

ドアを開けて中に入ると、何もない、がらんとした部屋だった。

「あの窓から出られないか……」

近寄ると、その窓には鎧戸がしっかりと閉まっていたが、窓枠そのものは外れていた。身体を陰にして、わずかな時間だけ懐中電灯を点すと、簡単に開けられそうだった。

「ここから出よう」

そっと鎧戸を開けると、前はワシントン通りだった。すぐに窓によじ登り、ニーナの手を取って引っ張り上げる。先に地面に下り立ち、ニーナを受け止める。そしてまた元通り、そっとその鎧戸を閉めた。

通りには生き物の姿も街灯もなく、ただ月だけがその光を湛《たた》えていた。

「街灯が点いてないなんて、なんて幸運かしら」

「ああ、オリバーの地図のおかげで、何がどこにあるかはすっかり頭に入っている。街灯が点いていないのは、まさに好都合だ。貧しい田舎町《いなかまち》じゃ、こんなに月の光が明るい晩にはよくあることだけど」

遠くのあちこちから、大勢の足音としわがれた声が聞こえてくる。しかし、そのバタバタと地面を打つ奇妙な音は、とても人の足音には聞こえなかった……。

もはや一刻の猶予もない。

「南の方からも足音が聞こえてくるわ。どうする、ロバート？」

不安げに見上げるニーナに、

「それでも南へ向かおう。南側へ向かえば、万が一追っ手と遭遇《そうぐう》しても、身を隠す荒れ果てた空き家がいくつもあるから」

「――わかったわ」

3

ぼくたちはできる限り静かに、またできる限り急いで歩いた。廃墟となった家々が近づいてくる。

「ロバート、帽子がなくなっちゃってる」

「さんざん激しく登ったり飛び下りたりしたからな。ニーナの髪も乱れてるよ」

「いやん」

ニーナが膨れながら、髪をなぜつける。

寝込みを襲われるという最大の窮地《きゅうち》を脱したことで、ぼくは少し落ち着きを取り戻していた。

「とにかく、ぼくたちだって、そんなに人目を引く姿をしているわけじゃないし、月明かりしかない暗さだ。もし通りすがりに誰かと出くわしても、なに食わぬ顔をして通り過ぎるんだ」

「アイアイサー！」

ニーナがおどけて敬礼する。ニーナがいてくれて本当に良かった。一人だったら、恐怖のあまり発狂していたかもしれない。

ベイツ通りに入ったところで、遠くによろよろと歩く人影が見えた。

「ロバート、こっち！」

ニーナがすぐ横の、玄関のドアが取り外され黒い口を開けた廃墟を指さした。

急いでそこに飛び込み、身を隠す。静寂した暗闇の中で、ニーナの甘い息遣いが聞こえてきて、思わず肩を抱き寄せる。絶対に彼女と二人で無事にこの町を脱出しなければ。

しばらくすると、眼の前を奇妙な足音が二つ、通り過ぎていった。

さらに南に進むと、広場が見えてきた。そこはワシントン通りとサウス通りの交差点で、さらにエリオット通りが斜めに横切っている場所だった。昼間、ここには来なかったが、オリバーの地図を見ると、月光に照らされたら、どこからも丸見えの場所だった。

「どうするの？　オリバー……」

地図をにらみながら唸っているぼくに、ニーナが訊ねてくる。

「ここを通り過ぎるには、かなりの危険を覚悟しないとだめそうだ」

「ほかの道は？」

「ほかの道は、もっと誰かに見られる危険が高い。それに遠回りしたら、それだけ時間もかかる。こうなったら――するべきことは一つだ。あの歩き方をまねるしかないな」

「あの歩き方って、あのインスマスの人たち特有の猫背のよろよろした歩き方!?」

「そうだ。それもこれ以上ないほど、大胆に、正々堂々と！」

ニーナがあからさまに顔をしかめたのは意外だった。これまで、彼らの姿かたちに同情しているとばかり思っていたからだ。

「……わかったわ。あとは、誰もいないことを――少なくとも、わたしたちを追っている人間に出会わないことを祈るばかりだわ」

と低い声で言った。

しかし、一体、追っ手の規模はどのくらいなのか、また、そもそもなぜ、ぼくたちはこんなに執拗に追われているのか、皆目、見当もつかなかった。

この暗い、閉ざされた陰気な町はいま、異様な空気に包まれていた。

「わたしたちがギルマン・ハウスから逃げ出したこと、もう町中に知れ渡っているかしら？」

「それならもっと騒ぎになっているはずだ。それに、まさか町の住民全員が敵だってことはないだろうし――。

だが、遅かれ早かれ、ホテルの連中は、ぼくたちがワシントン通りに出たことに気づくはずだ。あの隣の古い建物に入って埃の積もった床の上についたぼくたちの足跡を見れば、どんな風に通りへ出たか一目瞭然《いちもくりょうぜん》だろう。そうなる前に、町の南の別の通りに移動してしまわないと」

広場は、予想通り月の光に照らされて、くっきりとした浮き彫りのようだった。

中央に鉄柵で囲まれた芝生の跡があり、かつてはここが公園だったことの名残を見せていた。

「誰もいないみたい」

ニーナがささやく。

「うん、良かった。でも、中央広場から聞こえるざわめきや唸り声が、だんだん増えてきている」

サウス通りはとても広く、海岸地区まで緩やかに続く下り坂では、大きく海が見渡せた。

「月光に照らされながらあの広場を通るときに、誰にも見られないといいんだが……」

ぼくたちは祈りながら、よろよろと歩きはじめた。

ありがたいことに、とくに前進を妨げられることも、誰かが見張っているような新しい物音がすることもなかった。

あたりを見回しながら通りの端まできたとき、ぼくの歩調は我知らずに緩んでいた。左手に、燃えるような月の光に照らされた海が、豪華絢爛《ごうかけんらん》に輝いていて、思わず眼を奪われた。防波堤《ぼうはてい》の遥か向こうには、〈悪魔の岩礁〉が黒くまっすぐに霞《かす》んで見えている。

「〈悪魔の岩礁〉か――」

「え？　なあに、ロバート？」

ぼくは無意識に呟いていた。

「いや、あの岩礁を見ていたら、この三四時間に聞かされたいくつもの伝説のことを考えずにはいられなくて――。あのギザギザの岩場こそが、底なしの恐怖と信じられないほど異常な世界への入り口だと語る伝説のことを」

そのとき、何の前触れもなく、遥か遠くのこの岩礁で光が点滅した。

「何かが光っている！」

見間違いではなかった。その光を見た瞬間、突然身体が恐怖に捕らわれた。何も考えられないほど混乱し、すべての筋肉が硬直する。

「ロバート！　どうしたの、ロバート!?」

ニーナの声で我に返る。まるで催眠術《さいみんじゅつ》にかかって、あの光の点滅に魅せられたかのようだった。

「大丈夫だ、ニーナ」

「ロバート、あっちでも光ってるわ」

それはギルマン・ハウスのそびえ立つ丸い屋根からで、岩礁からの光とは間隔《かんかく》が違っている。

「明らかに、岩礁にいる奴への返事だ。

ニーナ、いまぼくたちは、上から見てる奴らから丸見えだ。ちゃんと真面目に背中を丸めてよろよろと歩かないとだめだ」

そう言いながらもぼくの眼は、サウス通りの広場から海が見えている間、あの岩礁の光から眼を離せなかった。

あの光の点滅は、なんのためだろうか？　何かの儀式か……。あの不気味な岩礁に、何者かが船で上陸しているのは確かだろう。

荒れ果てた芝生のところで、ぼくたちは左に曲がった。不気味に光る夏の月に照らされて、燃えるように輝いている海が、正面に広がる。意味不明の名状しがたき謎の光の点滅は、まだ続いていた。

近くに見える、岩礁と海岸の間の月明かりに照らされた海面に眼を向けたとき、ぼくは生まれてきてこれまで経験したことのない、底知れぬ恐怖の世界に突き落とされた。

そこに見えたのは、単なる海水で満たされた海ではなかった。

海面は――町に向かって泳いでくる異形な姿の大群で埋め尽くされていた！

上下するいくつもの頭、水を掻く腕――!!

岸からかなり離れており、一瞬見ただけであったが、その姿はどんな描写もできないほど名状しがたく――けれど、人間の姿とはかけ離れた異様なものであることは明らかだった。

その姿を見た瞬間、かろうじて保っていた自制心《じせいしん》は粉々に崩れ、叫び声もあげずに無我夢中《むがむちゅう》で走り出していた。

ぽっかりと口を開ける暗い戸口や、魚の眼のように見つめる窓が並ぶ荒れ果てた通りを、ニーナの手を固く握りしめ、ぼくは南に向かって必死に走った。

だが、ワンブロックほど走っただけで、足を止めた。左手から追っ手の一団の叫び声のようなものが聞こえてきたからだ。

たくさんの足音としわがれた不気味な声がしたかと思うと、一台の自動車がガタガタと響かせながらフェデラル通りを南に向かって走っているようだった。

「なんてことだ」

この瞬間、ぼくは計画のすべてを変えざるを得ないと気づき、呆然と立ち尽くした。

「わたしたちが南に向かっているって、気づかれたのかしら？」

「ああ、そのようだ。奴らが、街道で待ち構えている可能性は高い。このインスマスから脱出する別の方法を考えなくては……」

ニーナは眼を大きく見開き、その瞳には涙を湛えていた。

「大丈夫。あの追っ手が、この隣の通りにやってくる前に月光に照らされた広場を渡り切れたのは、本当に幸運だったんだ。きっと、同じように良い案が浮かぶよ」

とりあえずぼくたちは、扉を失いぽっかりと戸口が開いている通りの左側の廃屋に入り込み、対策を練ることにした。

「さっきの自動車が走っていたのが、この道じゃなくて良かったね」

「ああ。だが、それはそれで、良くないことも意味してる」

「どういうこと？」

「奴らがほかの道を走ってたってことは、直接ぼくたちの後を追ってるわけじゃないってことだ。ということは、ぼくたちの姿を見て南に向かったんじゃなくて、インスマスから外へ通じる街道をすべて塞ぐ計画を立て、たまたまあの一台が南へ走っていった可能性が高い」

敵は人手には不足していない。ぼくたちがどっちに向かったかわからないなら、そういった人海戦術《じんかいせんじゅつ》に出るのも当然だった。

「じゃあ、道を通らずに逃げなくちゃいけないってこと？」

「……そういうことになる」

「でも……、この一帯は、沼地やたくさんの入り江に囲まれているわ。道以外に通れるところなんてあるかしら……？」

ニーナの言う通りだった。

深い絶望感と、急に辺り一面に立ち込めてきた生臭いにおいに、めまいがしそうだった。

そのとき、希望の光が閃いた。

「鉄道がある！　ロウレイに向かう荒れ果てた鉄道が――！　あそこなら砂利が敷かれた頑丈な道がある。地面は雑草が生い茂っていて、姿を隠すこともできる。逃げるには絶好のルートだ」

鉄道は、峡谷の端にある崩れた駅から始まり、北西に向かって延びている。

「確かに！　追っ手も、まさかわたしたちがそんなところを通るなんて、思わないわ」

いばらが生い茂る線路の跡は、決して、たやすく通れる道ではない。逃亡者がこの道を選ぶなんて、敵も予想外のはずだ。

「あの鉄道は、さっき旅館の窓からも眺めて、どんな風に延びているかもばっちり頭に入っている。

最大の難点は……、駅から始まるしばらくの間、ロウレイ街道からも町の高いところからも、丸見えなことだ。だが、茂みの中をこっそりと這って進めばなんとかなるだろう」

いずれにせよ、それが、ぼくたちが脱出できる唯一のルートであり、ほかに考えられる道はなく、選択の余地はなかった。

ぼくはポケットから地図を取り出し、懐中電灯で照らした。当面の問題は、どうやって、あの古い鉄道にたどり着くかだった。

「最も安全だと思われるルートは――まず南のバブソン通りに向かい、着いたら西へ行く。ラファイエット通りとの交差点に出たら、今度は北へ曲がる。

そこはエリオット通りも斜めに通っていて、さっきぼくたちが横切った広場とよく似た空き地がある。でも、今度は横切らずに端を回って通るだけだから、気が楽だ。

サウス通りを通り過ぎたら、ジグザグに、ベイツ通り、アダムス通り、ペイン通りを抜けて行こう。最後のバンク通りは、川と平行に走っている通りだ」

「どうして、すぐに北へ向かわないで、いったん、南のバブソン通りへ向かうの？」

「それは、もう二度とあの大きな広場を通りたくないからだよ。

横切らずに端を回ることもできるけど、そうすると今度はサウス通りを通らないといけなくなる。サウス通りのような大きな通りは追っ手がいる可能性が高いから、そこも避けたいんだ」

「すごい、ロバート！　とってもよくわかったわ」

「じゃあ、さっそく出発しよう」

辺りをうかがって、廃屋の前のワシントン通りにもう一度立った。

「反対側に先に渡って、通り沿いにこっそり行こう。その方が、バブソン通りを右に曲がるときに目立たないで済む」

フェデラル通りの方からの騒音は、まだ続いていた。後ろを振り返ってみると、さっきまで隠れていた建物の近くで何かが光った。

「やっぱり、一刻も早くこのワシントン通りを離れた方が良さそうだ。走ろう」

ぼくたちは追っ手の眼につかないことを祈って、小走りで次のバブソン通りとの交差点まで駆け抜けた。

「ロバート、この家、カーテンが下がっている」

ニーナが角の家を差してささやいた。まさかこのエリアにまだ人が住んでいる家があるとは――。警《けい》戒《かい》しながら近づいたが、家の中に灯りは点っておらず、ぼくたちも無事通り過ぎることができた。

「バブソン通りは、後方の南側でフェデラル通りと交わっているから、追っ手に見つかりやすい。道に倒れかかっている建物の陰になるべくぴったり貼りついて、隠れながら行くんだ」

途中二度ほど、後ろの騒音が高まり、廃墟の戸口の中に隠れて様子をうかがった。

前方の広場が月の下で荒涼と輝いていたが、今度は横切る必要はなく、交差点に沿って右へ折れる。

二度目に立ち止まったとき、ニーナが首を傾げた。

「ねえ、これまでしていた音の中に、微かにいままでとは違うものが混じってるわ」

ぼくも耳を澄まし、

「本当だ」

急いで広場のそばの廃屋の戸口に隠れた。注意深く様子をうかがっていると、一台の車が、エリオット通りを南西に走っていった。

そして、いったん弱まっていた魚のにおいが、突然、鼻をつき、息が詰まりそうになった。

すると――予想通り、少し後から、前かがみの異様なものたちが、大股で走ったり足を引きずったりしながら、自動車と同じ方向に通り過ぎていく。

「エリオット通りは、そのままイプスウィッチ街道につながっているから、きっとぼくらがイプスウィッチに向かうのを阻止しようとしているに違いない」

「ロバートが言ったとおり、全方位作戦なのね」

通り過ぎる一団の中の二人はゆったりとしたローブを着ており、その内のひとりがかぶっている背の高い冠が、月光に照らされて白く光り輝いていた。そのあまりに悍ましい足取りを見て、ぼくは悪寒《おかん》が走った。

「なんだあの走り方は――！　まるで蛙がぴょんぴょんと飛び跳ねるようじゃないか!!」

身なりから考えて、あいつが一団の中で上位の人間（……と、すでに呼べるような生き物じゃないが）なのは、間違いない。

さっき〈悪魔の岩礁〉から押し寄せてきていた連中といい、この町の何もかもが現実だとは信じられないようなことばかりだ。

狂っているのは自分だと思えた方が、どんなに楽か――！

だが……、ぼくにはニーナがいる。彼女を必ず安全な町まで送り届けねばならない。

一団の最後の一人が視界から消えると、ぼくたちはそっと戸口を抜け出し、逃亡を再開するために広場に出た。

さっきの一団から遅れている奴が、やってくるかもしれない。ぼくたちは大急ぎでエリオット通りを横切り、ラファイエット通りに折れた。

遠く前方右手のタウン・スクエア（中央広場）から、かすれるような騒々しい声が聞こえてきたが、災難には遭遇せずに通り過ぎることができた。

ぼくが最も警戒したのは、道幅の広い、月明かりのサウス通りを――海岸がよく見えるあの通りを、もう一度横切るときだった。

「ニーナ、いまから横切るサウス通りは一番危険な通りだから、念には念を入れて歩かないとだめだよ」

「わかったわ。この月明かりだから、遠くからでもはっきり見えてしまうものね」

「そうだ。それに、一団から遅れた追っ手がエリオット通りにいたら、さっきぼくたちが通った二つの広場のどちらからも丸見えだからだ」

ぼくたちは背中を丸め、ゆっくりとした歩調でよろよろと足を引きずりながら、サウス通りを歩きはじめた。

右手に視界が開け、海が見えてくる。もう決っして視線を向けまいと思っていたのに、どうしても我慢できなかった。注意深く前方に進みながら、横目をちらりと海へ流してしまった。

先に声をあげたのはニーナだった。

「小舟が近づいてくるわ」

あの荒れ果てた波止場には、大型船はもちろん入ることができない。

「防水シートで覆ったかさばるものを、いくつか積んでいるようだ。一体何を積んでるんだろう？　遠目でよく見えないけど、漕ぎ手はやっぱり〝インスマス面〟だ――それもかなりひどい」

岸に向かって泳いでいる異形《いぎょう》のものたちも、変わらなかったが、暗い岩礁からのかすかな瞬《またた》きは、先ほどとは違った点滅だった。

それは、なんとも名状しがたい不思議な色合いの光だった。

右手前方の家々の傾いた屋根の向こうに、ギルマン・ハウスの丸い屋根がぼうっとそびえており、先ほど見えた光は、もう消えていた。

何か事態が進んでいることは間違いなかった。

そのとき、そよ風のおかげで弱まっていた魚のにおいが、また突然激しさを増した。

ワシントン通りの北側から、一団が低い声で唸りながら進んできたとき、ぼくたちはまだ通りを渡り切っていなかった。

彼らが広々とした空き地――ぼくが初めてあの恐ろしい海を眼にしたあの広場――に到着したとき、ぼくたちとの距離は一ブロックしかなく、奴らの姿がはっきりと見えて、血が凍った。

獣のように野蛮な顔に、うずくまるようなその歩き方は――人間というよりは犬の方に近かった。

また一人の男の歩き方は猿のそれに瓜二つで、長い腕を地面につけながら動いている。ローブをまとい、冠をかぶってぴょんぴょんと飛び跳ねながら進んでいる一人には、見覚えがあった。

「あいつら、ギルマン・ハウスの中庭で見た連中だ」

「つまり、追っ手の中で、一番最初からわたしたちの近くを追っているってことね」

「そういうことだ」

そのうちの何人かがぼくたちの方を振り向いた。驚きのあまり思わず立ち止まりそうになるのを必死でこらえ、あのよろよろとした歩き方をさりげなく続けた。

「どうやら、うまく騙《だま》せたようだ」

連中にぼくたちが見えたのかどうかはわからなかったが、見えたとしたら、ぼくらの作戦はうまくいったらしい。彼らはそのまま方向を変えず、月光に照らされた広場を通り過ぎていった。

——その間中ずっと、唸るような忌ま忌ましいかすれた声で、どこの国ともわからない言葉をぺちゃぺちゃと話していた。

ぼくたちはもう一度物陰に隠れ、ふたたび小走りになって、倒れかけた廃屋の前を走り抜けた。まるで夜の闇を見つめるように建っている家々の前を——。

西側の歩道に渡り、一番最初の曲がり角を曲がってベイツ通りに入る。そこからは建物の南側の陰に、身を隠すようにぴったりとくっついて進んだ。

「あの家の二階、灯りが点いている」

ニーナが指さす前方に二軒、人が住む気配のある家があり、そのうちの一軒の二階から微かな光が洩れていた。

「とりあえず、静かに通り過ぎよう」

ぼくはニーナの手を引き、ゆっくりと歩きはじめた。窓を開けて下をのぞかない限り、見えないはずだ。そう思っても、鼓動《こどう》が大きく打つのを止められなかった。

無事に通り過ぎてしばらく歩いたとき、ニーナが立ち止まり、ぼくを見つめた。

「ロバート、この町に来て大変なことばかりだったけど、わたし、自分の運命に感謝してる。あなたに会えたこと、いまこうしてわたしを守ろうとしてくれていること、たとえどんなことがこれから起こっても、決して忘れない」

まるで別れを告げるかのような言葉にぼくは驚き、思わず抱きしめた。

「大丈夫、きっと無事にこの町から逃げ出せるよ。ニーナ……愛している」

ぼくたちはしっかりと見つめ合い、口づけた。

そしてもう一度しっかりお互いの手を握りしめ、前を向いて歩きはじめた。


アダムズ通りへ曲がったときは、危険な箇所ももうなく、だいぶ気が緩んでいた。

しかし突然、目の前の真っ暗な戸口から、男がよろめきながら出てきて、心臓が凍りついた。

「うぃーーっ！　ひぃっく！」

「この人、酔っぱらってるみたい」

「そうみたいだ。気を引かないようにそーっと、歩こう」

そしてぼくたちはやっと、バンク通りにある荒涼たる倉庫の廃墟にたどり着いた。

4

峡谷沿いのバンク通りは、廃墟となった煉瓦造りの大きな倉庫がずっと続いていた。なにもかも死に絶えたような空気の中、生きたものの気配はまったくなかった。

北側を流れるマニューゼット川の滝の轟きが、ぼくたちの足音をかき消してくれていた。

「崩れかけた倉庫の壁って、どうしてこんなに恐ろしいのかしら？」

「確かに、民家の廃屋が並んでいるよりも、ずっと気味が悪いな。こんなとこは、急いで抜けよう」

ぼくたちは荒れ果てた駅まで、小走りで向かった。

そして、ついにアーチ状の屋根のかつての駅が——というか駅の残骸が見えてきた。

「駅だ！」

「やったあ！」

駅の前に着くと、

「線路が始まっている駅の端まで行こう」

と言って、さらに少し先まで歩いた。

線路は錆びてはいたが、ほとんど完全な姿を留めていた。枕木《まくらぎ》も半分以上、腐らずに残っている。走るにせよ歩くにせよ、決して楽ではない道をぼくたちは懸命《けんめい》に進んだ。

しばらくは峡谷沿いに進んでいたが、線路は北上し、とうとう峡谷に掛かっている長い鉄橋《てっきょう》の前に差し掛かった。

眼下には眼もくらむほど深い谷の下で、川がしぶきをあげて流れている。

「この橋が渡れると良いんだが……」

「もし渡れなかったらどうするの？」

「危険を冒してでも、もう一度バンク通りを東へ戻って、なるべく近い橋を渡るしかない」

それはなるべく避けたかった。川に掛かっている橋の数は限られている。ぼくたちが北へ逃げるとしたら必ず橋を渡ることは、奴らも想像がついているはずだった。

鉄橋は、屋根も壁もあるトンネルのような造りで、幅も長さもかなりのものだった。月の光に照らされ、妖しく光り輝いている。

「枕木がどのくらい丈夫か調べてみるから、少し待っていて」

「気をつけて、ロバート……！」

ぼくはそろそろと、枕木に足を置き、踏み出した。一歩、二歩……少なくとも二、三フィート以内までは安全のようだ。迷っている暇はなかった。

「おいで、ニーナ、足元を照らすから」

ぼくたちはトンネルのような橋の中を渡りはじめた。

懐中電灯を点け、ニーナの足元を照らす。ぼくのあとについて、一歩、二歩……。追いつくと今度は自分の足元を照らしてまた一歩、二歩と進み、ニーナの足元を照らす。

バサバサバサ！

驚いて照らすと、眼の前にこうもりの群れが飛び交っていた。

順調に行けそうだと思ったが、半分ほど来たところで枕木がなくなっているところがあり、橋はぽっかりと暗い穴をのぞかせていた。

思い切って飛び越す以外に方法はなさそうだ。

「先に行って、受け止めるから」

そう言って、向こう側へジャンプした瞬間、目の前にこうもり飛んできてバランスを崩してしまった。

「うわあぁぁ！」

一瞬の出来事だった。ぼくは足元を踏み外し、胸の下まで橋の下に落ちていた。見上げると、ぼくの上着の襟首をつかんで支えていたのはニーナだった。

うん、うん、と真っ赤な顔でぼくを引き上げようとするが、到底上がりそうもない。じりじりとずり落ちていく……！　足場の不安定なニーナの身体も大きく揺れて、落ちそうになる。

「だめだ、ニーナ……。きみまで落ちてしまう」

「いや！　あきらめないで!!」

しかし、かじりついているぼくの力ももう限界に近かった。

「ロバート……。ごめんなさい。こうするしか……」

必死にしがみついているぼくの眼下に、遠く下を流れる水音が聞こえてくる。そこに何かが光りながら落ちていくのが見えたかと思うと、それはふわりと空中に浮きあがり、七色に光ったと思った瞬間、消えた。

その直後、ぼくは強い力で引き上げられ、橋の上に這いあがった。

肩で大きく息をしながら顔を上げると、目の前でニーナがうずくまっていた。だが、何かが違う。それだけでなく、いままでまったくしなかった生臭いにおいが、ニーナから漂っていた。

「うう……う……」

ニーナがうめきながらゆっくり顔をあげる。その顔は、なんと紛れもなくあの〝インスマス面〟だった

……!!

何が起こったのか、さっぱり理解ができなかった。洋服は、いままでニーナが着ていたものと同じだった。水色のワンピースだ。だが、ピアスがぶら下がっている耳が――、驚くほど小さい！　耳の下の首は、鰓《えら》を思わせるようにだぶついている。胸元には……ない！　昨日も今日もニーナがつけていた、不思議な輝きを放つ多面体《ためんたい》のアクセサリーがなかった。

「ロバート……!!」

それは追っ手の声とよく似た、しわがれた低い声だった。

「一体、どういうことなんだ！　教えてくれ、ニーナ!!」

「去年の夏……、ケープコッドの海で溺れたあなたを……助けたの。

もう一度、どうしてもあなたに会いたいと毎日願っていたら、⌘✹Ä＊ó♣◈⊞さまが現れて、〈輝くトラペゾヘドロン〉の力を借りて、人間の姿にしてくださった。もしあなたの心を射止めることができたら、本当の人間にしてくれるって……」

〝⌘✹Ä＊ó♣◈⊞さま〟の部分はよく聞き取れなかったが、それどころではなかった。

確かに去年の夏、ぼくはケープコッドの海水浴場で溺れた。水を飲んで意識を失い、気がついたら岸に打ち上げられていた。たまたま助かったと思っていたが、あれはニーナが助けたというのか？　だが……、

「本当の人間て、おまえは一体、誰なんだ？　なぜ、ケープコッドにいたんだ!?」

「わたしは……、もともとはこの町に住んでいたの。ケープコッドへは、ちょっとした好奇心で泳ぎに行っていただけで――」

「なんだって！　この町って、インスマスか。じゃあ、じゃあ……一緒にこの町を見たときの態度は、ぜんぶ見せかけだったのか!?」

「そうじゃないわ！　新しい名前をもらって人間の身体になったとき、本当に生まれ変わったような気持ちになったわ。

自分たちがどんなに悍ましいか、その気持ちがありありとわかったの。いままではわからなかったに、おいも、こんなに吐き気を催《もよお》すものだってはじめて知った……。

〈輝くトラペゾヘドロン〉を外してしまったために元の姿に戻ってしまったけれど……ロバート、わたしの心の中は、なにひとつ変わってないわ！　ロバート!!」

悍ましい〝インスマス面〟の眼には涙が浮かんでいた。かすれた声は、ぼくの愛を求める悲痛な叫びが込められていた。

だが……、ぼくはなにも言えなかった。どんなに説明されても、あの輝くような笑顔のニーナと眼の前の化け物が、同じだと思えなかったのだ。

ニーナはそれ以上何も言わなかった。そのまま悲しそうにうつむいたかと思うと、鉄橋の下に身を躍《おど》らせた。

「ニーナぁ!!」

叫んで身を乗り出したときはもう遅かった。ニーナの姿はあっという間に小さくなり、水面に小さなしぶきがあがった。

しばらく呆然として動けなかった。

気づいたときにはどれだけ時間がたっていたのか――永遠のようにも、一瞬のようにも感じられた。手首にかけた紐から懐中電灯がぶら下がっており、暗い橋の中をぼうっと照らしていた。

ぼくは立ち上がり、歩きはじめた。トンネルの出口に向かって――。

不気味なトンネルから出て月の光を眼にしたとき、身体中から力が抜けていった。この二日間のことがすべて夢のように感じられる。

ニーナは……本当にいたのか？　もしかして、ひとり旅の寂しさが作り出した幻だったんじゃないだろうか？

そう思えたら、どんなに幸せだっただろう。だが、残念ながらぼくの唇はニーナに口づけた感触を覚えていた。あの、氷のように冷たかった感触を――。

ぼくは大きく頭を振り、歩き出した。

古びた線路は、同一平面《どういつへいめん》でリバー通りと交差すると、あたりは一気に田舎の風景に変わった。

「あのいやなにおいも、だいぶ薄れてきたな……」

声に出してみても、返事をしてくれる友はいない。

生い茂る雑草や茨《いばら》がぼくの進路を阻み、服を裂く。

だが、この先、線路はロウレイ街道と平行するように延びており、街道から丸見えになる。いざとなったときにこの茨が身を隠してくれると思えば、辛くはなかった。

まもなく湿地帯にさしかかった。線路は低い草の生えた土手《どて》の上を続いている。

「ここは草も少なくて通りやすいけど、その分、見つかりやすい。急いで通り過ぎよう」

不安な気持ちだったが、なにごともなく通り過ぎ、今度は少し地面が高くなっている島のようなところに出た。生い茂る藪や茨を切り裂くように線路が続いていた。

「よかった！　ギルマン・ハウスの旅館から見たときは、ちょうどこの辺りから、線路がだんだんロウレイ街道に近づいていくのが心配だったが、これなら十分に身を隠せそうだ」

この切り通しの終わりあたりで、線路はロウレイ街道と交差し、そこから大きく逸れていくはずだ。

「あと少し――あと少しで安全地点だ。それまで、とにかく細心の注意で進もう。この様子なら、ぼくが鉄道沿いに逃げていることに、奴らはまったく気づいていないはずだ」

切り通しに入る前に、ぼくは後ろを振り返った。

追っ手の姿は見えない。

朽ち果てたインスマスの町の古びた尖塔と屋根が、妖しげな月の光の中に浮かび上がっていた。

「なんて綺麗なんだ……」

思わずそう呟くほど、その眺めは幻想的だった。

「かつてこの町が暗闇に覆われる前は、きっと何もかもこの眺めのように美しかったんだろう……」

思わず涙がこみ上げてきた。

「ニーナ……」

頭に浮かぶのは輝くようなニーナの笑顔と、鈴の音のような声だった。

ぎゅっと眼をつぶり、視線を内陸へ向けたとき、ぼくは不穏な気配を感じて身体が固まった。

眼に入ったのは——そんな気がしただけかもしれないが——遥か南、なだらかなイプスウィッチ街道に沿って見える波のような影が、まるで町から大量の群衆《ぐんしゅう》が吐き出されているかのように見えた。

「なんだ……あれは？」

かなり距離があり、よくは見えないが、それはなんとも悍ましき光景だった。その大群は、うねるように波打ち、西に傾きつつある月の光を受けてぎらぎらと輝いている。

そして、逆風であるにもかかわらず、かすかに声のようなものも聞こえてきた。その声は、これまで町で耳にしたうなるような声とは違い、明らかに獣がぎいぎいと吼えるような声だった。

「あの声はいったい、なんだ……？　もしかして……海辺の廃屋に何世紀もの間、閉じ込められているというものたちか？　変貌が大きく進んだために隠れているという——」

それとも先ほど町で見た、岸に向かって泳いでいた名状しがたき生物だろうか……。

そう思った理由は、その数が尋常ではなかったからだ。これまで町中で眼にしてきた奴らや、それ以外の道路にもいるであろう追っ手の数を考えると、このさびれた町、インスマスの住民の数を大きく超えそうだった。

隊列を組んで進んでいるあのおびただしい連中は、いったいどこから湧いてでたというのだ？

奥深く隠された廃屋には、人間でもなく、何に属する生き物なのかもわからないものたちが、ひしめいているのだろうか？

それとも、未知のものたちを乗せた船がやってきて、知らぬ間に〈悪魔の岩礁〉に上陸したのだろうか？

そもそも、あいつらはいったい何者なんだ!?　なぜ、ここにやってきたのか！

こらえていた疑問が後から後から湧いてきて、気が狂いそうだった。

だめだ、落ち着くんだ。

あれほど大勢の追っ手がイプスウィッチ街道にいるということは、ほかの街道も同じように警戒されていると考えられる。とにかく、冷静に、慎重に進むんだ。ぼくは、灌木の生い茂る切り通しの中に、ゆっくりと押し分けながら入っていった。

そのとき、突如風向きが東に変わり、あたりに悍ましき魚のにおいが立ち込めた。海のにおいが町を越えて漂ってきたのか？

今まで静かだった方向から、身震いするような低い唸り声が聞こえ、間違いないと確信した。しかし、聞こえたのはそれだけではなかった。おびただしい数のバタバタ、パタパタという飛び跳ねるような音も聞こえてきた。それは聞くだけでも不快になり、またさっきイプスウィッチ街道で見た、波のように進行する隊列を思い出さずにはいられなかった。

悪臭も音も次第に大きくなってくる。この線路が、身を隠せる切り通しになっていて、本当によかった。

たしか……この先で、ロウレイ街道は鉄道を西に向かって横切り、分岐《ぶんき》するはずだ。たぶん、このあたりはだいぶ、街道と鉄道は近づいているだろう。何者かが道に沿ってやってきたら、ぼくはじっと伏せて遠くの物音が通り過ぎるのを待つつもりだった。

追跡者《ついせきしゃ》たちが犬を連れていないことが、何よりも幸運だった――とはいえ、これだけ悪臭が立ち込めていたら、犬たちの鼻も効かなかったかもしれないが。

この切り通しの茂みの中に隠れていれば、まずは安全だと思われた。もうすぐ、たぶん一〇〇ヤード（九一・四四メートル）も離れていない前方で、奴らがこの線路を横切るだろう。茂みの陰からぼくは奴らの姿を見ることができるが、よっぽどの悪運でなければ、ぼくが見つかることはないはずだ。

「なにしてるの？」

心臓が止まりそうになった。後ろから突然声をかけてきたのは、七、八歳くらいのかわいい女の子だった。

「伏《ふ》せて！」

ぼくは、女の子を慌てて隠れさせせた。

「お兄ちゃんなにしてるの？」

少女がうつ伏せになりながら、内緒話をするようにぼくに話しかける。

「ぼくは今、化物たちに追われているんだ。見つかれば君だってどうなるか分からない。ここで静かに隠れていることができるかな？」

　少女は化物と聞いて怯えた様子だったが、

「うん、隠れてる」

とうなずいた。

「お母さんや、お父さんはどうしたんだい？」

ぼくは声を最大限にひそめながら少女に訊いた。

「近所の人達と、みんなで出かけて行っちゃったの」

「こんな夜中に？」

「ギルマン・ハウスのお客さんが逃げちゃったから、探しているんだって」

ぼくの心臓が早鐘を打つ。嫌な予感がした。おそらくこの女の子は追っ手の仲間の子供なのだろう。

ぼくは今にも顔が引きつりそうになるのを抑えながら、

「そっか。じゃあみんなが家に帰るまで、ここにいよう」

女の子は笑顔になり、

「うん！　なんだか冒険みたいで楽しいね」

ぼくは暗澹《あんたん》たる気持ちになった。

「ああ、そうだね」

しばらく二人で茂みに伏せていたら、不意によからぬ想像をしてしまった。月光に照らされた、ほんの間近にある大地を見て、

「あの追っ手たちが大勢で足を踏み入れて通り過ぎた後は、この土地は二度と取り返しが付かないくらい、汚れてしまうのだろうな」

無意識に言葉が出てしまった。少女はきょとんとした顔で、

「追っ手は、バイ菌をもっているの？」

「そうじゃないけどさ、インスマスに生きている者の中で最も下賤《げせん》で、思い出したくもないような生物であることに間違いはないよ」

あいつらとニーナが同じ生き物だったなんて――今は考えたくもなかった。

「そんなに恐ろしい化け物なの？」

おびえたように女の子がぼくに聞く。この子の親も追っ手の仲間だということを忘れて、ひどいことを言ってしまったと反省した。考えてみると、この子も今はふつうの見た目の少女だが、将来は〝深きもの〟の姿へと変貌していくのだ。〝深きもの〟の価値観は分からないが、年頃の女の子にとって自分の身体が変わってゆくのはどれほど辛いことだろう。

ぼくは、自分を助けるために本来の姿を解き放ったニーナに、残酷な態度を取ってしまった。だが、だからといって、ニーナを受け入れることを考えると……、いまでもイエスという答えが浮かばない。

「う、すごいにおいだ」

「え？　なにもにおわないよ」

少女は〝深きもの〟の混血だからその独特のにおいを感じないのだろう。ぼくは身体を包み込むように、生臭い悪臭が充満してきてひどく気分が悪くなった。

その上、人間とは思えない、絶叫や咆哮、いななきを、ないまぜにしたような獣じみた雑多な音が、大きくなってきていた。

「追っ手たちは犬でも飼っていたかな？」

ぼくは現実を認めたくなくて、そんな馬鹿げたことを言って空笑いをした。

いよいよ追っ手が線路を横切ろうとした時、

「お兄ちゃん、なんで目を閉じているの？」

「見たくないからだよ」

「化け物はそんなに怖いの？」

「目にしてしまったら、夜中にトイレに行けなくなるかもよ」

「えー！　そんなのやだ、あたしも目をつぶる！」

ぼくらはそのまま何も見ることなく、追跡者が去るまで、やり過ごそうと決心していた。

ケロケロ
ウォーウォー
ケロケロ
ウォーウォー

「お父さんとお母さんの声がする」

ぼくはその言葉に血の気が引いた。そして、視界を閉ざしていることにだんだん耐えられなくなってきた。

「ほんの一〇〇ヤードしか離れていないところなんだよな……」

あの生き物の集団がそんなふうに、ひょこひょこと飛び跳ね、吠えて、騒然としているっていうのに、茂みでうずくまったまま、瞼を閉じている勇気はぼくにはなかった。

あいつらの獣じみた唸る息遣《いきづか》いで、周囲の空気が淀《よど》んだような気がした。騒がしい、しゃがれ声がぼくの正面から聞こえてきて、いよいよ我慢の限界だった。

「お兄ちゃん、目をつぶっている？」

気配に気づいたのか、両手を眼にあてた女の子が僕に訊いた。

「うん、つぶっているよ」

うそだ。ぼくは目を開いていた。

傾きはじめた月が、黄色い光を放っている。

恐怖を通り越して、もはや開き直りの境地に達していた。月光が、どんなに怖気が走るような光景を照らし出そうとも、ぼくが見届けてやろうじゃないか。

溝の両側が浅くなり、街道と線路がクロスしているところで、追っ手の長蛇《ちょうだ》の列が不気味に月明かりに照らされ、僕の眼に鮮明に映し出された。

理性が崩壊しそうだ。ぼくが持っている地球上の生き物の知識では、理解の範疇《はんちゅう》を超えた連中だ。

しかしその光景はやけに幻想的で、悪い夢でも見ているかのようだった。奇怪千万《きかいせんばん》なサラバンド

（三拍子《さんびょうし》による荘重《そうちょう》な舞曲《ぶきょく》）を踊りながら歩いていて、その歩行のリズムで地響きが起こりそうなくらいだ。

先導している者の一人は、背中が病的に曲がっていて、黒いコートと縞模様《しまもよう》のズボンを身に着け、人間がかぶるのと同じフェルト帽を、歪《いびつ》な形状の頭と思われる部分に載せていた。

「みんながいた！」

女の子が隣で目を開けて、その光景を見ていた。

「わたし行ってくるね」

嬉しそうに行列へ飛び出していこうとする彼女を僕は慌てて引き止め、

「お願いだから、彼らが通り過ぎるまでここにいてくれ」

「どうして？　お兄ちゃんも一緒に行こうよ」

ぼくが見つかれば、あいつらにどんな悍ましいことをされるか分からない、なんて、無垢な少女に言えるわけがなかった。

「実は、僕はギルマン・ハウスに泊まっていた客なんだ。あの行列の人達にかくれんぼで勝ったら、泊まり賃をタダにしてもらうゲームをしているんだよ。きみも協力してくれないか？」

女の子の目に星が輝きだした。

「そうだったんだ。じゃあ、お兄ちゃんが勝てるようにお手伝いするね！」

そう言い、張り切って茂みの中に身体を伏せた。

（危なかった……）

思わず溜め息が出た。

追っ手の身体を観察していると、身体は全体的に灰色が混ざった緑だったが、腹だけは白色だった。月の光に身体の光沢が反射して光っていて、背中の端の方だけ鱗がついているのが見えた。

「あいつらも、両棲類っていうのかな――」

ぼくがボソリというと、

「あたしも早く、大人のひとと同じようになりたいな」

少女は夢見るように語る。

「お魚の頭ってすてき。お目目はグリグリと大きくてお人形さんみたい」

「――そうだね」

「お水の中で暮らせるように、首の両わきに鰓ができるんだよ。手足は長くて、水かきがついてるから泳ぐのも自由自在なの」

「――いいね」

「跳ね方も色んなやり方があって、二本足で跳ねることも、四本足で跳ねることもできるんだよ」

少女が語る将来の夢に、ぼくはげんなりした。足が四本しかないというのがせめてもの救いだ。

ケロケロ
ウォーウォー
ケロケロ

ウォーウォー

鳴き声は、明らかに会話をしている様子だった。あいつらは表情らしい表情を持っていないので、意志を伝える機微《きび》を声で表現しているのだろう。

「しかし、親しみが持てなくはないんだよな――」

「みんな良い人たちだよ。すぐお友達になれるよ」

こんなに嫌悪を感じているというのに、なんで同時に親近感《しんきんかん》を持ってしまうのだ。あいつらが何者であるかを嫌になるほど知り過ぎているからか。ザドック爺さんから聞いたインスマスの話や、ニューベリーポートで見た、呪いの冠の出来事が、まだぼくの頭のなかに鮮明に残っているからだろうか？

「あ……！」

その蛙とも魚とも言いがたい、なんとも冒涜的に創造されたあいつらを見ていて、ぼくは気がついた。あの、暗い協会の地下室で、冠をかぶっている背中がひん曲がった司祭を見てぼくが連想《れんそう》したことの正体が、やっとわかったのだ。

「お兄ちゃん、どうしたの？」

女の子の声を最後に、ぼくの意識は唐突《とうとつ》に途切れた。それは恐怖に支配された時間に終止符《しゅうしふ》を打つ、神からのプレゼントであった。

生まれて初めて、ぼくは失神をした。

第五章　帰還

1

冷たいものが顔に当たっているのに気づき、ぼくは眼をさました。

「うわぁぁ！」

叫んで跳ね起きる。雨が穏やかに降っていた。慌てて時計を見ると正午を指していた。

「この古い線路の切通しの中で、ずっと気を失っていたのか……。草が深くて本当に助かった」

ふらつきながら前のぬかるんだ道路に出ると、人の歩いた形跡はまったくなかった。どうやら、雨は奴らが通り過ぎたあとに降り出したということらしい。

「あの女の子はどうしたんだろう……？」

魚のにおいもすっかり消えている。もしかしたら、女の子と出会ったのも幻だったのかもしれない。

東の方角を振り返ると、インスマスの荒れ果てた家々の屋根や、いまにも崩れ落ちそうな尖塔が、雨の中、ぼんやりと陰気にそびえていた。

周りの荒廃した塩性沼地《えんせいしょうち》には、生き物の影はなかった。

しばらく、呆然として、まったく頭が働かなかった。――どうしてぼくは、こんなところで気を失っていたんだ？　この身体のそこから湧きあがってくる恐怖はなんなんだ？

ここは——インスマス……インスマス！　そうだ！　一刻も早くこの不吉な影に覆われたインスマスから脱けださなくては!!

立ち上がろうとすると足が痙攣した。

思った以上に衰弱している。身体が鉛のように重い。恐怖と困惑、そして空腹……。

くそっ！　こんなところでくたばってたまるか！

少し時間はかかったが、なんとか立ち上がる。そして、ロウレイへ続く泥道を歩きはじめた。


ロウレイの村に着いたときは、日暮れ前だった。

粗末な食堂で簡単な食事を済ませ、新しいシャツとズボンを買って、どろどろになった衣服を着替える。そして、アーカム行きの夜行列車に乗った。

列車の中でやっと少し人心地ついてくると、昨晩のことがまざまざと甦ってきた。

あの町では、いまも恐ろしいことが行われている。生け贄を捧げ、悍ましい化け物との交わり……。

放っておけば、まだまだ犠牲者が出るだろう。……ニーナも、犠牲者の一人じゃないか。

このままにしておくことは、できない。

ぼくは決心し、列車が到着すると真っすぐにマサチューセッツ州の役人のところへ行き、洗いざらいをぶちまけた。こんな荒唐無稽な話、とても信じてもらえないだろうと覚悟の上だったが、驚くことに対応した役人は、長時間、熱心に話を聞いてくれた。

「これは……とても州レベルで対応できることじゃない。話をつけておくので、一刻も早く州都《しゅうと》ボストンにあるＢＯＩの事務所で、もう一度詳しい説明をしてください」

担当事務官は、蒼白な顔をしてぼくにそう告げた。

アーカムに着いたら、風景を楽しんだり、美術館巡りをしたり、そして私がもっとも重要視していた古書収集をしようと計画していたが、とてもそんな気分になれなかった。

ニューベリーポートの歴史協会に行ったときは、ミスカトニック大学博物館にあると言われていた奇妙な宝石を探してみようと思っていたが——もちろん、それも断念した。

もともと、ぼくがアーカムを訪れようと思ったきっかけは、祖母の家系のルーツを探ることだ。そうだ、それに専念するのが一番だ。

州の役人からは一刻も早くボストンに行くようにと言われていたが、もう一度あの話をすることを想像すると、気分が滅入って仕方がなかった。

そこでぼくはアーカムでの滞在を延長し、以前から手に入れたいと思っていた自分の家系に関する資料の収集に力を入れることにした。それらはどれも断片的であったり、いい加減な部分もあったりしたが、それぞれをきちんと照合してまとめれば、正確な家系図が作れそうだった。

資料を集めるために訪れた先の一つが、アーカム市内にある歴史資料館だった。そこで、ぼくは驚く話を聞かされた。

「すみません、祖母の家系について調べたくて、この町に来たのですが……」

対応してくれたのが、歴史資料館の学芸員のE・ラプハム・ピーボディ氏だった。上品な身なりの初老の紳士で、丁寧な言葉遣いでぼくに問い返した。

「おばあさまのお名前はなんておっしゃるんですか？」

「イライザ・オーンといいます。この町で生まれました」

「イライザ・オーン!?　あなたはイライザ・オーンのお孫さんなんですか！　ぜひあちらでゆっくりお話ししましょう」

ピーボディ氏はあからさまに興味を示し、ぼくは面食《めんく》らった。

「ご存じなんですか？」

「この町でその名前を知らない者はいませんよ」

「それは一体、どういう……」

ピーボディ氏はぼくを館内の小さな事務室に案内し、話しはじめた。

「イライザ・オーンさんは、一八六七年にこのアーカムで生まれ、一七歳でオハイオのジェームズ・ウィリアムソン氏と結婚しています」

ピーボディ氏は資料も見ずにすらすらと教えてくれた。

「よくご存じですね」

「実は、かなり以前に、あなたと同じような調査をしていた方がいらして、そのときも私が対応したのでよく覚えているんです」

同じような調査？　それは初めて聞く話だった。

「誰ですか、それは？」

「ダグラス・ウィリアムソン氏という方です」

「……ぼくの母方の伯父です。もう亡くなりましたが……」

　そうか、ダグラス伯父さんも同じようなことをしてたのか……。

「それはお気の毒に……」

　ピーボディ氏は丁寧にお悔《く》やみの言葉を言ってくれた。

「それで、どうして祖母の名前が、この町でそんなに知られているんでしょうか？」

「それは……」

　ピーボディ氏は、言いにくそうに口ごもった。

「イライザ・オーンさんのお母さま、つまりあなたから見るとひいおばあさまについて、なにかご存じですか？」

「いいえ、知りません。祖母がアーカム出身ということくらいしか、両親は教えてくれませんでした」

「そうですか。まず、あなたのひいおじいさまはこのアーカムの人間なのですが、南北戦争直後に結婚しようとしたとき、住民たちの論議のまとになりました」

「論議……？　どういうことですか？」

「小さな町ですし、昔のことだからというのもあったんでしょうが……、花嫁――つまり、あなたのひいおばあさんの素性が、不思議なことにはっきりしなかったからです」

　確かに田舎の町なら、よそ者と結婚するとなれば、いまでも素性についてうるさく詮索されるかもしれない。

ピーボディ氏はうなずき、続けた。

「その女性はニューハンプシャーのマーシュ家――エセックス郡のマーシュ家の縁つづきの家ですが――の出身で、幼いころに両親を亡くした孤児《こじ》だと言われていました。彼女はフランスで教育を受け、自分の家族についてはほとんどなにも知らなかったそうです」

マーシュ家――もっとも聞きたくなかった名前を耳にし、ぼくは全身の毛が逆立った。いや、落ち着け……。マーシュなんて、決して珍しい家名ってわけじゃない。

「孤児なのにフランスで教育を受けていたんですか？」

「そうです。彼女には後見人がいました。その後見人は、彼女と彼女の家庭教師をしていたフランス人の女性の生活費を、ボストンのある銀行に預金していました。

フランスで教育を受けたあと、このアーカムにやってきました。ところが、その後見人がどこのなんていう名前の者なのか、アーカムの人間はだれも知りませんでした。そしてまもなく後見人の姿が見えなくなり、裁判所はその後任《こうにん》に、一緒に来ていた女性家庭教師を指名しました」

「孤児だったというのは気の毒ですが、素性ははっきりしているじゃないですか」

「いいえ、問題はこれからです。

彼女の両親の名前は、父親がイノック・マーシュ、母・リディア（メサーブ）・マーシュと出生記録《しゅっせいきろく》にはありました。けれど、ベンジャミンさんが結婚する際に調べたところ、ニューハンプシャーに住むマーシュ一族のなかに、該当《がいとう》する人物が見当たらなかったということなんです」

「見当たらなかったって、どういう意味ですか？」

「そのままの意味です。イノック・マーシュ、リディア（メサーブ）・マーシュという人物が実在した記録がまったくないのです」

「……」

ぼくの嫌な気持ちは、ますます膨らんだ。得体の知れない恐怖が、急激に増殖《ぞうしょく》していく。ピーボディ氏は、同情したように視線を落とした。

ぼくは質問した。

「フランス人の家庭教師の女性というのは、どういう方だったんですか？」

「この女性についても、詳しい記録はありません。だいぶ前に亡くなっていますが――当時の彼女を知っている人間によると、不自然なまでに寡黙《かもく》な女性だったそうです」

「不自然というと？」

「彼女の出生について、明らかに何かを知っていて、それを秘密にしているように見えたということでしょうね。それで、このアーカムの多くの人間は、その女性のことをマーシュの名家の私生児《しせいじ》だったのだろうと推測しました」

「マーシュ家の者――という証拠もなかったんじゃないですか？」

「ええ。でも、彼女はあきらかにマーシュ一族特有の眼をしていたそうです。そういえば――あなたの眼もマーシュ家そのものですね」

最後の一言が、氷の刃のように冷たく、鋭く突き刺さった。

「彼女がたったひとりの子ども――つまりあなたのおばあさま――を生んですぐに亡くなると、そうしたもろもろのうわさも、やっと収まったそうです」

ピーボディ氏が付け加えた言葉も、うわの空にしか聞こえなかった。

ぼくはその後父についても質問したあと、丁寧にお礼を言って、歴史資料館を後にした。

祖母の家系について、当初考えていた以上に詳しい情報が手に入ったが、決して喜ぶ気にはなれなかった。それでも、いずれは何かの役に立つかもしれない。親切に教えてくれたピーボディ氏には、とりあえず感謝しよう。

オーン家についても、詳しい記録がかなり残っていた。それらを細かくメモに取り、また、参考文献のリストも作成した。

アーカムからボストンへ入り、ぼくはオハイオ州トリードの自宅に帰ってきた。だが、あの二日間の厳しい試練のせいで何もすることができず、トリードのすぐそばの町モーミーで静養《せいよう》し、立ち直るのに一カ月以上かかってしまった。

九月になり、ぼくは最終学年を終えるためにオーバリンの大学に戻った。

あの町で起こったことについて、できるなら何も思い出さずに過ごしたかったが、そうはいかなかった。暮れから翌年、一九二八年にかけて、政府の役人がインスマスの極秘調査をするために、何度もぼくを訪ねてきたからだ。

あの町についての調査を依頼したのはぼく自身だったが、役人たちが話を聞きにくるたびに、あの日の恐怖が甦り悪夢にうなされた。

そして二月、とうとう政府が実力行使《じつりょくこうし》に出たことを、新聞を通じて知った。

ぼくは努めて勉強やそれ以外の学生生活を楽しもうと毎日を送っていたが、授業を終えて寮に帰ったある晩、鋭い目つきの長身の女がぼくを訪ねてきた。

金髪の巻き毛に真っ赤な口紅。ぴったりとした黒のミニスカートからはすらりとした脚が出ていた。

「ロバート・オルムステッドさん……ですね？　私はこういう者です」

差し出された名刺には、ステファニー・ローブという名と、ある新聞社の名前があった。

その新聞社は、でたらめな記事ばかりを載せているタブロイド紙を出しており、世間からは馬鹿にされていた。タブロイド紙に女性記者とは、かなり珍しいに違いない。

「どのようなご用件でしょうか？」

「先日、インスマスの町で大規模な手入れが行われたのはご存じですか？」

どきりとした。心臓が早鐘のように鳴りはじめる。何が聞きたいんだ、この女は？

「ええ、新聞で読みました」

「その後、海岸地区がダイナマイトで爆破されたことは？」

「それも新聞で……」

「どうして、あの町であんなことが行われたと思いますか？」

「さあ……、ときたま各地で突然起こっている密造酒の大がかりな取り締まりじゃないですか？」

「そんなのは、のんきな連中が言っているたわ言よ！　あの町の海岸地区は、もともと虫に食われて朽ち果てた、いまじゃ人も住んでない廃屋ばかりがならんでいる地域です。そんなところで密造酒なんかが作られていると本当に思っているんですか!?」

そうだ、その通りだ。何が密造酒だ、と世間の噂を聞いてぼくも思っていた。

ステファニーはぎらぎらした眼でぼくをにらみながら続けた。

「一連の報道を読んでいるちょっと鋭い連中は、おかしいって気づいている。あなただって、わかってるはずよ」

この女がなにをどこまで知っているかわからないが、とぼけるのが一番だ。

「なにが、そんなにおかしいんですか？」

「とぼけるつもり……？」

ステファニーは射るようにぼくを見つめた。

「まず捕り物に動員された部隊が、尋常じゃないほど大がかりだったこと。実際、逮捕された者の数もかなりの人数だったってことまでは、私もつかんでる。

だけど、もっとおかしいのはこの先よ。それだけの逮捕者を出しながら、囚人《しゅうじん》たちの処分がまったく謎に包まれている。裁判どころかはっきりと告発されたという記録すら残っていない。正規の合衆国刑《がっしゅうこくけい》務所《むしょ》を調べても、逮捕者たちの姿がないのよ」

「……それが、ぼくとどういう関係があると言うんですか？」

「この大捕り物の陣頭指揮《じんとうしき》を執っていたＢＯＩの人間を、たまたま別件で私はマークしていたの。

それが、昨年の暮れごろから、何度かこのオーバリンに来ている。その訪問先が、ＢＯＩなんかとは縁も所縁《ゆかり》もなさそうなまだ若い大学生《ぼうや》ときたわ。

怪しすぎると思っていた矢先にこの一連の逮捕劇よ。この事件のせいで、インスマスの町はほとんど無人に近い状態になってしまった。

いったいあの男は、きみに何を聞きにきてたの？」

だいたいの事情がわかって、ぼくはほっとした。ぼくが体験した……あの、この世のものとも思えない悍ましい町の実情については、この女性はなにひとつ知らないらしい。

「さあ……、そんな人物にぼくは会ったことはありませんよ。何かの間違いじゃありませんか。もう夜も遅いですから、お引き取り下さい」

「そう……。また、来るわ、ぼうや」

意外なことに、ステファニーは捨て台詞《ぜりふ》は残したが、あっさり帰っていった。

その後、一部の世論を受けてか、政府からインスマスの逮捕者についての声明《せいめい》が出された。

それは、罹病《りびょう》者収容所に入れられたとか強制収容所に収監《しゅうかん》されたとか、またもうしばらくすると、海軍刑務所や陸軍刑務所に分散して収容された、などという内容だったが、どの声明も漠然としており、詳しいことまでは発表されなかった。

ステファニーといえば、言葉通り、その後も何回かぼくのところに来ていた。

しかし来るたびにいつもかなり酒が入っていて、情報を聞きに来るというより愚痴《ぐち》を言いにきてるようなものだった。

「この事件はとにかく謎だらけだわ。

でも、あのインスマスの町に八〇年ほど前に伝染病が流行って、たくさんの人間が死んだって記録は見つけたわ。その後遺症《こういしょう》のせいで、インスマスの人間はいまでも周辺の町から忌み嫌われているみたい。もし今回の捕り物が、そういった差別に基づくものだとしたら、絶対見過ごすわけにはいかないわ」

そう言ってクダを巻くステファニーに、ぼくはだんだん親しみを感じるようになっていた。

ある晩、ステファニーがいつものように酔っぱらってやってきたときは、特に落ち込んでいた。

「今度はどうしたんです、ステファニーさん」

「あの事件について、政府のやったことに疑問を持っている自由主義団体がいくつかあったの。その団体は苦情や抗議をずっとしていたんだけど、少し前に、極秘の回答書が長文で送られてきたらしいわ。同じものが各新聞社のトップのもとにも届いたんだけど――」

「ステファニーさんも読んだんですか、それを？」

「いいえ、うちの社長も中身は教えてくれなかった。

だけど、そこには各団体の代表者たちに、インスマスの逮捕者のいる収容所や刑務所を見学させるという申し出が書いてあったの。今日、うちの社長も行ってきたわ」

ぼくは小さく息を飲んだ。収容されている者たちの姿かたちがまざまざと脳裏《のうり》に浮かんだ。

「で、社長はどう言っているんですか？」

「どうもこうもないわ。えらく荒れて帰ってきた。不機嫌に怒鳴り散らしたかと思うと、突如ぶるぶると震えだしたり……。信仰心なんてこれまで欠片もなかったくせに、聖書を取り出して、お祈りをしだす始末よ。あの肝の据わった男がこの有り様だなんて。いったいボスはなにを見てきたっていうのかしら……」

政府の役人も思い切ったことをするものだ。

ぼくには、社長が見たものが手に取るようにわかるので、社長には大いに同情した。

しかし、この政府の対応はかなり功を奏したようで、各団体の抗議運動がぴたりと止んだ、という話を、また数日後にステファニーから聞いた。

「収容所を見学してきた人間に取材を申し込んだけど、誰も貝のように口を閉ざしてなにもしゃべろうとしない。誰も彼もが、うちの社長と同じように怯えている――いいえ、怯えるどころか本当に病気になってしまって、寝たきりになっている人もいるらしいの」

「それは、お気の毒ですね」

「ロバート、あなたはいつも落ち着いているわね。クールな男もいかすけど、熱いハートもないと彼女ができないわよ」

「彼女なんて、いりません」

「ふふふ、強がっちゃって。どんなタイプが好みなの？」

ぼくの脳裏に黒髪の美少女が浮かび上がり、急いで頭を振った。

椅子に座っていたステファニーは胸を突き出して腕を組み、これ見よがしにミニスカートから突き出た足をぼくの前で組み替えて見せた。口元の笑みは明らかにぼくをからかっている。

ぼくは溜め息をつき、

「少なくとも、年上のお姉さまにも、金髪のグラマーにも興味はありません」

「まったく、憎たらしいガキね」

ステファニーはそう言うと立ち上がり、ぼくの頬を掴んで引っ張った。

痛ててててっ！　ぼくは頬をさすりながら、

「それで、ステファニーさんの新聞社も、もうこの事件を追うのはやめたんですか？」

「いいえ。他社は反対する意見もあったようだけど、結局、政府の言いなりになることに決まったらしいわ。でも、うちの社長はそこまでは言ってない」

ステファニーが「肝の据わった男」というだけのことはある。あれを見て、まだなお手を引かずにいるとは、大した勇気だ。

「それで、実は私、ついこの間、耳寄りな情報を仕入れたのよ」

「どんな情報ですか？」

「海軍の水兵たちのたまり場でたまたま聞いた情報なんだけど、少し前に、潜水艦がインスマス町の沖合に魚雷を発射したっていうの」

「魚雷ですって!?」

さすがのぼくも驚いた。政府がこの問題をそこまで真剣に捉《とら》えているとまでは思っていなかった。

しかし、海軍の兵士たちのたまり場でたまたまって、いったいステファニーはふだん、どんな取材をしているのやら……。

「インスマスの沖合って、具体的にはどこですか？」

「それが……、これがまたはっきりしないんだけど。なんでもインスマスの港から優に一・五マイル先に、真っ黒で長さが一マイルほどの、高さ自体は低い、鋸のような岩礁があるそうなの。

この岩礁は、このあたりでは〈悪魔の岩礁〉と呼ばれていて、その少し先の何もない海淵に射ち込んだらしいわ」

「〈悪魔の岩礁〉……！」

「すごい名前よね！　しかも、魚雷発射係の一人が、発射間際《まぎわ》までひどく怯えていたっていうんだから、キナ臭いじゃない!?」

ザドック爺さんの話では、オーベッド船長は夜な夜な〈悪魔の岩礁〉に乗り付け、海へ生け贄を捧げていたという。ぼくがあの町から逃げ出すときも、〈悪魔の岩礁〉からおびただしい数の何かが泳いできていた。政府はあそこへ魚雷を射ち込んだというのか――。

「明日、私が書いたこの記事が出ることになっているわ」

「それは、よく社長が了解しましたね」

「ええ。社長が言うには、その岩礁がインスマスから一・五マイルも離れているから、誰も一連の事件と結び付けて考える奴はいないだろうって」

翌日、ステファニーの新聞社のタブロイド紙に、

「アメリカ合衆国、インスマスをまたもや攻撃！　沖合の〈悪魔の岩礁〉に魚雷発射！」

という煽情《せんじょう》的な文句が並んだが、社長の予想通り、誰も本気にする者はいなかった。

ステファニーもう慣れっこになっていたようで、とくに腐ることもなかったが、周辺の町への取材については、またぼくのところへ来て愚痴っていった。

「まったく、あの周辺の町の住民の感じ悪さったら、なんなの!? ニューベリーポートへ行っても、イプスウィッチへ行っても、住民たちはしょっちゅうひそひそと噂話をしているくせに、近寄って話を聞こうとしたとたん、貝のように口を閉ざして、少しも取材に応じようって態度がないのよ」

そりゃあ、そうだろう。周辺の町の住民にとっては、あの荒廃して死にかけたインスマスの噂をするようになって、もう一〇〇年近くになる。

今回の事件なんて、これまであの町で起こったことに比べれば、遥かに悍ましくはない。この一〇〇年の間にいろんなことが起こりすぎて、周辺の人間は、かん口令《こうれい》が敷かれなくても、あの町についてはロを閉ざす習慣ができている。

……と、ステファニーに言うわけにもいかず、

「実際、周辺の人たちも真実を知っているわけじゃないと思いますよ。インスマスの周辺は、人が住めないような荒れ果てた湿地帯が広がっている。隣町と言ったって、本当に隣あっているわけじゃない。だから、そんなに悔しがらなくてもいいと思いますよ」

ステファニーの眼がきらりと光った。

「地図にも載っていないあのインスマスのこと、ロバートこそ、やけに詳しいじゃない。ぼうやこそ、まだ私に何一つ話しちゃくれてないいんだからね」

「そうですね、ぼくがいずれ大人になったら、何か話したくなるかもしれませんね」

と言い返したら、また頬を引っ張られた。乱暴女め！

2

インスマスでの経験からほぼ一年たった六月、ぼくは大学を無事卒業し、トリードの実家に帰ることになった。

「卒業おめでとう。私がいなくて一人でやっていけるか、心配だわ」

「なに言ってるんですか。あなたこそ、ぼくのところに来てばかりいないで、素敵な彼氏でも作ったらどうですか？」

今度の衝撃はみぞおちにきた。

だが、ぼくはステファニーには感謝していた。

最初のころは、ステファニーが来るたびに、忘れたいあの忌まわしい町の名を耳にして気分が暗くなっていた。だが、ステファニーが酔っぱらいながら派手に悪態をついたり、見当違いの推理をしたりするのを聞いているうちに耐性ができたようだった。

「実家へ戻る前に、亡くなった母の親族が住むクリーブランドを訪ねてみようと思っているんです」

ぼくが新しく作った家系図と、クリーブランドの家に残されている豊富な文書《もんじょ》、言い伝え、先祖《せんぞ》伝来《でんらい》の家財などと突き合わせて、どんな新しい関係図が作れるかを探ってみたかったのだ。

「自分のルーツを探るわけね。面白そうじゃない」

「実は……母方の実家はウィリアムソン家というのですが、正直、あまり気乗りはしてないんです」

「へえ、どうして？」

ステファニーは紫煙をぼくの顔に吹き付けながら質問した。最近、彼女は禁酒をすると言いはじめ、その分、ただでさえヘビースモーカーだった煙草の量に、さらに拍車がかかっていた。

「その家の雰囲気が好きじゃないんです。……極度に病的なところがあって、小さいころから行くたびに憂鬱《ゆううつ》な気分になったもんです。

母自身もあまり好きではなかったようで、ジェームズ――母の父です――がトリードの家に来るのは大歓迎だったのですが、幼かったぼくがクリーブランドのウィリアムソン家に行くのは嫌がってました」

「つまり――母と娘があまり仲が良くなかったってこと？」

こういう鋭い質問を返してくるところは、やっぱり新聞記者なんだと感心した。

いままで母の実家の話なんて誰にも話したことがなかったが、なんとなくステファニーには話しておきたい気分になっていた。

「仲が悪かったというより、祖母のイライザが、かなりの変わり者だったんです。ぼくも幼いながらに会うたびに怖かったのを覚えています。祖母は、ぼくが八歳のときに失踪しましたが、まったく悲しいという気持ちにはなりませんでしたから」

「失踪なんて、穏やかじゃないわね」

「ええ、まあ……。実はもっと穏やかじゃない話があって、母は三人きょうだいの真ん中で、ダグラスという兄がいました。この兄が、若いときに自殺しているんです」

「それは確かに穏やかじゃないわ。それで自殺の理由は？」

「理由はわかりません。ニュー・イングランドを旅行して帰ってきたあと、拳銃で自殺しました。祖母はこの伯父を溺愛《できあい》していたらしく、悲しみのあまり徘徊《はいかい》するようになり、とうとう行方がわからなくなったそうです」

理由はわからない……と言ったが、いまのぼくには想像がついていた。ダグラス伯父は、あのアーカムの歴史資料館で聞いた話が原因で自殺したに違いない。

ステファニーはぼくを見透かすように鋭い眼で見つめていたが、伯父の自殺についてはそれ以上、突っ込んではこなかった。

「ロバートは、そのおばあさまのなにがそんなに怖かったの？」

ぼくは言おうかどうしようか迷った。当時怖かった理由は覚えている。だが、いまはその理由が別の意味で恐ろしく、口にするのもためらわれた。

「それは……祖母の顔が怖かったんです。まばたきをほとんどせずに、いつもにらみつけるような顔つきでした。伯父のダグラスの顔も祖母にそっくりで、正直、ぼくは二人とも嫌いでした。会うたびに漠然とした、言いしれぬ不安を感じていました」

「さっき、お母さまは三人きょうだいの真ん中って言ったわね。下のきょうだいは？」

「下にはウォルターという弟がいます。ウォルター叔父も母も、祖母には似ておらず、父親に似ていたようなんですが……」

ここでぼくはまた口ごもった。

「まだ、なにかあるってわけね」

「ウォルター叔父には息子が一人います。ローレンスという名前で、ぼくにはいとこにあたりますが、顔が……祖母のイライザに似ているんです。

ローレンスは、もともと少し精神が弱いところがありました。それが悪化して、いまはキャントンの療養所《りょうようじょ》に隔離されています。叔父の話では……もう一生出られないだろうということでした。

ぼくはローレンスにはもう四年会ってないのですが、二年前にローレンスの母親が亡くなったのも、心労のせいだと思います」

ローレンスが療養所に隔離されたときは、すでにその顔は祖母に瓜二つと言っていいほどそっくりだった。そしてその後、ウォルター叔父は、ローレンスの精神も肉体もさらに悪化しているとほのめかしていたことがある。

「じゃあ、いまクリーブランドの家にはどなたが？」

「祖父とウォルター叔父さんが二人で暮らしています」

「……ロバート、もともと私は何かを調べて明らかにすることは大好きだけれど、今度の話は、なにか嫌な予感がする。やめるわけにはいかないの？」

実はぼくも、やめたい気持ちが強かった。もともとクリーブランドの家は好きじゃない。だがその一方で、行かなければならないという焦燥感《しょうそうかん》が日に日に募り、この計画を立てたのだった。

「大丈夫ですよ、ステファニー。知らないところへ行くわけじゃないし。向こうへ行ったら手紙を書きますから」


クリーブランドの屋敷には昔の記憶が、山のようにうず高く積もっていた。ぼくはなるべく早く調査を済ますつもりでいたが、祖父も叔父も、ぼくの来訪を心から歓迎してくれた。

ウィリアムソン家の記録や伝承《でんしょう》については、祖父がふんだんに提供してくれたが、祖母方のオーン家の資料はウォルター叔父をたよりにするほかなかった。彼はぼくの要求に応じて、手帳、手紙、新聞や雑誌の切り抜き、伝来の家具、写真、肖像画など、持っている資料をすべて出してくれた。

「こんなに資料が残っているとは思っていませんでした」

「母が嫁いでくるときに持ってきたものを、兄のダグラスが整理したんだよ」

「ダグラス伯父さんは……、どうして、自殺してしまったんでしょうか？」

「わからない……。ただ、オーン家の資料を整理したあと、すぐに亡くなってしまった。だからこの資料も、いままでぼくは開ける気にもならなかったんだ。ほら、これが母と亡くなる直前の兄の写真だ。そっくりだろう？」

祖母とダグラス伯父のことが、ぼくは怖くて仕方がなかった。二人が亡くなって何年もたつのに、その写真をじっとみていると、不快感、嫌悪感が極度に高まってくるのだった。そして——自分の先祖について、言いしれぬ恐怖を感じはじめたのだ。

「あの……おばあさまとダグラス伯父さんの、もっと若いときの写真はないんですか？」

叔父が出してくれた数枚の写真を見比べているうちに、ぼくの身体は震え出した。

初めはこの変化を理解できなかった。しかし……、いや、だめだ、何も考えるな！　単純によく似た母と息子というだけだ!!

気づくまいと必死になればなるほど、無意識の心の中にある恐ろしい考えが、どうしようもなく現れてきた。

二人の顔に共通する典型的な特徴――、以前だったらそれ以上のことを思うことはなかっただろう。

だが、いまのぼくがそれを冷静に考えたとき、彼らの写真はある事実を示唆していた。とても正気ではいられないほどの恐ろしいことを――！

「ロバート！　大丈夫かい？　顔が真っ青だ」

身体中から汗が吹き出し、鼓動も頭に響くほどだった。

「いいえ……、大丈夫です。資料はこれで全部ですか？」

「この家にあるのはこれで全部だ」

「この家――というと？」

「下町にある貸金庫に、オーン家に伝わる装身具をいくつか預けてある」

「ぜひ、見せてもらいたいです！」

翌日、ぼくたちはその貸金庫《かしきんこ》に向かった。

金庫の中を開けると、息の飲むほど繊細で美しい装飾品の数々が入っていた。

「……これは？」

ぼくはその中に入っていた一つの箱を指さした。それは油紙《あぶらがみ》で頑丈《がんじょう》に包まれていた。

「これは祖母が――きみには曾祖母《そうそぼ》にあたる人が残したものだ。風変わりで古い装身具が入っているんだが……、あまり見ることはお勧めしない」

「どうしてですか？」

「見るに耐えないほどグロテスクなデザインだからだ。母のイライザは、よくそれを眺めて楽しんでいたが――」

「さっき見せてくださったおばあさまの写真の中に、身に着けたものがありました？」

「いいや、母も気に入ってはいたが、身に着けることはなかった。たぶん、誰も外で身に着けたことはないはずだ。

――というのも、曾祖母がこのアーカムにやってきたとき、フランス人の家庭教師と一緒に来たのだが、その装身具には悪運がとりついているという漠然とした伝説があり、ヨーロッパではかまわないが、ニュー・イングランドでは決して身に着けてはならないと言っていたらしい」

ぼくはそのデザインが、薄々と想像がついていた。どんなに恐ろしく悍ましくても、見なければならない。そう強く心に言い聞かせ、叔父に見せてくれと頼み込んだ。

「じゃあ、見せるが……、本当にひどいものだから、驚かないように」

そうぼくに釘を刺して、叔父は包みを解きはじめた。

「中には腕輪が二つ、冠がひとつ、ユダヤの高僧《こうそう》が身につけるような胸飾りがひとつ入っている。その胸飾りには、とうてい見るに耐えないある生き物が深く浮き彫りにされているんだ」

おじは解きながら中身を解説しはじめた。

「この装身具を見た芸術家と考古学者《ろうこがくしゃ》は、この上ない出来ばえだ、異国情緒《いこくじょうちょ》にあふれて美しいと絶賛したんだ。だが、材質はなにか、またどの芸術流派に属するかをわかる者はいなかった」

叔父の説明を聞きながら、ぼくはなんとか感情を制御しようと努めたが、高まる恐怖を止めることができなかった。

「ロバート！　顔が引きつっているじゃないか!!　やっぱり見ない方がいいんじゃないか？」

「……大丈夫……です。続けてください……叔父さん」

「とても大丈夫には見えないが……、どうしても具合が悪くなったら帰るから、言うんだよ」

そう言って、叔父は心配そうにぼくを見つめながら、作業を続けた。

最初の品――冠――を取り出そうとした時、どんな物を見ようと平静でいようと覚悟していたにもかかわらず――ぼくの心は限界だった。突如眼の前が真っ黒に暗転していく。ああ、この感覚は――ちょうど一年前とおんなじだ――いばらの茂った線路の切り通しで起こったあのときと――。


クリーブランドで倒れたあと、ぼくはなんとか実家に帰ったが、その日からぼくの人生は陰鬱と不安の夢の連続だった。

その真実の恐ろしさ、狂気の激しさは計りしれない。

曾祖母アリスは、素性ははっきりしないがマーシュ家の出で、アーカムに住む男と結婚した。ザドック爺さんは、オーベッド・マーシュと怪物のような母親との間に生まれた娘を、策を弄《ろう》してアーカムの男と結婚させたと言っていなかったか!?

あの年寄りの飲んだくれが、ぼくの眼がオーベッド船長の眼に似ているとつぶやいたのは何だったのか。またアーカムで、学芸員のピーボディ氏が、ぼくの眼が確かにマーシュ家のものだと言わなかったか。

オーベッド・マーシュは私の曾曾曾祖父だったのか!?　それでは――それではぼくの曾曾曾祖母は一体誰……、否、何者だったのか!!

いや……、こんなことを考えることが、まさに狂気そのものかもしれない。

あの白金色《はっきんしょく》の装飾品も、私の曾曾祖母の父親が――それが誰かはわからないが――、インスマスの船乗りから安く買い取ったものかもしれない。

祖母イライザとダグラス伯父の、あのにらみつけるような目つきのことも、まったくのぼくの想像かもしれない――インスマスで体験した暗い影によってかきたてられた単なる想像。

だが、そうだとしても、なぜダグラス叔父は家系を調査した後、自殺したのか。その疑問に対する答えだけは浮かばない。

大学を卒業したぼくは、父のコネで保険会社に入社した。

ぼくはできる限り仕事に没頭し、様々な思いを払拭《ふっしょく》しようと闘った。ステファニーには何通か当たりさわりのない手紙を書き、返事も来たが、それっきりになってしまった。だが、平凡な日常も二年ほどしか続かなかった。一九三〇年から三一年にかけての冬、悪夢が始まったのだ。

夢は初めはぼんやりとして一見無害のようにみえた。だが、週を重ねるにつれて、次第に頻繁《ひんぱん》に、またはっきりと見るようになった。

うなされて目を覚ますぼくを見て、父はかなり心配していた。

「ロバート、いったいどういう夢を見ているんだ？」

「今朝の夢は――広々とした水面が目の前に広がっていた。ぼくはグロテスクな魚と一緒に、海底に沈んだり、巨大な柱廊《ちゅうろう》の間や石造りの壁の周りを遊泳《ゆうえい》したりした」

「なんだか、ファンタジーな夢じゃないか……」

父は半分呆れたように返した。

「その続きがあるんだ。そのあと、言葉では言いようもないくらい、奇怪で悍ましいものたちが現れるんだ！」

その夢から目を醒ましたとき、ぼくは言い知れぬ恐怖を感じ、身体が震えて止まらなかった。

「その怪物たちに襲われる夢なのか？」

「いいや、そうじゃない。そいつらは、ぼくを脅《おびや》かすようなことはまったくなかった。ぼくは彼らの仲間のひとりだった。――人間のものではない衣裳で身を飾り、彼らと同じように水中で暮らし、海底の禍々《まがまが》しい神殿で怪物のような祈りを捧げていた」

「変わった夢だが、なにをそこまでおまえが怖がるのか、よくわからん」

ぼくが怯える本当の理由を、父に話すことはできなかった。

あまりにたくさんの夢を見て、たぶん、朝起きて覚えていないことの方が多いだろう。でも、もしぼくが毎朝記憶していることだけでも、あえて文章で公《おおやけ》にしたら――、ぼくは狂人か天才の烙印《らくいん》を押されるのは間違いないだろう。

ぼくがこの夢を恐れる理由は……なにか恐ろしい影響力を持つものが、ぼくを正常な世界から、名状しがたき暗黒と不気味の深淵に引きずりこもうとしているからだ――!!

しばらくすると、ぼくは健康も外見も、次第に悪化していった。とうとう仕事も辞め、病人として外界から隔離された静かな生活をせざるをえなくなった。

なにか奇妙な神経痛に襲われ、時には眼をほとんど閉じることができなくなった。

鏡に映る自分の顔を注意して眺めるようになったのは、そのときからだった。

「ロバート、また鏡を見ているのか……」

「父さん……！　ぼくの顔は、いったいどうなってしまうんだ!!」

鏡を見るたびに、驚きと悲しみと恐怖は増すばかりだった。

「ロバート……不幸な病にかかってしまって、本当におまえが気の毒だ。しかも、どの医者も匙《さじ》を投げた。鏡を見れば辛くなるだけだ。もう見るな……」

「父さん、本当にこれが病気のせいだと思っている？」

父ははっと息を飲み、うつむいて黙り込んだ。

確かに、病気のために顔がゆっくり変わっていくのを見るのは辛いことだ。しかし、ぼくの場合は、病ではない理由が……曖昧として、理解しがたいようなものがあると思わずにはいられなかった。

そして、父もそのことに気がついているようだった。というのは、父がだんだんとぼくを怪訝そうに、いや恐怖の目で見るようになったからだ。

ぼくに何が起きたのか？　ぼくは……祖母やダグラス伯父とそっくりになろうとしているのか!?


ある晩、ぼくは海底で祖母と会うというおそろしい夢を見た。

祖母は燐光《りんこう》が発する、テラスの多い宮殿のような建物に住んでいた。その宮殿の庭には、鱗で覆われた奇怪な珊瑚や鰓のあるグロテスクな花が咲き乱れていた。

「ようこそ、ロバート」

祖母は暖かく迎えてくれたが、どこかぼくを嘲笑っているようにも感じられた。

そして祖母の身体は、大きく変わっていた。

「おばあさまは死んだのですか？　いま、ぼくが会っているのは幽霊なのか、夢の中の幻でしょうか？」

「ほほ、なにを言っているの。死んでなんかいないわ」

「じゃあ、その身体は……」

「これは、水中で暮らすために変わったの。ここは不死になれる奇跡の領域よ。ダグラスもここに来るはずだったのに……！」

祖母は、悔しそうに顔を歪《ゆが》めた。

「ダグラス伯父さんは、自分の出生を悲観して自殺したのですね」

「悲観した……というより、この場所を突き止めたあの子は、ピストルで自殺することによって、自分の運命を拒絶したのよ。愚かな子……！」

「運命……なんですか」

その言葉はぼくの心に鋭く突き刺さった。

「そう、運命よ。それはロバート、あなたにも定められていること。この世界の住人となることから、もうあなたは逃れることはできないわ。私たちは死ぬことはなく、この地球上に人類よりも早く現れた者たちとともに、永遠に生き続けるのよ」


またあるときは、祖母の祖母にも会った。彼女はス＝スヤ・ルアイと名乗った。

「私は八万年もの間、ここ、イ＝ハ・ンスレイの町に住でいた。オーベッド・マーシュと結婚するためにわずかの間陸に上がったが、彼が死んだ後、ここに戻ってきたのだ」

「イ＝ハ・ンスレイの町とは、どこにある町なんですか？」

「インスマスの沖合、人間たちがいう〈悪魔の岩礁〉の近くの海の底」

「それは、もしかして二年前に政府が魚雷を射ち込んだところですか!?」

「そう……。愚かな人間たち。あのとき、イ＝ハ・ンスレイの町に多少の被害はあったが、人間たちの力ごときでこの町を破壊できるわけがない。我らは決して滅ぶことがないのだ」

「〝我ら〟――というおばあさまたちは、いったいなんなんですか？」

「我らは偉大なるクトゥルーに仕えるもの。人間たちが〝深きものたち〟と名付けたが、我らはこの呼び名を気に入っておる」

そう言って笑ったかのようでもあったが、気のせいだったかもしれない。

「我らを滅ぼすことができるものは、存在していない。たとえ忘れられた〝古きものたち〟の古第三紀《こだいさんき》（六六〇〇万年前から二三〇〇三万年前の地質時代《ちしつじだい》）の魔術をもってしても、我らを抑えることはできても、滅ぼすことはできないのだ」

「〝偉大なるクトゥルー〟……」

「いま、御方《おんかた》は休んでおる。いずれ目覚め、その記憶を思い出すときがくれば、我らは偉大なるクトゥルーが求める貢《みつ》ぎ物《もの》を捧げねばならない。そのときには、インスマスよりもっと大きな町を立ち上げるであろう」

「インスマスの町で、いったい何が起こっていたのですか!?」

その質問の代わりに、祖母の祖母はこう答えた。

「我らはいつか来るその日のために、勢力を伸ばし、役立つものを育てねばならない。カナカ族の者たちのときは〝古のものたち〟に邪魔されたが、まさかインスマスの町での計画が、一族に連なる者によって潰《つい》えるとは——。我らは、今一度待たなくてはならない。おまえは、陸上にいた同胞たちを殺した罪を償わねばならない」

そう言ったス＝スヤ・ルアイの声は、凍える海底よりも冷たかったが、すぐに温かさを取り戻した。

「なに、心配するでない。おまえは我につながる直系の者じゃ。目こぼしをしてやろう」

初めてショゴスに会ったのも夢の中だった。そして、その姿にぼくは夢の中でも狂乱状態に陥り、自分の叫び声で目を醒ました。

駆け込んできた父が、ぼくの顔を見て凍りつき、立ち尽くした。立ち上がり、鏡を見たとき――、ぼくの顔はまぎれもなくあの〝インスマス面〟に完全に変貌していた。


ぼくはしばらく交流を断っていたステファニーに手紙を書くことにした。

親愛なるステファニー・ローブ

ぼくはいま、あなたにある告白がしたくてペンをとっている。

それはまぎれもなく、あなたがぼくを初めて訪ねたときの理由――インスマスの町についてのことだ。この件に関して、ぼくは政府から強く口止めされていたが、そんなものはかなぐり捨てて、あなたにすべてを伝えておこうと思っている。

その理由の一つは、あの事件の結末における政府の措置《そち》は実に徹底したもので――それはあなたもご存じのところだが――、あの手入れによって政府が入手した恐るべき事実をほのめかしたところで、世間に害を及ぼすこともないと考えたからだ。

実際、あの町で起こった出来事の解釈も、一つしかないというわけではないだろう。そもそもぼくが知っていることも、事件の全貌の何割に値するのかさっぱりわからないし、多くの理由によって、もうこれ以上知りたいとは思っていない。

だが、あなたが当初から思っている通り、一般人の中でこの事件にもっとも深く関わっていたのはぼくである。そして——その衝撃があまりに強かったがために、いまなお、ぼくは途方《とほう》もない行動に駆り立てられるのだ。

一九二七年七月一六日の早朝、ぼくはインスマスの町から無我夢中で逃げ出した。

ぼくはその足で州の役人のところに駆け込み、あの町の驚くべき事実をきちんと調査し、しかるべき措置を取るべきだと訴えた。そのあとの出来事については、ステファニーも知ってのとおりだ。

事件が生々しく、まだはっきりと解明されるまでは、沈黙を守ると決めていた。だが、いまやあの事件も風化し、昔話になりつつある。大衆の興味も好奇心も去った。

ぼくがいまあなたに告白しているもう一つの理由は、忘れられつつあるこの事件の真相を、誰かに話したくてたまらないという、奇妙な渇望《かつぼう》が抑えられないからだ。

死と冒涜的なまでの異常に満ち、邪悪な影に覆われた悪評高きあのインスマスの町で過ごした、身の毛もよだつような数時間のことを——。

もしかして、秘密を他人に話せば、失われたぼくの身体的能力が取り戻せるのではないか？

少なくとも、あの伝染する悪夢の幻覚に屈したのが、ぼくが最初ではなかったのだと、自分自身を安心させることはできるだろう。

そして、いまぼくの眼の前に横たわる悍ましき階段について、ぼくが決断することにも役立つはずだ——

ここまで書いて、ぼくはペンをおいた。手紙はまだ途中だったが、この先を書くべきか、まだ決心がつかなかった。

これまでのところ、ぼくはダクラス伯父のように自殺はしていない。実は自動拳銃を購入し、自殺寸前までいったが、なにかの夢がぼくを止めた。

恐怖による緊張感はしだいに薄れつつある。そして奇妙にも、未知の深海を恐れるどころか、逆に惹きよせられるようだ。

眠っているときには何かを聞き、なにか変わったことをしている。そして、恐怖感ではなく歓喜《かんき》とともに目覚めるのだ。

多くの人は完全に変身するまで待ったようだが、ぼくにはその必要はなさそうだ

このままここにいたら、父はおそらくぼくを精神病院に閉じ込めるだろう。哀れな年下のいとこを閉じ込めたように。

壮麗《そうれい》で、かつて誰も知らなかった光輝《こうき》の数々が、深き海の底でぼくを待っている。ぼくはすぐにその場所を探し出せるだろう。

いあ！　いあ！　くとぅるふ　ふたぐん！

ぼくはダグラス伯父のように自殺しようとは思わない。そんな馬鹿なこと、するもんか！

ぼくには計画がある。

まずあのキャントンの精神病院からいとこを助け出し、一緒に驚異の影に覆われたインスマスの町へ行く。そこから静かに海に横たわる岩礁まで泳ぎ、さらに黒々とした深淵を潜って、巨大な石壁と無数の円柱でできたイ＝ハ・ンスレイにたどりつく。

ぼくたちはそこで、奇蹟《きせき》と栄光《えいこう》に包まれて、永遠に暮らすのだ。

あの可憐で心優しいニーナが待つ〝深きものたち〟の棲み家で――。

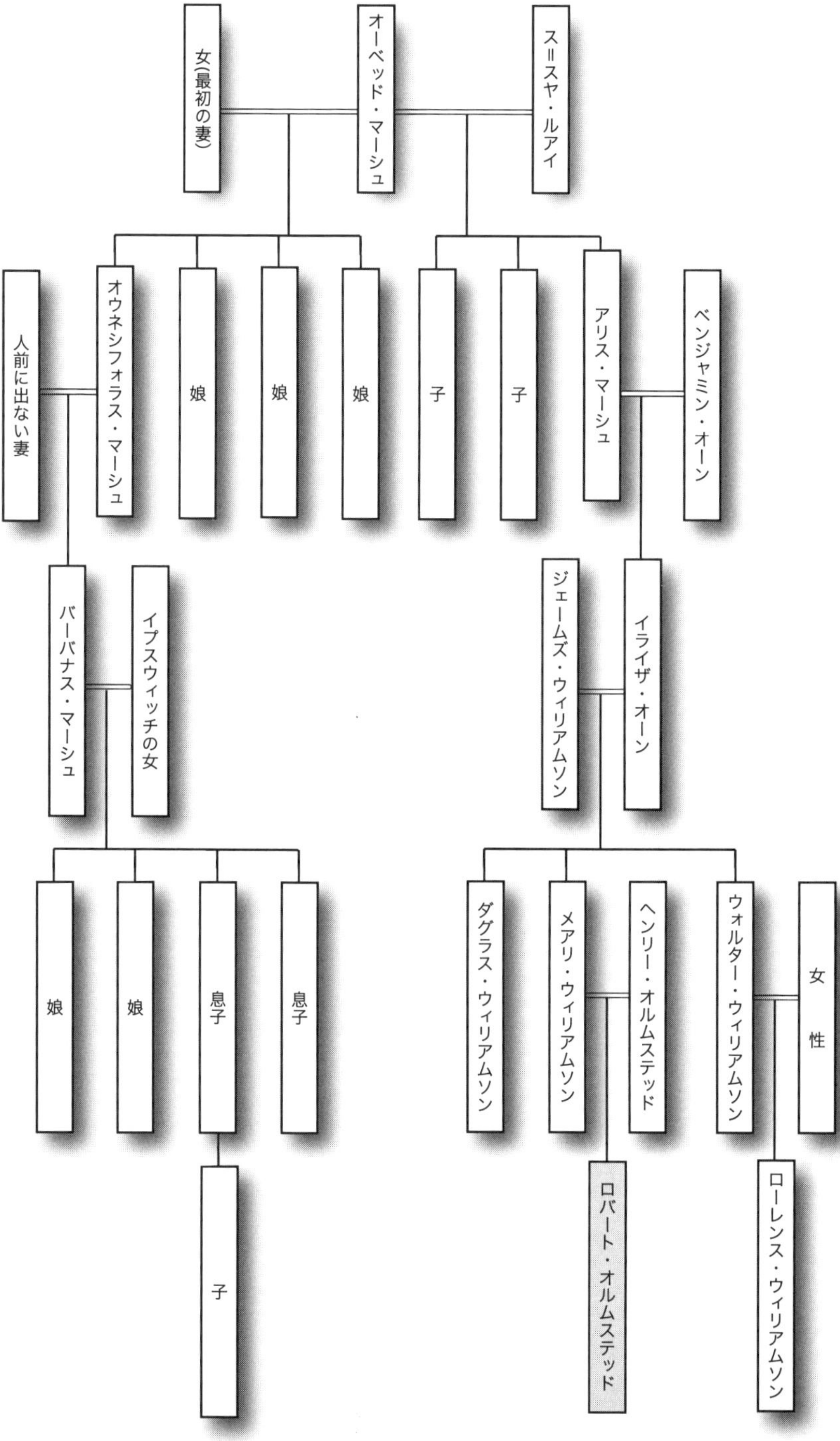

女(最初の妻)
オーベッド・マーシュ
ス=スヤ・ルアイ
オウネシフォラス・マーシュ
人前に出ない妻
娘
娘
娘
子
子
アリス・マーシュ
ベンジャミン・オーン
バーバナス・マーシュ
イプスウィッチの女
ジェームズ・ウィリアムソン
イライザ・オーン
娘
娘
息子
息子
子
ダグラス・ウィリアムソン
メアリ・ウィリアムソン
ヘンリー・オルムステッド
ウォルター・ウィリアムソン
女性
ロバート・オルムステッド
ローレンス・ウィリアムソン

序章、第三章は、原作にもとづくイメージ・ストーリーとなっています。
また、原作では……

・ニーナ、アンリ、線路に隠れているときに現れる少女、ステファニーは登場しません。
・地図を描いてくれた食料雑貨店の店員の名前は、本書のオリジナルです。
・本文中に掲載しているインスマスの町の地図は、一九九六年、ジョゼフ・モラレス氏が描かれたものを参考に、製作しました。

『窓に！　窓に！』

原題：Dagon（ダゴン）

定期船《ていきせん》のデッキから、地平線《ちへいせん》が果てしなく続く海上《かいじょう》を眺めていた。

「太平洋《たいへいよう》は広いなあ」

第一次世界大戦《だいいちじせかいたいせん》の火蓋《ひぶた》が切られたばかりの血生臭《ちなまぐさ》いご時世だが、この瞬間の海は平和そのものだった。

新入りの若い部下が大あくびをする。

「毎日毎日見えるのは海ばっかりで、監督《かんとく》はよく飽きないですね。海が広いのはいつものことじゃないですか」

この船で船荷《ふなに》監督を務める上司の俺に、下《した》っ端《ぱ》のくせにいつも生意気な口をきくやつだ。

「いつもと同じなものか。ここいら辺は太平洋の中でも、ひと際《きわ》広々としているんだぞ」

群青色《ぐんじょういろ》の海面に、白いさざ波が延々と続いていた。

「言われてみると確かに。よその船ともまったくすれ違いませんね」

「滅多《めった》に船舶《せんぱく》が通ることのない海域だからな」

「ん？」

新入りが突然声をあげた。こいつは視力がとんでもなく良く、海上の変化に真っ先に気付く。地平線から、よその国のものと思《おぼ》しき船舶が徐々に姿を現したのだ。

「珍しいな」

その船は俺たちの定期船を目指しているかのように、真《ま》っすぐ向って来る。

「ドイツ軍の襲撃艇《しゅうげきてい》だ！」

船橋《せんきょう》から見張りが、緊急事態を知らせる声を上げた。それからのことはあっという間だった。

定期船は戦利品《せんりひん》にされ、俺たちはドイツ海軍の捕虜《ほりょ》となった。どんなひどい目に合わされるのかと怯えていたが、食事と寝床《ねどこ》をきちんと与えられ、捕虜相応《そうおう》の配慮《はいりょ》を持って扱われた。

「捕《つか》まった時は殺されるかと思いましたが、ドイツ軍というのは大らかなものですね。監督もほっとしているんじゃないですか？」

消灯後《しょうとうご》に、新入りに小声で話しかけられ、

「そうだな」

そっけなく答えて、顔まで毛布をかぶった。俺は寝たふりをしながら考えていた。

敵軍の気がいつ変わるかわかったものではない。最初は公正《こうせい》な扱いをしていても、戦局《せんきょく》が変われば、たちまち残忍《ざんにん》さを発揮《はっき》するに違いあるまい。俺は最悪のことを想像し、身震いした。

毛布から顔を出すと、新入りはすでに眠りに落ちていた。間《ま》の抜けた寝顔を見ながら、こいつともうすぐお別れだな、と心の中でひっそりと思う。

ある計画を実行することを決意していたからだ。

五日後、俺は小さなボートに、かなりの期間生き長らえるだけの水と食料を積み込み、ただ一人逃亡した。

広大な太平洋の海上を漂いながら、船は遠ざかり、その内に地平線の向こうへと見えなくなった。

「ようやく自由の身だ！」

歓声《かんせい》を上げると同時に、致命的《ちめいてき》なことに気付く。

「ここは、どこだ」

優秀な航海士というわけではない俺は焦った。太陽と星の位置から、

「赤道《せきどう》の少し南あたりにいるのかな？」

そのように、あいまいに推測するしかなかった。経度《けいど》は何ひとつ分からず、島や海岸線はどこを見渡しても見えない。

「暑……い」

何日経《た》ったのかもわからなかった。晴天続きで、灼熱《しゃくねつ》の太陽に身を焦《こ》がしながら、目的地もないまま漂い続けた。

「通りすがりの船舶に出くわすか、人が住めるような陸の海岸に流れ着かないものか」

しかし、船舶も陸地も出現することはなかった。無限とも思えるほど広大な、青い大海原《おおうなばら》のうねりの中で、俺は孤立無援《こりつむえん》の状態に絶望し始めていた。

いつの間にか、夢にうなされながらまどろんでいた。俺は寝返りを打とうとしたが、動くことができなかった。ようやく、自分の状況の異常さに気がついた。

「うわ！　なんだこれは！」

身体の半分が、地獄のようにどす黒くねっとりとした泥の中に沈んでいたのだ。その軟泥《なんでい》は、単調なうねりをつくりながら見渡すかぎり広がっていた。

俺は総毛立《そうけだ》つような思いがした。海から泥沼への急激な光景の変化に驚くより先に、悍《おぞ》ましさが全身を

駆け巡った。

「うう、ひどい悪臭だ。息を吸うたびに邪悪なものを取り込んでいるような気分だ」

半身を浸《ひた》している泥の中には、腐った魚の死体や、見た目には何かとはわからないような死骸《しがい》が突き出ている。俺は泥沼から、身体の芯《しん》まで凍てつくような禍々しさを感じた。

波の音一つしない完全な静寂の中、腐り果《い》てた泥沼が無限とも思えるほど広がっていた。

「この恐怖は、帰郷《ききょう》して誰かに話したところで伝わらないだろうな」

空笑いをしたが、次の瞬間には吐き気を覚えていた。胃液の刺激が喉にせり上がってきた。

「うう……」

漂流へと繰り出してから初めて、涙が頬《ほほ》を伝ってきた。

「ううう……俺は馬鹿だ。あのまま捕虜として残っていれば、何も不自由することなく故郷に帰ることが出来たかもしれないのに。太陽に灼《や》かれて苦しみながら、こんな得体《えたい》の知れない不潔な泥に埋もれるハメになってしまって、本当に馬鹿だ……」

こぼれる涙は嗚咽《おえつ》に変わり、自分を抑えることが出来なくなった。俺は獣が咆哮《ほうこう》するように泣き喚《わめ》いた。

叫びは広大な空間の中に虚《むな》しく散っていった。

「おじさん、どうしたの？」

少女の声であった。驚愕して見上げると、十歳位の美少女が、泥に埋まった俺を見下ろしていた。

肩まである艶《つや》やかなブラウンの髪、小さく膨らんだ紅い唇が、この冥界《めいかい》にも似た空間で鮮烈《せんれつ》に輝いていた。こちらを見つめる大きな瞳は、少し盛り上がった不思議な形をしている。

「大人なのに泣いてちゃだめだよ。ほら掴《つか》まって」

少女はからかうように言いながら、俺に手を差し伸べてきた。少女の力は意外なほど強く、俺はほとんど自分の力を使うことなく泥の上へと引き上げられた。

「あ、ありがとう。君はここの住人なのかい？」

生きている者はいないかと思われた泥沼の空間に、突然、美少女が現れたものだから、俺は混乱していた。

「ううん。ただの旅人」

「女の子一人でこんなところに？」

「そうだよ。あれで来たの」

少女が指さす方を見ると、粗末《そまつ》ないかだが泥の上にあった。

「あんなもので？　よく無事だったな」

「水に潜《もぐ》るのは得意だから、たまに転覆《てんぷく》しても平気だったよ。インスマスという町から来たの」

「インスマスだって？　噂には聞いたことがあるが、確か大西洋側《たいせいようがわ》にある港町じゃなかったか？」

ここがどこなのかわかりはしないが、もしも太平洋だとするなら、アメリカを横断《おうだん》した上に、さらに海を渡ってきたことになる。

しかし、少女は快活《かいかつ》な笑顔で、疲れは微塵《みじん》も感じられなかった。

「それより、あそこのボートの影に座ろうよ。ここじゃ暑くてたまらない」

少女に手を取られ歩き出す。その方向には、俺が乗ってきたボートが横倒しになって座礁《ざしょう》しているのが見えた。

ぬかるみに足を取られて、一歩一歩を踏み出すのが重労働だ。

「暑いね、太陽がギラギラしているね」

少女の広いおでこから汗が滝のように流れていた。

「そうだな。無慈悲《むじひ》なまでの快晴だ。空には雲の欠片《かけら》もない」

つないだ手にお互いの汗がにじんで滴《したた》り落ちるほどであった。

「はあ、暑すぎて太陽が黒く見えるぞ。下の泥沼を映しているんじゃないか」

「おじさん、頭がおかしくなってるんじゃないの？」

キャハハと、少女が無邪気に笑う。本当に熱さで頭が湧《わ》いているのかもしれない、と自分でも思う。

「君は名前はなんていうんだ？」

「ティナだよ。おじさんは？」

「俺は……わっ！」

答えようとしたが、深いぬかるみに足を取られて、少女もろとも転倒した。

俺達がようやくボートに着いた時には、暑さと泥に悪戦苦闘《あくせんくとう》して気力は尽きていた。

泥沼に横向きに立っているボートの下に這うように入り込み、ようやく人心地《ひとごこち》つく。

「ティナは、この場所がどこかわかるのか？」

彼女が旅人だと話していたことを思い出して、訊いてみる。

「わからないよ」

「しかしここを目指《めざ》して来たんだろう？」

「そうだよ。お父様のお導きに従って来たの」

かわいい子には旅をさせろというが、なんという無茶をさせる父親だろう、と俺は内心呆《あき》れ返った。

「こちらの方角へ進め、と頭の中で声がしたんだ。そしたらいつの間にか、ここに辿《たど》り着いていた」

何だか雲行きが怪しくなってきた。

「ちょっと待ってくれ。お父様というのは、君の父親なんだよな？」

「違うよ。私だけじゃなくて、人類すべてのお父様なの」

ティナの大きな目が爛々《らんらん》と輝き出す。これ以上、話を深掘《ふかぼ》りするのはやめておこう。よく見ると、彼女は奇妙なローブを着ていた。教会では見たこともないような代物《しろもの》だ。

「ひとつ仮説《かせつ》を考えたんだ」

俺は話題を切り替えた。

「さっきから考えていたのだが、現在の状況を説明する理屈《りくつ》は、たった一つだけだという結論に達したんだ」

「どういうこと？」

「かつてない、大規模《だいきぼ》な火山活動が起こったんだよ」

ティナは興味を持ったようで、身を乗り出してきた。俺は話を続ける。

「それによって海底の一部が隆起《りゅうき》し、途方もなく深い海の底に何百万年も隠れていた領域《りょういき》が露《あらわ》になった。波のかすかな音さえ聞こえないのは、きっと隆起した新たな陸地がとてつもなく広範囲《こうはんい》だからだ」

それなら死んだ魚を漁《あさ》りに来る海鳥《うみどり》だって来やしない、と思いたかった。

太陽が空を移動するに従い、影が出て来たので、そのわずかな部分に俺達は身を寄せ合った。

ティナの柔らかな身体が触れてドキリとする。

「影は涼しくて極楽《ごくらく》だけど、おじさんとくっついていると余計に暑苦しいよ！」

ティナに文句を言われ、心の中を見透かされたようで慌てた。

「うるさいな、離れればいいんだろ！」

俺はまた灼熱の下だ。足元を見ると、

「泥の粘《ねば》つきがいくらかなくなっているぞ」

俺の言葉を聞いて、少女がこちらへ飛んで来た。

「本当だ！　あと少し時間が経てば、この上を歩けるくらい乾きそう！」

「明日また、歩き出そうじゃないか」

消失した海と、救助を求めて——。

その夜は、やけに精神が昂《たかぶ》って、ほとんど睡眠を取ることができなかった。翌日はボートに残っていた食料と水を荷造《にづく》りした。

三日目の朝。

「ねえ、簡単に歩けるようになってるよ」

ティナが嬉しそうに、乾燥した地面をスキップしてみせる。

「それはいいが、魚の腐った臭いがひどいな」

とは言ったものの、この生きるか死ぬかという状況の中では、悪臭などささいな問題であった。

「とりあえず、あの丘に向かおう」

それは遥《はる》か遠くに見える丘で、起伏《きふく》する泥の地の中でもとくに盛り上がっている場所であった。

「出発！」

ティナが元気よく歩き出した。俺達は一日中、西へと着実に歩き続けた。

「今日はここで休もう」

その夜は野営をした。翌日もその丘に向かって歩を進めたが、

「なんだか、最初の日からぜんぜん近づいていないような気がする」

少女が言うのと同じことを、俺も感じていた。四日目の夕方になってようやく、丘の麓《ふもと》に辿り着いたが、

「遠くから見ていたときよりも、実物はずっと高いな」

俺は疲労感が増すのを感じた。谷があるために、それが平地と丘をくっきりと分けていた。

「もう、登る気力は出ないな……」

「どうして？　山登り楽しいよ」

まだエネルギーがあり余っているティナを丘の陰に誘導《ゆうどう》して、その日は眠った。

冷や汗を大量にかきながら、俺は目が覚めた。狂った悪夢を見たのだ。

少女は安らかに寝息を立てている。

空を見上げると、月はまだ東の平原《へいげん》に高く昇る前であった。その欠けゆく形は神秘的であった。

「今夜はもう、眠らないでいよう」

そう決めた。先ほどの夢をまた見るのは耐えがたいからだ。

そうしてしばらく、青白い月光に身体を包まれながら、俺ははたと気付いた。

「夜中に歩けばいいんじゃないか！」

まったく愚《おろ》かであった。すべてを焼き尽くすような太陽がなかったら、歩くのがどれほど楽であるか！

「おい、目を覚ませ。今から丘を登るぞ」

「うう、ねむいよー。どうかしたの？」

ティナを起こして、荷物をまとめた。麓に着いた日没時にはあんなにやる気が起こらなかったのに、今は現金なことに気力に満ち溢れている。

「丘の頂上を目指すんだ！」

こうして登頂《とうちょう》を達成したはいいものの、俺はさらなる恐怖を感じることになった。

「深いな……」

「深いねえ」

ティナの声に恐怖心はなく、ただしみじみとしていた。俺達は丘の反対側を見下ろしていた。

まだ月が低いため、果てしない深淵は奥底まで光が届かず、窪地《くぼち》とも峡谷《きょうこく》とも判断するのが難しい。永遠に終わりが来ない夜の、底知れない混沌《こんとん》をのぞいているかのようだった。

「まるで世界の最果《さいは》てに立たされているみたいだな」

「世界の最果て！　おじさん、ロマンチックだね！」

少女にそんなふうに言われると茶化《ちゃか》されているようだ。俺は本気で怯《おび》えているというのに。

『失楽園《しつらくえん》』のくだりがやけに思い出されて、無形《むけい》の闇の世界から魔王セイタンが登ってくる悍ましい姿が心に浮かんできた。

月が高く昇ると、月光が谷をさらに明るく照らしだした。

「暗い時はわからなかったが、絶壁というわけじゃないんだな。思ったより緩《ゆる》やかだ」

谷の様子が見えるようになり、恐怖は少し薄らいでいた。

「もしかすると下に降りられるんじゃない？　岩棚《いわだな》や、出っ張った岩が足場になりそう」

「急斜面が何百フィートか続いているが、そこさえ過ぎればなだらかになっているな」

奇妙な衝動に突き動かされた。俺はあれほど恐ろしかった谷を這《は》い降りようと足をかけていた。少女も後に続く。苦心惨憺《くしんさんたん》しながら岩場を這い降り、その下にある緩やかな斜面に立つと、月明かりもまだ届かない暗澹《あんたん》たる奥底をのぞきこんだ。

「あれ、見て」

ティナが示したのは、前方からおおよそ一〇〇ヤードの、向かいの斜面にそそり立つ、巨大で奇怪な物体であった。それは、さらに高く昇りゆく月からの光を浴びて、白く輝いていた。

「なんだ、単なる巨大な岩じゃないか」

俺は自分に言い聞かせるように言ったが、少女がそれをあえなく打ち消した。

「これはただの岩じゃないよ。形といい位置といい、自然現象とは思えない」

その時、俺はなんとも言い表しがたい感情が溢《あふ》れてきた。まるで奇妙な岩と心が共鳴したかのような不思議な感覚だった。

地球が誕生して間もない時代から、海底で大きく開いた深淵《しんえん》に、この不可思議な物体は存在した。

にもかかわらず、それは何者かの手で形作られた巨大な岩石《モノリス》であった。その大きな体は、遥か昔にいた知的生命体から崇《あが》め奉《たてまつ》られていたのだ。

「この巨石を前にすると、科学者や老古学者の喜びがわからなくもないな」

俺は恐れを抱きながらも、妙な興奮を覚えていた。

ティナは魅入られたように巨大な石を見つめている。

深い谷を囲む断崖絶壁の上空で、月は天の頂《いただき》近くまで昇りつめ、気味が悪いほど鮮やかに輝いていた。

その月明かりで、さらに谷底に幅が広い川が流れているのがわかった。ずいぶんと曲がりくねった川で、上流も下流も見えない。

「おい、この下に川があるぞ」

岩に意識を奪われていた少女が、目が覚めたように足元を見ると、

「なんだか、斜面に立って水流を見ているだけで、足が水の勢いに呑み込まれてしまいそう」

俺もティナと同感だった。そんな気分にさせられるほど、水流は勢いがあった。

谷の向こうの斜面で、巨大な岩石《モノリス》の土台が波に洗われていた。

「あれはなんだろう？　岩に何か描いてあるが」

俺はティナに問いかけた。

「表面に何か刻まれているみたいだね」

眼を凝《こ》らすと、荒く彫られた碑文《ひぶん》や彫刻《ちょうこく》のようだった。

「あれは……象形文字《しょうけいもじ》？」

「チビのくせによく知ってるな」

「チビはよけいだよ！」

「わっ！」

ティナに突き飛ばされ、俺は危うく川に落ちそうになった。

「ほんと、見かけによらず怪力《かいりき》だよな……」

「あんまりなめないでね、おじさん」

ティナは花が咲くような笑顔を見せた。まったく、侮《あなど》ると恐ろしい少女である。

「しかし、本でも見たことがないような字面だな」

俺は巨大な岩に向き直り、観察をした。それらの文字のほとんどは、魚、鰻《うなぎ》、蛸《たこ》、甲殻類《こうかくるい》、軟体動物《なんたいどうぶつ》、鯨《くじら》など、水に棲《す》む生き物を絵記号《えきごう》にしたものだった。

「現代の世界にはいないような海の生物を表しているものもあるな。しかし、どこかで見たことがあるような……」

「わたしも覚えがある……」

ティナはしばらくうつむいて考え込んでいたが、何かに気付いたように顔を勢いよく上げ、

「さっき沼地で見た、正体がよくわからない生き物の死体だよ！」

そう言われて思い出した。あの死骸《しがい》の形状は確かに絵記号と似ていた。ここの絵記号に描かれた生き物が腐敗《ふはい》したのが、沼から突き出た死体たちなのだろう。

何より、俺が最も魅惑的《みわくてき》に感じたのは彫刻の絵柄だった。

「このモチーフは、ドレだって嫉妬《しっと》するだろうな」

「ドレって誰？」

「今は亡きフランスの天才画家だ。挿絵《さしえ》や、宗教的な彫刻や絵画で有名なんだ。威厳《いげん》と高貴さと神秘性に満ちた作品を生み出した彼だって、この彫刻を前にしては平然《へいぜん》とはしていられないはずだ」

川の流れを挟んでいても、荘厳《そうごん》な浅浮き彫りでなにが描かれているのか、はっきりと鑑賞することができた。

「人を――少なくとも人の姿を模《も》したものなんだろうな」

しかし、描かれている情景《じょうけい》は人間ではありえないものだ。海の底の岩穴で魚のように戯《たわむ》れていたり、海中に存在しているらしい一枚岩の石碑《せきひ》を崇拝《すうはい》しているように見えた。

「この人間もどきの姿は、ポーやブルワー＝リットンだって思いつかないくらい醜悪だな」

不愉快なことに、全体的な輪郭は人間にそっくりなのだ。

「手足には水掻《か》きがあって、唇は気味が悪いほど大きくたるんでいる。それに――」

生気《せいき》のない目玉が飛び出ていた。

俺は思わずティナの顔を見た。彼女の少し突出した不思議な眼は、その絵柄にどことなく似ていた。

いつも元気いっぱいのティナが、魅入られたように彫刻を見つめている。その横顔はどこか憂《うれ》いを帯びていた。

俺は沈黙に耐え切れず、絵に関する考察《こうさつ》を述べ立てた。

「だが、人間もどきとそれ以外の生き物との、大きさのバランスがひどく悪いな。鯨を殺しているあの絵なんか、人間もどきの大きさが誇張《こちょう》され過ぎていて、鯨より一回り小さいだけじゃないか。

どうせ、人間もどきは実在の生き物なんかじゃなくて、太古の海洋民族《かいようみんぞく》が考えた神々なんだろう。ピルトダウン人*やネアンデルタール人が誕生するより、さらに前の時代に滅び去った種族が創り上げたんだ」

一気にまくし立てて息が切れた。自分たちは、最も豪胆な老古学者でさえ思いつかないような、過去の世界をのぞきこんでしまったのだ。眼前の川面《かわも》には月が妖しげな影を映していた。畏敬《いけい》の念に打たれながら、俺達はただ立ち尽くしているばかりであった。

「いずれ私も、この絵のお方と似たような姿になるんだ」

最初、ティナの言葉の意味がわからず、俺は呆然とした。

広いおでこ、グリグリとした瞳、こちらを見つめるティナの美しい容貌《ようぼう》に、ほのかに魚顔の雰囲気を感じた。あの生き物の造形が重なる。

「〝深きもの〟というのは彫刻のモチーフと関係があるのか？」

ティナはそれには答えず微笑みを浮かべ、

「私は〝深きもの〟と人間の混血なの」

ティナの話はにわかには信じがたいものであった。

「〝深きもの〟と人間の母との間に生まれた私は、町で種族を結ぶ大切な子供として祝福されていた。私自身も血の交わりを誇りに感じていたの。でも――」

快活なティナが初めて寂《さび》しげな表情を浮かべた。

「母だけは、私を愛してはくれなかった」

あんたなんか産みたくなかった。

何度も、母はティナにそう吐き捨て、たびたび錯乱《さくらん》し、ついにティナが三歳の時に自ら命を断った。

――俺は何も言うことができなかった。

「なんで、町中のひとが愛してくれる私を、お母様だけが愛してくれなかったのかなぁ」

ティナの瞳はガラス玉のように生気が失せていた。それは、彼女の中にどこまでも広がる虚無《きょむ》を感じさせた。

「でも、大丈夫。私にはお父様がいるもの。インスマスの町の教団は、私たち生き物すべてに通じる真の父を教えてくれた。私はお父様に会いに、ここに来たの……」

川の表面がかすかに波打ち出したが、こちらに身体を向けているティナはそれに気付かない。

突如、大量の水しぶきが俺達に降りかかった。黒く光る水面が一気に破られて巨体が姿を現したのだ。

「お父様！」

ティナが歓喜の声を上げた。

出現したのは、単眼巨人《たんがんきょじん》ポリュフェマスを彷彿とさせる、呪わしくも巨大な肉体だった。

「ハハ、悪夢の中の怪物じゃないか」

俺の口から狂笑《きょうしょう》が漏れた。そいつは巨大な岩石《モノリス》に向かって突っ込んでいき、鱗が生えた野太い腕をその岩石に巻きつけると、醜悪《しゅうあく》な頭を垂れた。

「いま、あなたの元へ還ります」

ティナがローブを脱ぎ捨てると、まだ大人の女に成りきっていない華奢な身体が、煌《きら》めく鱗に包まれていた。弧《こ》を描くように美しく川へ飛び込むと、不遇《ふぐう》なティナはやっと会えた父なる者の方へと泳いでいった。

巨体の化物は、どこから発しているのかもわからない奇妙な音を奏《かな》でた。音は一定のリズムを刻みながら俺の脳内を蕩《とろ》けさせるように甘やかに響き渡った。

「あああああああ！」

精神崩壊の危機を本能的に感じ、足が勝手に動き出した。

俺は斜面を疾走《しっそう》し、絶壁を登り、狂乱状態で自分のボートまで戻って来た。

ボートの陰に身体を小さくして隠れていたが、なぜか黙っていることができず、突然歌をうたい出したくなった。声が嗄《か》れるまで歌い続け、それもできなくなると馬鹿笑いした。

しばらくすると大嵐が来て、雷鳴を轟かせ、自然が最も猛威《もうい》を振るう時だけに鳴り響く音が耳をつんざいた――

＊

男が目を覚ますと、清潔なシーツが掛かったベッドの上だった。

「目が覚めたようですね」

誰かが男の顔をのぞきこむ。

「ここはどこだ？」

「サンフランシスコの病院ですよ。私はあなたの担当医です」

「俺は、一体どうしてここに？」

朦朧《もうろう》とした頭で質問をした。

「太平洋の真ん中で、ボートに乗って遭難《そうなん》しているあなたを、偶然通りかかったアメリカ船の船長が救助してくれたのです」

男の頭の中に、一気に悍ましい記憶が甦ってきた。男は錯乱し、

「沼地の陸が海底から隆起してきたんだ、そこで巨大な魚と人間が混じったような巨大な化け物が――」

医者に沼地の空間で起こったことをまくしたてたが、憐《あわ》れむような目を向けられ、

「海上で発見されたときも、同じようなことを口走っていたと聞いています。おそらく、極限状態の精神的なストレスで幻覚を見たのでしょう」

「狂人の戯言《たわごと》だと思っているんだろう！　俺は本当に――」

男は医者に掴みかかったが、

「落ち着いて下さい。まずはゆっくり静養しましょう。そうすれば恐ろしい白昼夢のことも忘れることができるはずです」

しかし退院の日が来ても、男は何一つ忘却《ぼうきゃく》することができなかった。

話を理解してくれる人の所に行こう、と決意し、有名な民俗《みんぞく》学者を探し出した。

「古代ペリシテ人に伝わる、海神《わたつみ》ダゴンについてですが――」

男がその伝説について特殊な質問をすると、学者は失笑した。

学者が絶望的に凡庸《ぼんよう》な人間だということがわかり、男はそれ以上何かを訊くのをやめた。

欠けゆく月がまだ半円までに至らない頃、男はあいつの姿を見るようになった。

男はモルヒネを試したものの、得られるのは一時的な安寧《あんねい》だけで、残ったのは薬物の奴隷《どれい》と化した身体だけだった。

男はこの悍ましい一連の出来事を手記《しゅき》にして残すことにした。これを書き終われば、男はもうこの世にはいないだろう。

金もなく、生きる唯一の頼みの綱である薬も切れてしまった以上、もう、耐えることはできない。男はこの屋根裏部屋の窓から、下の薄汚れた通りに身を投げることに決めていた。

しかしいまだに、すべてが幻覚だったのではないか、という一縷《いちる》の希望を捨てきれないでいた。

「すべては、ドイツ軍艦から逃亡した後、無防備なボートの上で灼熱の太陽に頭をやられて見た、幻影《げんえい》だったのではないか？」

そう、男は自分に問いかけたが、それに応じるように生々しい光景が、心にくっきりと浮かび上がってきてしまうのだ。今、この時も、あの名も無き巨大な生き物を想像して、骨《ほね》の髄《ずい》まで凍る思いであった。

「今頃あいつは、ねっとりとした海底を這い回ったり、太古《たいこ》の石像を拝んだり、海中で水浸《びた》しになった花《か》崗岩《こうがん》のオベリスクに、忌々しいあいつら自身の姿を彫刻しているのかもしれない」

現実とも妄想ともつかない光景が眼の前に広がり、男は手記を放り出して立ち上がった。

「俺には見えるぞ、あいつらが海面まで上がってくる姿が。ひどい臭いがする鉤爪《かぎづめ》で、戦争に疲れ果てた人々を海の中へ引きずり込む日が訪れるのだ。

陸地は沈み、全世界が無法地帯《むほうちたい》の地獄と化す中、暗黒の海底が隆起するのだ！」

ドアのところから音が聞こえた。ぬるついた巨体がぶつかっているような音だ。

「ハハハ、終わりは近いぞ……ドアを破ったところでお前の餌食になどなるものか」

この苦しみに満ちた生から解放してくれる窓へと駆け寄ろうとしたが、そこには絶望が存在していた。

ああ、神よ、あの手が！　窓に！　窓に！

＊ピルトダウン人
近代科学史上で最大のいかさまとして知られる、捏造された化石人類。一九〇九年から一一年にかけて、弁護士でありアマチュア考古学者であったイギリス人・チャールズ・ドーソンによって、イギリスのイースト・サセックス州アックフィールドピルトダウンから頭頂骨と側頭骨が発見される。その後、現生人類の直系の祖先と認められるが、一九五〇年、フッ素法による検査が行なわれ、その骨が一五〇〇年以内のもので、人類の祖先の化石とは言いがたいとの結果が導き出された。(ウィキペディアより抜粋)

本作品は、原作にもとづくイメージ・ストーリーとなっています。
原作では、ティナは登場しません。

Epilogue
エピローグ

冷たいものが顔に当たっているのに気づき、ぼくは眼をさました。

鉛のように重いまぶたを必死にあけると、雨が穏やかに降っていた。――そして、視線の先にどんよりとした空が、ぽっかりと穴を開けていた。

なんで、眼の前に空なんだ？　――そして、自分が仰向けに横たわっているのに気付いた。ぽっかりとした穴は、列車の割れた窓だった。

窓!?　驚いて見回すと、車両が横転していた。数メートル先でねじれたように車内がへし曲がり、投げ出された二人がけの座席と――人の姿らしきものが折り重なっていた。

あの場所……、ついさっきぼくたちが座っていた場所じゃないか？

ぼくたち？　そうだ！　伊豆野さんは!?

起き上がろうとした右脚に激痛が走った。なんとか上半身だけ起こし、見回したが、近くに彼女の姿は見えない。脱線した衝撃で、飛ばされたのか？

辺りからは、うめき声や、助けてという声が聞こえてくる。

「きみ！　大丈夫かい!?」

見上げると黄色いヘルメットにオレンジの制服を着た人だった。

「立てるかい？」

「それが、右脚が痛くて、これ以上動けないんです」

「すぐに担架が来るから、じっとしていてください」

「ぼくの隣に高校生の女の子が乗っていたんですが、見当たらないんです！」

「わかった！　探してみるから」

そう言っている間に担架がやってきて、ぼくを乗せた。伊豆野さんが見つかるまでここにいたかったが、わがままも言えず、そのまま担架に乗せられた。

数メートル運ばれた先に、ブルーシートが広げられており、簡易テントのような屋根がついていた。

ぼくを運んでいた人たちは、そこにぼくを降ろすと、また列車に戻っていった。

テントの中には何人か寝かされており、血だらけの人もいた。うめき声を上げている人もいる。

そうだ……、事故が起こる直前に、ぼくは伊豆野さんに誘われて席を移動したんだ。彼女がいなかったら、ぼくも大けがをしてたかもしれない。彼女は無事だろうか⁉

すぐに白衣をきた女性がやってきた。

くりくりした眼に褐色の肌。美人というより、小悪魔を連想するような可愛い感じだ。

ぼくの横にしゃがむと白衣の間から太腿がちらりと見える。……ということは、中はミニスカートか？

いやいや、そんなことじゃなくて――なんだか、前に会ったことがあるような気がするのに、思い出せない。事故のショックだろうか？

「名前は言えますか？」

「太田健二です」

「歩けますか？」

「いえ、右脚が痛くて立てないんです」

「呼吸は問題なさそうね」

女性はそう言いながら、ぼくの手首を取った。

「脈拍もオーケー……ということで、イエローね。重傷者を先に救急車に乗せるから、少し待っていて」

ぼくの右手に紙の札をぶら下げ、一番下の緑の部分をちぎって立ち上がる。前に何かで聞いたことがある——これが事故現場でのトリアージか。

「あの……！　ぼくの隣に女の子がいたはずなんです！　セーラー服姿の……。先にここに運ばれていなかったでしょうか？」

白衣の女性はくるりと振り向き、

「彼女なら大丈夫」

そう言って、ウィンクした。

……思い出した！　高校時代の化学の先生だ!!　いや、でも、あれは夢だったはず……。

白衣の女性はつかつかと戻って来て、突然ぼくにかがみ込み、キスした。

「久しぶりね、太田くん」

「せ……先生!!」

呆然としてそれ以上、言葉が出なかった。

先生は立ち上がり、テントの外へ出て行った。

数歩、歩いたところで背中がかげろうのように揺れ始め——あっという間に消えた。

「救急車に乗せます！」

その声に反対側を見ると、消防隊の人が、ぼくを乗せる担架を持ってきていた。

ふたたび担架に揺られながら、ふと、先生の髪飾りと伊豆野さんがしていた不思議な多面体の髪飾りが、大きさは違うけどそっくりだったなあ、とぼんやり考えていた。

作品解題およびH・P・ラヴクラフト小伝

竹岡《たけおか》　啓《ひらく》

作品解題「インスマスの楽園へようこそ」（原題「インスマスの影」）

「インスマスの影」は一九三一年の一一月から一二月にかけて執筆された。完成した原稿をラヴクラフトから送られて読んだ友人たちは少なからず刺激を受けたようで、自分ならこうすると積極的に意見を出している。たとえばクラーク・アシュトン・スミスは一九三二年二月一六日付のオーガスト・ダーレス宛て書簡で次のように述べている。

「新しい章を付け加えてはどうかとラヴクラフトに提案してみました。かなり単純な提案でして、元々の文章をほとんど変えないでも最終章の直前に挿入できるだろうと思います。この章は、怪物の群れに捕まってしまった主人公の途切れ途切れで悪夢的な記憶から成っています。怪物どもは主人公をインスマスに連れ戻すのですが、彼が自分たちの仲間であることに気づいたので危害を加えようとはしません。その時点での主人公は理由など知る由もありませんが、彼が受け継いでいる海魔の血が目覚めるのを早めるための恐るべき儀式をインスマス人たちは執り行い、それから彼を解放するのです。でも、この提案をラヴクラフトは気に入ってくれなさそうです」

スミスが予想したとおりラヴクラフト自身は採用しなかったが、深きものどもの形質の発現を何らかの手段で促進するという案は後にブライアン・ラムレイが "The Return of the Deep Ones" で使っている。ただしラムレイの作品では儀式の代わりに薬物が用いられており、精神が不安定になるという副作用も描かれた。

一方、ダーレスもラヴクラフトに手紙を書いて提案をいくつか行った。具体的には「主人公がインスマスの血を引いていることを早めに示唆しておく」「ザドック爺さんの話は短く切り詰める」「第三者による後記を最後に付け加え、主人公が失踪したことを明示する」などである。「至極しっかりした根拠がある御指摘だと思うのですが、この話は試行錯誤の末に書き上げたものなので、今から原稿を直す余力はありません」とラヴクラフトは丁重に断ったが、後にダーレスが書いた「ルルイエの印」にはこの時の案が反映されているように思われる。

「インスマスの影」の原稿をすぐウィアードテイルズに送るべきだと友人たちはラヴクラフトを急き立てたが、彼は渋っていた。ラヴクラフトを励ますためか、ダーレスはフランク・ユトパテルに「インスマスの影」の挿し絵を描かせることにした。ラヴクラフトは一九三二年二月二日付の手紙で「自分は果報者です」と感謝しつつ「出版のめどが立っていない作品に絵をつけるというのは気が早すぎないでしょうか？」と懸念を表明している。ダーレスは自信満々に返事をした。

「心配は御無用です、絵を描いても報酬があるわけではないということは画家にきちんと知らせてありますから。来週の頭には絵ができあがりますので、そうしたら原稿を返送いたします。ですが『インスマス』を書き直さないにしてもライトのところには送るべきだと私はやはり思うのです。やってみてもいいでしょう？」

ずいぶん気前のいい友達がいたものだ。当時ユトパテルはダーレスと知り合ったばかりだったが、ダーレスの住所であるウィスコンシン州ソークシティの隣町に住んでおり、後にアーカムハウスの常連画家となった。

ラヴクラフトの後ろ向きな態度に業を煮やしたダーレスは彼に内緒で「インスマスの影」の原稿をウィアードテイルズの編集部へ送ったが、ファーンズワース・ライトは受理しようとしなかった。一度に掲載するには長すぎ、かといって連載には不向きな内容だというのが理由である。ウィアードテイルズ以外の雑誌にも売りこむべきだとダーレスは考え、ストレンジテイルズの編集長ハリイ・ベイツと交渉したが、こちらも色よい返事はもらえなかった。

こうして「インスマスの影」が雑誌に掲載されることはなかったが、一九三六年にウィリアム・L・クロフォードが単行本として出版している。わずか二〇〇部の粗末な本だったが、ちゃんと挿し絵がついており、その絵を手がけたのはダーレスが推したユトパテルだった。ラヴクラフトはユトパテルの絵が気に入ったようで、ロバート・バーロウに宛てた手紙では「ザドック爺さんにヒゲがないこと以外は完璧」「この本の取り柄といえるのは挿し絵だけ」と述べている。

挿し絵の手配をしたり編集部に売りこみをかけたりと、ダーレスはいろいろラヴクラフトの世話を焼いていたが、さらにタイプライターが苦手なラヴクラフトの代わりに原稿の清書をしようと申し出ている。タイピングが得意なダーレスには打ってつけの作業だったが、ラヴクラフトは「若く多忙な作家にそんな仕事をさせるわけにはいきませんよ」と謝絶している。ラヴクラフトがダーレスの厚意に甘えなかったのは親友に負担をかけまいとしたからだろうが、彼の原稿が判読しづらかったことも一因だろう。ラヴクラフトは悪筆であり、他人が清書すれば手書きの文字を読み損ねてテキストに異同が生じるおそれがあったのだ。バーロウが清書した「超時間の影」では、この懸念が現実のものとなった。

試行錯誤したというラヴクラフトの言葉を証拠立てるものとして「インスマスの影」には初期稿が現存しており、決定稿からは削除されてしまった興味深い記述がいくつか見られる。たとえばインスマスで起きたことの生き証人として当初はイヴァニツキ神父なる人物が登場する予定だった。ダゴン秘密教団本部の焼失についても神父は多くを知っているということになっており、あるいは教団に対する破壊活動の実行者だったのかもしれない。結局イヴァニツキ神父は「インスマスの影」には出てこないことになったが、その代わり「魔女の家の夢」に出演し、魔女ケザイアを倒す磔刑像を提供している。

また「インスマスの影」の主人公は決定稿では氏名不詳となっているが、初期稿の段階ではロバート・オルムステッドという名前を与えられていた。彼に名前をつける必要がある場合、現在はこの名前を便宜的に用いることが多い。母親の旧姓がウィリアムソンであることだけが決定稿ではかろうじて判明しており、ダーレスは『永劫の探求』で仕方なく彼を「ウィリアムソンとかいう名前の男」と呼んだが、おそらくフルネームはロバート・ウィリアムソン・オルムステッドというのだろう。

「インスマスの影」は大勢の作家を魅了し、様々な後日談や前日談や新釈が生み出されることになった。たとえば英国の作家ジョン・グラスビーの "Innsmouth Bane" はインスマスが深きものどもに乗っ取られるまでを描いた作品である。またグラスビーには "The Weird Shadow Over Innsmouth" という中編もあるが、これは「インスマスの影」の初期稿を基にした作品で、当然ながら序盤の展開はラヴクラフト本人によるものと変わらない。しかし物語は途中で大きく分岐し、オーベッド・マーシュの霊が主人公に憑依して復活することを予感させる結末となっている。

「インスマスの影」の中盤で失踪してしまったザドック爺さんの運命については、ロバート・プライスが"The Transition of Zadok Allen"を書いている。ザドック爺さんはダゴン教団に許されて深きものどもの仲間入りをし、海底の都で楽しく暮らすようになったが、インスマスの崖下には酔いどれの老人の亡骸が打ち上げられていた——という物語である。結末はラヴクラフトの「セレファイス」からの本歌取りだろう。不条理ともいえる話だが、夢幻的な味わいがうまく功を奏しているように思われる。

一九二八年の一斉検挙で逮捕されたインスマスの住民がその後どうなったかは作家によって説が異なる。ブライアン・マクノートンの"The Doom That Came to Innsmouth"では一九三〇年代に全員が釈放されたが、ブライアン・ホッジの"The Same Deep Waters as You"では二一世紀までずっと収容所に閉じこめられていたことになっている。しかし海魔が収容所を破壊し、解放された深きものどもはインスマスへ帰っていくのだった。

「インスマスの影」では、深きものどもの強みは水陸両棲であることと並外れた長寿だけで、インスマスやイハ＝ントレイを攻撃されたときに反撃する力はなかったようだ。だが現在の作家には異なった解釈をする者もいる。チャールズ・ストロスの作品では深きものどもは大量破壊兵器として海底火山を保有しており、その気になれば大津波を起こして人類の都市を水没させられるということになっている。二〇一四年度のヒューゴー賞を受賞したストロスの中編"Equoid"では、深きものどもを刺激して彼らの先制攻撃を招きかねないという理由で英国政府が新兵器の開発計画を却下しており、深きものどもの存在が人類の軍拡への歯止めになっているという皮肉な状況が描かれた。

現在、深きものどもは常に邪悪な怪物として描かれているわけではない。理性と慈悲に満ちた個体も存在し、エリザベス・ベアの作品に登場するアイザック・ギルマンは代表的な例である。彼は深きものとして生まれながら、人間として生きる道を選び、イェール大学の法学部を優等で卒業して弁護士になった。太った蛙のような醜い姿をしており、深きものどもと決別するときに受けた拷問のせいで足が不自由だが、すばらしい美声の持ち主である。憎しみではなく愛を、暴力よりも対話を望む心優しい男だが、実はティンダロスの猟犬を前にしても怖じないほど強い。

「インスマスの影」から派生した作品をざっと紹介したが、これらは全体のごく一部に過ぎない。深きものどもをテーマにした作品は非常にたくさん書かれており、それだけを集めたアンソロジーも存在する。有名なのはスティーヴン・ジョーンズが編集した『インスマス年代記』で、ニール・ゲイマンやキム・ニューマンといった大物作家が参加して三巻まで刊行された。最終巻に当たる三巻にはブライアン・ラムレイの"The Long Last Night"が収録されているが、これはクトゥルー復活後の世界を舞台にした話だ。深きものどもに支配されたロンドンの絶望的な光景が描かれ、タイタス・クロウ・サーガとは異なった趣を味わわせてくれる。なお『インスマス年代記』は一巻のみが日本語に翻訳され、学研から出版されている。

今日、クトゥルー神話はひとつのジャンルとして確立しているが、その下に深きものどもがサブジャンルとして存在しているように思われる。父なるダゴンと母なるヒュドラの眷属は深く掘り下げ、様々な角度から多面的に捉えることができる題材だからだろう。そのように成長していく可能性を秘めた物語をラヴクラフトは「インスマスの影」で与えてくれたのだ。

作品解題「窓に！　窓に！」（原題「ダゴン」）

「ダゴン」は一九一七年七月に執筆された。この作品が書かれた経緯について、ラヴクラフトは一九三三年三月二九日付のロバート・E・ハワード宛書簡で次のように述べている。

「一九〇八年、私は小説が得意ではないのだと判断しましたので、たくさん書いた稚拙な作品は二編を残して捨てました。当時は天文学と化学に関する通俗《つうぞく》的な解説記事を書くので忙しかったのですが、それらも後に破棄してしまいました。（中略）私が怪奇小説の執筆を再開したのは一九一七年のことでした。とっておいた二編の作品をアマチュアジャーナリズムの同志たちが読み、もっと書くべきだと励ましてくれたのです。その結果として生まれたのが『ダゴン』と『奥津城《おくつき》』でした」

　つまり「ダゴン」は怪奇作家としてのラヴクラフトが復活する嚆矢となった作品であり、彼の友人であるW・ポール・クックが発行していたアマチュア誌〈ヴェイグラント〉の十一号（一九一九年十一月号）にまず掲載された。その後、読者からの批判的な感想に答えてラヴクラフトは「ダゴン擁護《ようご》論」と題する文章を書き、一九二一年一月から九月にかけて文通グループ〈トランスアトランティック・サーキュレーター〉で発表した。「ダゴン擁護論」は全部で約一万二千語もあり、二千二百語しかない「ダゴン」本編よりも遥かに長い。また内容は「ダゴン」を擁護するものというより、怪奇小説全般の意義や唯物《ゆいぶつ》論の正しさを訴えることに眼目が置かれていた。ユーモアがないと批判されたラヴクラフトは「ダゴン擁護論」で次のように反駁《はんばく》している。

「ユーモアなどというものは、銀河の彼方《かなた》にある洞窟でいやらしく冷笑的に蹲踞している盲目にして狂気の神々のおぞましい哄笑が地上に残す朧《おぼろげ》な残響でしかない」

非常にラヴクラフト的な言い回しだが、この数カ月前に書かれた「ナイアルラトホテップ」を彷彿《ほうふつ》とさせるところがある。ラヴクラフトが自分の作品を擁護するとは珍しいが、おそらく彼にとっては議論すること自体が楽しかったのだろう。ただし「ダゴン」に対するラヴクラフト自身の評価は実際にそこそこ高かった。自分の作品でもっとも気に入っているのは「エーリヒ・ツァンの音楽」であり、次ぐのが「クトゥルーの呼び声」「ダンウィッチの怪」「異次元の色彩」などだが、もしかしたら「ダゴン」もそこに並ぶかもしれないとラヴクラフトは一九三〇年二月十八日のダーレス宛書簡で述べている。また一九三三年六月九日付のロバート・ブロック宛書簡では「ダゴン」を「文体が素人くさいものの、私がもっとも気に入っている作品のひとつ」としている。後に「クトゥルーの呼び声」や「インスマスの影」へと発展していく神話の基になったという意味でも「ダゴン」は重要な作品であるといえるだろう。

一九二三年にウィアードテイルズが創刊されると、ジェイムズ・F・モートンら友人たちに励まされたラヴクラフトは「ダゴン」など五編の原稿を同誌に送った。この頃、クラーク・アシュトン・スミスの師匠に当たるジョージ・スターリングがスミスから「ダゴン」の原稿を見せてもらい、感想を述べている。結末があっさりしすぎているので、もっと盛り上げる必要があるというのがスターリングの意見だった。礼拝を行っている海魔の上に石碑が倒れこんで押し潰し、同時に他の海魔が泥濘《でいねい》の中からぞろぞろ出てくるということにしたらどうかとスターリングは提案したが、ウィアードテイルズ編集長のエドウィン・バードに宛てた手紙でラヴクラフトは「こういうバカバカしい意見をもらうと、詩人は詩だけ書いていればいいのだという気分になります」とぼやいた。その手紙をバード編集長はウィアードテイルズの投書欄で公開し、私信のつもりだったラヴクラフトは慌てたという。なお、この件についてはラヴクラフトが正しいとスミスは後年ロバート・バーロウ宛の手紙で述べている。

編集部に提出するタイプ原稿は校正しやすいよう行間を空けたダブルスペースで作成するのが慣例だったが、プロとしての経験がなかったラヴクラフトはそのことを知らず、行間を詰めたシングルスペースで作品を清書していた。ダブルスペースで再提出してくれれば受理を検討するといわれたラヴクラフトは嫌々ながらタイプし直したが、その苦労が実って「ダゴン」はウィアードテイルズの一九二三年一〇月号に掲載された。また一九三六年一月号にも再掲されたが、単行本への収録はラヴクラフトの没後にアーカムハウスから刊行された『アウトサイダーその他の物語』が初である。余談だが、それから数十年後にブライアン・ラムレイがアーカムハウスへ送った最初の原稿も同様にシングルスペースで作成されたものだったという。その作品をダーレスが採用してくれたことはおろか、読んでくれたことすら奇跡だとラムレイは回想している。

ダゴンという名前はラヴクラフトが考案したものではなく、旧約聖書にも登場する豊穣《ほうじょう》神の名である。「ダゴン」では題名に使われているだけだったが、十四年後に書かれた「インスマスの影」に「ダゴン秘密教団」が登場したことによってクトゥルーと関連づけられた。また「母なるヒュドラ、父なるダゴン」とザドック爺さんの話で対になっていることから、ダゴンはヒュドラの夫であると解釈されることが多い。しかしながら「インスマスの影」でもダゴンは実際に現れるわけではないので、その正体については考察の余地がある。ダゴンは巨大な深きものであり、種族最強の個体が称号としてダゴンの名を贈られるのではないかという仮説をダニエル・ハームズは『エンサイクロペディア・クトゥルフ』で紹介している。クラーク・アシュトン・スミスはダゴンの像を制作したことがあるが、一九五五年四月一一日付のジョージ・ハース宛書簡で「最初はインスマスの住人を作るつもりだったのですが、ダゴンにしたほうがいいと思ったのです」と解説しており、彼も深きものどもとダゴンを似た姿形と見なしていたことが窺える。

ラヴクラフトがダゴンに言及した作品は「ダゴン」と「インスマスの影」の二編のみである。ダーレスの作品にはダゴンの名がたびたび出てくるが、いずれも軽く触れているに過ぎない。スミスの「聖人アゼダラク」には「ダゴンの尾とデルケトの角にかけて！」というセリフがあるが、シリアの女神デルケトと並べられていることからわかるように、クトゥルー神話の神としての性格は希薄である。由緒正しい神であるがゆえに、深く掘り下げてもらう機会がなかったともいえるが、それでもダゴンは無視できない神だ。ダゴンの名を冠した近年の作品としてはラムレイの「ダゴンの鐘」があり、『インスマス年代記』に邦訳が収録されている。またフレッド・チャペルの『暗黒神ダゴン』が東京創元社から刊行されているが、いずれも一読の価値がある。

H・P・ラヴクラフト　小伝　3

ラヴクラフトの友達は幅広い年齢層にわたっていた。たとえば「クトゥルーの呼び声」にカメオ出演したジェイムズ・F・モートンはラヴクラフトより二〇も年上である。また彼と「罠」を合作したヘンリー・S・ホワイトヘッドは一八八二年生まれであり、八つ年長ということになる。ホワイトヘッドの本職は牧師だったが、ラヴクラフトから「悪魔をも怖れぬ男」と呼ばれたほど豪胆な人物だった。並外れた膂力《りょりょく》の持ち主で、数人がかりで運ばなければ動かないような重い家具を片手で軽々と持ち上げることができたという伝説がある。

逆に年少の友人としてはロバート・ブロックがいる。ヒッチコック映画『サイコ』の原作者として有名なブロックは一九一七年生まれで、ラヴクラフトとは二七歳の差がある。二人が知り合ったのは一九三三年のことで、ブロックはまだ一六歳だった。

プロの作家を志すブロックは自分の作品をラヴクラフトに送ったが、重複表現が多いとダメ出しをされてしまった。日本語でいえば「馬から落馬」「頭痛が痛い」の類である。ラヴクラフトも形容詞を書き連ねる作家だが、彼の文章に重複表現は見当たらない。仰々《ぎょうぎょう》しい言い回しを多用しているように見えても、実は語義に気をつけながら慎重に言葉を選んでいたのだろう。それ以外にも「『ネクロノミコン』は一晩で読み通せるほど薄くない」「『無名祭祀書《さいししょ》』の著者フォン・ユンツトのファーストネームはコンラートではなくフリードリヒ」とラヴクラフトはいくつか指摘している。ブロックは恥じ入ったのか、彼がラヴクラフトに送った初期作品の原稿は現存していない。

怪奇小説の執筆に際して意見を求めるといいとラヴクラフトがブロックに推薦したのはオーガスト・ダーレスとクラーク・アシュトン・スミスだった。ダーレスはまだ二四歳だったが、いわば「ラヴクラフト・サークル」の師範代として後輩を教える立場にいたことになる。ラヴクラフトがダーレスに寄せていた信頼の深さが見て取れるが、ブロックに対するダーレスの助言は「ラヴクラフトさんの猿真似をしてはならない」「作家としての基礎ができるまでクトゥルー神話は書くな」と容赦ないものだった。「ダーレスが君の作品を粉々にしてしまったからといって、くじけてはいけませんよ。ダーレスはとても厳しいかもしれませんが、行き過ぎているように見えても彼の指摘には価値があるのです」とラヴクラフトは一九三三年六月二一日付の手紙でブロックを励ましている。

ダーレスやスミスは作家を職業としており、ラヴクラフトにとっては同業者である。だがラヴクラフトの友達の中には作家以外の道に進んだものも少なくない。たとえばアルフレッド・ガルピンは欧州で音楽家として活動した後、母校であるウィスコンシン大学マディソン校で語学の教授になった。彼とラヴクラフトの付き合いは古く、一九一七年に始まった。「ガルピンほど物事の考え方が私と似通っている人間はいませんが、知的なレベルは彼のほうが私よりも遥《はる》かに上です」とラヴクラフトは述べたことがある。またガルピンを主人公にした"Old Bugs"という短編をラヴクラフトは書いているが、これは彼に飲酒の害を説いて戒めるためのもので、作中のガルピンは酒で身を持ち崩した老人として描かれていた。幸いなことにラヴクラフトの懸念《けねん》は杞憂《きゆう》に終わり、ガルピンは学者として成功を収めている。

ガルピンも若い頃は小説を書いていた。創作の指導をしてくれる人はいないかと彼がラヴクラフトに訊ねたところ、ラヴクラフトが紹介したのがダーレスである。「ガルピンはリヒャルト・ワグナーが好きなのですが、そういう自分の趣味をあまり作品に盛りこみすぎるのはいかがなものかと思います」とダーレスはラヴクラフトに報告しているが、実はガルピンのほうが八つも年上で、しかもダーレスにとっては大学の先輩に当たる人物だった。しかしガルピンとダーレスの交流はラヴクラフトの没後も続き、ガルピンが一九五九年に発表した回想記では「私とダーレスの友情を通じて、ラヴクラフトとの古く懐かしい絆が甦ってくると感じられるのは嬉しいことだ」と述べている。つまりラヴクラフトが取り持った縁ということになるだろう。

ロバート・ヘイワード・バーロウはラヴクラフトから遺著管理者に指名され、晩年の彼ともっとも親密だったとされる人物である。「夜の海」など六編の作品をラヴクラフトと合作したが、長じてからは文化人類学者となってメキシコシティ大学の教授を務め、メシカ文化の研究において先駆的な業績を上げた。

バーロウは一九一八年生まれ、高級軍人の息子である。子供の頃はフロリダに住んでいたが、学校にも行かずに好きな怪奇小説を耽読《たんどく》する日々だった。ラヴクラフトとは一九三一年から文通を始めたが、彼は初めバーロウのことを成人だと思っていたので、まだ少年だと知ったときには驚いたという。バーロウは文才と画才があるほか、テニス・チェス・ピアノ・射撃などを得意としており、ラヴクラフトは「これほどまでに才能が豊かな子は見たことがない」とまで語っている。なおラヴクラフトとバーロウはともにジョン・ラスボーンの七代目の子孫なので、遠縁の親戚《しんせき》同士ということになる。

一九三四年、バーロウはラヴクラフトを自宅に招待し、ラヴクラフトはプロヴィデンスからフロリダまではるばる出かけていった。彼はバーロウと一緒に小屋を建てたり、バーロウ邸の裏にある湖でボートを漕いだりと楽しんでいる。ラヴクラフトとバーロウが連れ立ってブルーベリーを摘みに行ったことがあるが、ラヴクラフトは摘むのがあまりにも下手だったので見かねたバーロウが彼の分まで採ってやったという。その帰り道、ラヴクラフトは小川で転んで濡れ鼠《ねずみ》になった。「ラヴクラフトは散歩が好きだったが、どう見ても野外活動が得意な人ではなかった」とバーロウは回想している。

一九三四年五月二日から六月二一日にかけて一カ月半以上もフロリダに滞在してから、ラヴクラフトはプロヴィデンスに帰っていった。寒さが苦手なラヴクラフトにフロリダの温暖な気候が合っていたということもあるだろうが、それ以上にバーロウとウマが合ったことが長期滞在の理由だろう。ラヴクラフトと友人たちは一九三五年の新年をフランク・ベルナップ・ロングの家で祝ったが、この集まりにはバーロウも参加し、ラヴクラフトと二人で「海の水涸れて」を合作している。この作品は地球の海がことごとく干上がって人類が死滅していくという掌編だが、終末的な内容とは裏腹に華やいだ雰囲気のもとで執筆されたことになる。

バーロウは一九三五年にもラヴクラフトをフロリダに招待している。プロヴィデンスに帰ろうとすると引き留められるものだから、まるで軟禁されているみたいだとラヴクラフトはジェイムズ・F・モートン宛ての手紙で語っているが、結局は六月の中旬から八月の半ばまで二カ月間も滞在することになった。一九三六年には今度はバーロウがプロヴィデンスを訪問して一カ月以上も滞在し、その間ラヴクラフトは彼のためにふんだんに時間を割《さ》いて一緒にいてやった。

ブロックと同様、バーロウの面倒も見てやってほしいとラヴクラフトはダーレスに頼んでいる。バーロウの作品を読んだダーレスの意見は「段落分けの仕方をもっと練習する必要がある」などと辛口《からくち》だった。バーロウは作家ではなく学者になり、その分野で大いに活躍したので、ダーレスが厳しめに評価したのは先見の明があったということになるだろう。それでもラヴクラフトの合作の中では、バーロウと二人で書いた「夜の海」がもっとも優れていると見なされることが多い。またバーロウが一九三六年に発表した短編"A Dim-Remembered Story"をラヴクラフトは「クラーク・アシュトン・スミスの傑作《けっさく》に匹敵《ひってき》しうる」と激賞している。

マーガレット・シルヴェスターという一六歳の少女がラヴクラフトにファンレターを送ってきたことがある。「歳も近いことですし、つきあってみたらどうでしょうか？　君も彼女も俳優ベラ・ルゴシのファンですし」とラヴクラフトはバーロウに勧めたが、バーロウの返事は「僕は別にルゴシが好きじゃないんですけど」という冷淡なものだった。ラヴクラフトは慌てて言い訳をしている。

「それは失礼しました。しかしルゴシはよい役者ですよ。映画『ドラキュラ』が駄作なのは、そもそもブラム・ストーカーの原作が駄作だからでして……」

ひどい言われようだが、『ドラキュラ』に対するラヴクラフトの評価はなぜか非常に低く、ストーカーのことを「まだ弾けていない文学バブル」などと呼んでいる。逆にメアリ・シェリーのことは称賛しているので、ラヴクラフトはフランケンシュタイン派だったらしい。

作家ではなく学者になったラヴクラフトの友人としてはバーロウ以外にケネス・スターリングがいる。スターリングは一九二〇年生まれで、ラヴクラフトと「エリックスの壁」を合作したことがあるが、後にコロンビア大学医学部の教授となって甲状腺の研究で業績を上げた。高校時代はプロヴィデンスに住んでおり、ラヴクラフトとはじかに顔を合わせることもあるつきあいをしていた。なおスターリングはユダヤ系だったが、ラヴクラフトがユダヤ人を蔑視《べっし》していたという説に対して「私の知る限り、ラヴクラフトに差別的なところは寸毫《すんごう》もなかった」「あれほどの平等主義者は他にいないだろう」と反駁《はんだく》している。

「自然科学と人文科学、片方の知識だけすべて得られるとしたら一体どちらを選ぶかとラヴクラフトに質問したら、自然科学という答が返ってきた。では自然科学のうち物理学と生物学ならどちらにするかと重ねて訊ねたら、物理学という返事だった」とスターリングは証言しているが、自然科学に対するラヴクラフトの関心の強さが窺《うかが》える。自分が友に求めるのは知性よりも個性だとラヴクラフトは述べていたが、スターリングによればラヴクラフト自身の自然科学とりわけ天文学の知識は大変なものであったという。口径二〇〇インチの天体望遠鏡で月の表面を観測したら何が見えるかとラヴクラフトに質問したところ、少し考えただけで的確な答えを出してくれたとスターリングは懐《なつ》かしげに語り、次のように回想している。

「ラヴクラフトの語る叡智《えいち》の言葉を吸収しながら、私は彼と共に至福の時を過ごしたものだ。彼ほど弟子を勇気づけてくれる師に大学では一人も巡り会わなかった」

スターリングが卒業した大学というのはハーバードである。

〈小伝　4〉につづく

原作：H・P・ラヴクラフト
手仮りりこ
Tekeririko
超訳！
ラヴクラフト
ライト
Lovecraft Light
1
収録作品：「邪神の存在なんて信じていなかった僕らが大伯父の遺した粘土板を調べたら……
原題：The Call of Cthulhu（クトゥルフの呼び声）
「前略、お父さま。」
原題：The Dunwich Horror（ダンウィッチの怪）
解題およびH・P・ラヴクラフト　小伝
本体価格：1300円　ISBN:978-4-7988-5001-6
好評発売中！　全国書店よりご注文ください。
創土社
超訳

原作：H・P・ラヴクラフト
手仮りりこ
Tekeririko
超訳
ラヴクラフトライト
Super Liberal Interpretation
Lovecraft Light
2
収録作品：「その生物は蟹に似ていた（注：食べられません）」
原題：The Whisperer in Darkness（闇に囁くもの）
本体価格：1300円　ISBN:978-4-7988-5002-3
好評発売中！　全国書店よりご注文ください。
創土社

オマージュ・アンソロジー・シリーズ

書籍名	著　者	本体価格	ISBN：978-4-7988
ダンウィッチの末裔	菊地秀行　牧野修 くしまちみなと	1700円	3005-6
チャールズ・ウォードの系譜	朝松 健　立原透耶 くしまちみなと	1700円	3006-3
ホームズ鬼譚～異次元の色彩	山田正紀　北原尚彦 フーゴ・ハル	1700円	3008-7
超時間の闇	小林泰三　林譲治 山本弘	1700円	3010-0
インスマスの血脈	夢枕 獏×寺田克也 樋口明雄　黒史郎	1500円	3011-7
ユゴスの囁き	松村進吉　間瀬純子 山田剛毅	1500円	3012-4
クトゥルーを喚ぶ声	田中啓文　倉阪鬼一郎 鷹木 骰子	1500円	3013-1
無名都市への扉	岩井志麻子　図子慧 宮澤伊織/冒険企画局	1500円	3017-9
闇のトラペゾヘドロン	倉阪鬼一郎 積木鏡介　友野詳	1600円	3018-8
狂気山脈の彼方へ	北野勇作　黒木あるじ フーゴ・ハル	1700円	3022-3
遥かなる海底神殿	荒山徹　小中千昭 読者参加・協力クラウドゲート	1700円	3028-5
死　体　蘇　生	井上雅彦　樹 シロカ 二木 靖×菱井真奈	1500円	3031-5

全国書店にてご注文できます。

書籍名	著　者	本体価格	ISBN：978-4-7988-
邪神金融道	菊地秀行	1600円	3001-8
妖神グルメ	菊地秀行	900円	3002-5
邪神帝国	朝松 健	1050円	3003-2
崑央（クン・ヤン）の女王	朝松 健	1000円	3004-9
邪神たちの２・26	田中 文雄	1000円	3007-0
邪神艦隊	菊地 秀行	1000円	3009-4
呪禁官　百怪ト夜行ス	牧野修	1500円	3014-8
ヨグ＝ソトース戦車隊	菊地秀行	1000円	3015-5
戦艦大和　海魔砲撃	田中文雄 × 菊地秀行	1000円	3016-2
クトゥルフ少女戦隊 第一部	山田正紀	1300円	3019-8
クトゥルフ少女戦隊 第二部	山田正紀	1300円	3021-8
魔空零戦隊	菊地秀行	1000円	3020-8
邪神決闘伝	菊地秀行	1000円	3023-0
クトゥルー・オペラ	風見潤	1900円	3024-7
二重螺旋の悪魔　完全版	梅原克文	2300円	3025-4
大いなる闇の喚び声	倉阪鬼一郎	1500円	3027-8
童　提　灯	黒史郎	1300円	3026-1
大魔神伝奇	田中啓文	1400円	3029-2
魔道コンフィデンシャル	朝松 健	1000円	3030-8
呪走！　邪神列車砲	林 譲治	1000円	3033-9
呪禁官　暁を照らす者たち	牧野修	1200円	3032-2
呪禁官　意志を継ぐ者	牧野修	1200円	3034-6

全国書店にてご注文できます。

超訳 ラヴクラフト ライト4

二〇一六年一〇月 発売予定

《収録予定作品》
「超時間の影」「魔女の家の夢」　手仮りりこ訳
「解題」「H・P・ラヴクラフト小伝」　竹岡 啓

超訳 ラヴクラフト ライト5

二〇一七年二月 発売予定

《収録予定作品》
「チャールズ・ウォードの事件」　手仮りりこ訳
「解題」「H・P・ラヴクラフト小伝」　竹岡 啓

超訳ラヴクラフト ライト 3

2016年8月1日　第1刷

原　作
H・P・ラヴクラフト

翻　訳
手仮りりこ

解　題
竹岡　啓

発行人
酒井 武史

カバーおよび本文中のイラスト　おおぐろてん
帯デザイン　山田剛毅

発行所　株式会社　創土社
〒165-0031 東京都中野区上鷺宮5-18-3
電話 03-3970-2669　FAX 03-3825-8714
http://www.soudosha.jp

印刷　株式会社シナノ
ISBN978-4-7988-5003-0　C0093
定価はカバーに印刷してあります。

クトゥルー・ミュトス・ファイルズ
The Cthulhu Mythos Files

《呪禁官シリーズ・書き下ろし新刊予告》

呪禁局の観測施設が**ユゴス星**からの通信を傍受した。
異星から**邪神**が飛来する！
それを迎えるために集結する異形のカルト集団
『プルートの息子』。
たまたま居合わせたギア＆龍頭は余儀なく戦いに巻き込まれた。
それに否応なく参戦するのは
東京隠秘商事営業部員に
稀覯本専門の老詐欺師と
彼を追ってきた
ミスカトニック特殊稀覯本部隊ホラーズの面々。
それにインド武術を駆使しギアの命を狙う美女まで加わり、
彼らはそれぞれの思惑を胸に
逆しまのバベルを地獄へと降下するのだった。

著者：牧野 修

2016年10月　発売予定